BAMBOO GIRL

人間六度
Ningenrokudo

文芸社文庫

目次

人物紹介

賢木空　一年生。主人公。天体観測が趣味。
美空光　空から落ちてきた緑髪の女の子。

★天体観測部
木下　ソラのクラスメイト。ゲームが好き。
阿藤誠司　天体観測部の部長。物好き。

★五人衆
石上千次　一年生。テニス部の王子。
安倍信三　二年生。サッカー部ミッドフィルダー。
石原祐作　二年生。男子水泳部主将。
車田修持　三年生。美術部部長。
大田伴広　三年生。バスケ部主将。

★その他
御門京平　生徒会長。学園の絶対君主。
御門司郎　京平の父。浅間機関の工作員。
伊吹　浅間機関の黒服の護衛。小さい方。
巌　浅間機関の黒服の護衛。大きい方。
ヨツギ　本名は大宅世継。すごい年寄り。
来者　蒼髪の男。右目の下に逆三角形の刺青がある。

BAMBOO GIRL

序章

真夜中、それも騒がしい街中の活気を全て食い尽くしたかのような静寂の夜。賢木《さかき》空《そら》には、決まってすることがある。

ビニールマットとゴルフバッグを背負い、雑木林を抜けて誰もいない丘へと上がる。マットを敷いてバッグを置くと、ジッパーを滑らせて中から金属製の筒と三脚を取り出す。三脚を広げ筒を空に向けて置き、レンズを覗き込むと、そこには数え切れない星の瞬きが映り込む。

網膜から無尽蔵の希望が流れ込んでくる。

天体観測。もともとはただの趣味だった。

しかし今や彼にとって、契約と罰を兼ねる儀式となった。

彼はこの場所を、三歳の時父親から教わって以来、秘密の場所として愛してきた。茂った草々が風と戯《たわむ》れ、薙《な》いでは立つことから、『薙《な》ぎ立つ丘』と名付けた。

秘密の場所というからには、誰にも話してはならない。何度も話したくなったが、そのたび喉の奥に飲み込んできた。

丘は彼だけのものだった。

でもその日、大勢の人が丘に集まった。政府関係者とマスコミ、秘密組織、銃を持った人たちまでがごった返して、秘密の場所を踏み荒らした。

戦争は始まっていた。

あれからもうじき五ヶ月になる。

どうだろう。涼しい風と、踊るように震える草木は、消え去ったか。焼け野原や抉《えぐ》れた大地の気配はあるか。

そうではない。

ここは昔と変わらぬまま、特別な場所であり続けた。

ただし特別という意味は、その日大きく変わってしまった。

今から語られるのは、少年とたくさんの命を巻き込んだ事件の記録だ。宇宙的に見れば極めて小規模だが、地球的に見ればそれなりに大規模で、そして少年にとっては自分の全てに関わる極めて重大な事件だ。

この記録を読めば、人が無意識に空を見上げる理由がわかるだろう。

それは少年賢木空と一人の少女の、呆れるほどに壮大で誇らしいほどちっぽけな物語。

取り返しのつかないもの、それが人生だ。

第一夜　星の降る夜

八月中旬のその日は、絶好の天体観測日和だった。夜空はまるで雲という雲を掃除機で吸い取ったかのように晴れていて、部屋着一枚で出歩けるほど暖かい。こういう日を賢木空が見逃すことはなく、観測道具一式と麦茶の入った水筒、ビニールマットと望遠鏡を持って、夕食後はやばやと家を出る。

自分よりずっと大きなものと繋がることができる天体観測は、彼の一番の趣味だ。思えば、彼を『ソラ』と名付けた両親には先見の明があった。

眼下に広がる街の風景。移ろう車の明かりとネオンに背を向けて、彼が目指す場所はいつも同じ。家の裏庭を進み、虫さされと尖った枝に気を付けながら雑木林を抜け、少し歩くと丘に出る。

大きな老いた桜の木が一本立つ以外、何もない草原。『薙ぎ立つ丘』だ。

草は生い茂り、ゆうに脛《すね》の中ほどまで届く高さだ。ナズナも交じっていて、歩くとチリチリと音を出した。何度歩こうと次訪れる時には足跡は消えているから、決まった場所というのがなく、ただ気が向いたところで立ち止まり、草を踏みならして平らにする。

その上にマットを敷いて、水筒を置いて、それから三脚を立てて、そこにズンと太っ腹な望遠鏡を載っけるのだが、この望遠鏡には彼のこだわりが詰まっている。口径が百二十ミリメートルあるニュートン式の天体望遠鏡は、接眼レンズが鏡筒に垂直についており、光軸の調整が非常に面倒だ。調整を間違えるとすぐにボヤけてしまう。しかしその分大口径で、色収差という微細な色のブレが発生しにくく、中心像が極めてシャープにくっきりと映る。

ソラは接眼レンズにまぶたを当てる。

東の空を見上げれば夏の大三角形が。見飽きているソラは、さらに東にあるいるか座に焦点を合わせる。構成するのは三等星や四等星の五つだが、フォルムがいっとう美しい。本当に空をイルカが泳いでいるようである。

「さて、次は」

今度は南の低い所へと、望遠鏡の焦点をずらしていく。目当てはさそり座。その心臓部の星が紅く輝く一等星、アンタレスだ。これはいくら眺めていても飽きない。砂漠で躍動するさそりの絵を頭に浮かべた、そんな時だった。

望遠鏡の丸く切り取られた視野の隅に、突然白い閃光がほとばしった。光軸の調整を誤ったのか、いやそうではない。

覗き穴から顔を上げたソラは、絶句する。

見上げた空が、夜空ではなかった。

膨大な数の光の束が空一面に広がって、視界を覆い尽くした。上空から降り注ぐ明かりは街中を照らし、束の間、世界から夜が消え去ったようだった。

「なんだよこれ」

何千何万という隕石の粒が、大気圏突入の摩擦熱で燃えている。

星のシャワーだった。

「何流星群なんだ」

まばたきを一つする間に光の大部分は明らみ、やがて儚《はかな》い光を放って消えた。

幻視だったのだろうか。しかし、それにしてははっきりと、視界の中にまぶしさの痕跡が残っている。しばらく目がちかちかした。

やがて回復途上の視力は、暗く沈んだ夜空の中に弱く残った瞬きを捉えた。

それは優雅にワルツを踊ってでもいるような、不自然な軌跡を描いた。いや、トボトボと道に迷っているようでもある。螺旋降下と垂直降下を繰り返しながら……ん？

どんどんこっちに近づいてくるぞ？

ヤバいかもしれない、そう思った時には大抵のことはもう遅い。

次の瞬間、鼓膜を裂くような爆音がして、裏山が吹っ飛んだ。

光が、落ちてきた。

★

祖父と祖母は、二人とも年相応に耳が悪い。でもさすがに、あの大音量に気付かないはずもない。

急いで家に戻ってくると、薄手のカーディガンを羽織った祖母が出迎えた。お風呂上がりでレディースかつらを外しており、普段より頭頂部が薄かった。お湯を沸かしたり、かと思えば火を止めて冷蔵庫を開けたりと、終始落ち着かない様子である。

紫のカーテンが半開きになった家の外窓からでも、丘の方面が明らんでいるのがわかった。そしてあの丘がソラにとって特別な場所であることは、祖父母ともどもの認識の内にあった。

丘には行かず、アイスキャンディを買いにコンビニまで降りていたんだ、と説明すると、少しホッとした顔をする。

天体観測用の荷物を部屋に置きにいったあと、居間で温かいお茶を飲む二人に、裏山へ行くことを伝えた。

「気を付けなさいよ。私は寝ずに待ってるからね」

すぐにでも昏倒しそうなとろけた目で祖母が言う。

「少し見てくるだけだから」

そう言って、再び家を出る。

ソラの両親はともに海外に赴任しており、祖父母夫妻が保護者の代役をしていた。ソラは、祖父母と孫の微妙な距離感を利用して、自由を得ることができた。両親ならばきっと、外出を許さなかっただろう。

充電がおろそかになっていたスマホを、モバイル充電器に繋いで右手に握りしめている。スマホも、充電器もどちらの面も熱いが、後者の方がより熱い。

カメラを起動させたまま、ソラは走った。雑木林を駆け抜け、草原を渡り、さらにその奥へ。息が切れることも厭《いと》わずに、心の中では好奇心を爆発させている。

普段はブラックホールのように暗い森が、ギラギラと明らんでいる。何かある、とソラは直感した。もしかしたら隕石かもしれない。隕石ということは、かつて星だったものだ。もしそうなら、こんなに嬉しい空からのプレゼントは他にない。

明かりの発生源らしき場所にたどり着くと、もうもうと煙が立ちこめていて、視界がまるでつかめなかった。

炎は燃え広がっていなかったが、一面の木々がへし折られ、中心から波が波及するように倒されている様は、衝撃の大きさを思わせた。

と、その時、微かに人の声が耳に入る。

いや、聞き間違いだ。虫か鳥、それか野リスが動いただけだ。

待てよ。声だ。やっぱり、そうだ。

声と一緒に、荒い呼吸も聞こえる。苦しそうだ。

そしてついに決定的な『音』を聞く。

「バルタル　セル　シュトラ　トレ　コンティス　シュトラ」

ソラには、そのように聞こえた。

知らない言葉だった。息遣いや発声の頻度から、困っている、ということは伝わってくる。それだけである。他に汲み取れる情報がない。というか、何語なのだろうか。

煙が少し晴れていくと、ソラの目に人影が映る。それは相手にも同じだったようで、煙塵が完全に消え去る前に、影は実体へと姿を変えた。

「アア　アア　ヴェクター　トレ　オルド　オルド」

緑色の髪をした、女性、いや女の子だった。白銀の髪飾りで前髪を留めていて、二枚の布を紐で結んだだけの簡単な服装をしていた。染めたとか、ウィッグだとか、そういう印象とはかけ離れた、あまりにも自然な深緑色の髪は、おおよそ人間らしからぬ風貌だったが、それ以外の容姿は人間の女の子そのものであった。しかも年齢は、そう離れていないように思える。

「えっと、その、あなたは――」

ソラは言いかけて、はたと声を絞った。

少女がゆらりと動き、二つの青い目がソラを捉えたのだ。小さな口を固く結び、怯えるでもなく、驚くでもなく、ただ空に浮かぶ雲を眺めるように、ソラのことをじっと眺めている。

ソラは身振り手振りを交え、彼にできる最大の工夫を凝らした。

「ワット、アーユー、ドゥイングヒア」

少女がやっと感情らしい感情を――怪訝そうな表情を見せる。

怒らせてしまったのだろうか。ソラは、よっぽど走り去ろうかと思ったが、背中を見せて逃げた途端に光線銃で撃たれる、なんてことがないと決まったわけではない。

すると少女は喉に手を当て、アー、アーと発声を試した後、腕時計を見るように左腕を水平に構えた。

見ると、少女の左手首から前腕の中ほどにかけて、真珠のように虹色を溶かした乳白色の装置がはまっていて、部分的に赤や緑の光を点滅させているのだ。

少女が装置に右手を下ろし、スマホを操作するみたいになぞったり指先を立てたりすると、点滅は止んで淡い虹色だけが残った。

「大丈夫だ。これでたいがいの会話はできるだろう」

そのまま視線をソラに飛ばすと、少女は眉をひそめて、

「早速、原住民のおでましか」

そう言ってソラに向けて左掌をかざした後、再び左腕を水平にして、装置に視線を落とす。しばし装置を見た後、ソラの顔と代わる代わる見る。

「なんだ、同族じゃないか」

少女は驚いたように言った。

流暢な日本語だった。しかも方言の一切混じらない、ぴしゃりとした標準語だ。ただ、少女の口の動きと発せられる音には、ずれがあった。まるで吹き替え映画を見ているようだ。

「あの、日本語がわかるんですか？」

「同族がなぜここにいる？　お前も私と同じように――」

どうやらこちらの話を聞く余裕がないようだ。その気がないだけにも思えるが。

「いや、まあいいか」

少女の後ろの煙が完全に晴れると、姿を現したのは、直径二メートルを超えるであろう、いびつな岩石の塊だった。遠目で見ると岩だが、ところどころ継ぎ目のある鉄板が組み込まれていて、ロケットのような噴射口があり、丸い窓のようなものも見え

る。

言葉が通じるのなら、人類にできる最良の手段を行使することができる。

それは質問することだ。

「これは、なんですか？」

そう聞くと彼女はそっぽを向いて、知らん、と言った。

「え、でも今あなた、この中から這い出てきませんでしたか？」

「全く身に覚えがない」

「えぇ……。ならあなたはなぜここに？」

しばらく間があった。彼女の表情はぴくりとも動かない。

「ただの通りすがり。いわゆるバクチャーというやつだ」

要するに彼女は、この物体とは関係ないという立場を貫き通すつもりらしい。

それならばさっさとどこかに歩き去っていけばいいものを、ソラがその場を動く気がないとわかると、少女もまた頑として足に根が生えたように動かない。ソラが目を合わせようとすると、少女は視線を宙に彷徨《さまよ》わせる。

突然の雨のように、腕にはまった装置がメッセージを発した。

不意を衝かれたようにそれを覗き込むと、少女の顔は血の気を失っていく。

眉は寄り切り、目は細まり、口元は引きつっていた。そういう表情を、ソラはこれまで見たことがなかった。彼女自身がどんなに口をつぐもうと、声にならない声を押し殺し潰れたその音は、彼女の心情を理解させるにはあまりに饒舌だった。

残されたのは年相応のか弱さだけ。

緑色の髪の少女は、赤い歯茎を見せて咽《むせ》び泣く。

なにがどうしたって、ここで帰るわけにはいかない。

「泣いて、いるんですね」

「うるさい」

「何か力になれることは？」

「うるさいぞ」

「どうしてここに？」

「うるさいと言っている！」

言葉が溢れ出した。

もう全部、受け止めるしかない。ソラは、今できる一番のことをしようと思った。

喉に引っかかった言葉を吐き出すためにか、少女は体を少し揺らす。息を飲む音。

ソラは次の言葉をただ待った。

「だから……」

その続きを吐き出すことで、少しでも心の負担が減るのなら。

ソラはどんな現実でも受け止める心構えを、すでに済ませていた。

「迷子になったの」

今にも消え入りそうな声だった。

少しの沈黙のあとソラは、どこから来たの？と訊く。

少女は星を指差して、そのまま押し黙る。

指の方向、遥かな黒い空を見上げる。そこには無数に輝く星が見える。参ったな。

どれか、わかんないや。

★★

ソラはひとまず、彼女を家まで連れていくことにした。

警察に連絡したり、保護者の連絡先を聞き出したりするのは、彼女が十分に落ち着いてから、それからでも遅くはないはずだ。

隕石もまた明日にでも見に行けばいい。

ソラが前を歩くと、少女は黙ってついてきていたが、やがて木々に囲まれた場所で立ち止まり、枝に触れて即座に手を引っ込めたり、葉っぱをちぎって匂いを嗅いだりし始めた。

「それにしても、凄まじい数と種類の植物だな。ここは植物園か何かなのか？」

そんなわけないよ、とソラは言う。

少女の気まぐれに付き合わされるのはごめんだった。

「ここはウチの裏庭から繋がってるただの森さ。特に名前とかは、ついていなかったはずだけど」

「森、だと？　ではここは、この国家体の超機密私有地だったのか？」そう言って悩ましげな表情を浮かべ、「厄介なところに墜落してしまったな」とため息をついた。

ソラはすでに、どう返したらいいかわからないことについては、無視を決め込むぐらいまで、この状況に適応していた。

「やっぱり空から落ちてきたの？」

「いや、本当に、厄介なところに通りかかってしまったな」

彼女は言い直した。

本当に宇宙《そら》からやって来たとは思えないが、あの場に偶然駆けつけた野次馬とも思えない。それに今、この少女は森と聞いて、心底驚いた表情をしたのだ。

「森がなんで国家の超機密なのさ。この国の国土の七十パーセントは森林でできてるんだよ？　そんなことも知らないのかい」

それを聞いた少女は、鳩が豆鉄砲を喰らったような顔をした。

「森をそれほど所有する国家体か……。よく侵略されないでいるな」

とにかく少女は、触れる植物の一つ一つに、驚き、興奮し、しかし同時に警戒もしているようだった。そうやって枝々をかき分けていくと、やっと裏庭が見えてくる。

「ここからはすぐだよ。僕の家」

アラームが聞こえた。ソラはポケットを確認したが、スマホが振動しているわけでもない。音は、少女の腕の装置から出ていた。

「これは食事の時間を示すアラームだ。ファニトリーはどこにある？」

「ファニトリーって何？」

「ファニトリーも知らないのか？　食品プリンターのことだ。どこにある？」

「そんなものはこの国にはないよ」

「馬鹿な。だったらどうやって生きていけというんだ！　ラギアナめ、私にここで死ねというのか」

「簡単なチャーハンとかなら作れるけど」

天を仰いで涙ながらに叫ぶ少女は、その言葉に鋭敏に反応した。

「何だそれは。作る、とはプリントアウトするということか？　君が？」

「いや、普通に料理するだけなんだけど……」

「リョーリ？　なんだそれは」

　プリントアウトにやたらこだわるこの少女は、食事というものを何だと思っているのだろうか。せっかく助けようとしているのにこうも馬鹿にされると、いい加減、癇《かん》に障《さわ》ってくる。

「ちょっとめんどくさいよ、君」

「真剣にリョーリという行為が理解できない」

「バカなのかな？」

　彼女曰《いわ》く、彼女のもともと暮らしていた〈国家体〉では、食事はすべて〈ファニトリー〉と呼ばれるプリンターに任せているそうだ。素材となる元素をトナーとしてセットし、変幻自在の食品を製造可能らしい。だから食品売り場には基本的に〈食品トナー〉が置いてあり、この国でいう料理人にあたる人間は、プリンター職人〈ファニター〉と呼ばれ、元素の調合具合が食感、舌触り、味、香り、全てを左右するため、ファニターの腕によって食事の出来は左右されるのだとか。

　変わった国だね、と言い終えてソラは、結局少女のペースに乗せられていることに気付く。

「ってか、どこだよそれ」

「それは言えないことになっている」

　そんなことだろうと思っていたよ。

行きは一人だったけど、帰りは二人に増えている。これは実は大変なことだ。でも家のドアを開けることに、ためらいはなかった。

開けると、ブランケットを羽織ってマグカップ片手に出迎えてくれた祖母が、どちらさま、と言って不思議そうに少女を見る。それはソラが一番訊きたいと思っていることである。

森の中で迷っていた女の子を連れてきた。明日警察に連れていくから、今晩だけ家に泊めさせたい。そう説明すると、祖母は快諾してくれた。

テレビを見ている祖父が戸の隙間からこっちを覗いて、音の正体はどうだったのかと訊いた。ソラは、雷が落ちたみたい、と言った。

「快晴なのに？」

祖父が心底不思議そうに訊く。

「うん、快晴なのに」

自信満々にそう答えておく。

冷蔵庫を開けると、先日おつまみとして作ったチャーシューの残りを見つける。野菜室にはネギ、冷凍庫にはご飯の塊があったので、本当に適当なチャーハンを、自分が食べるわけでもないのに、ただ黙々と作る午後十一時半である。

ふてぶてしく腕を組み、足をガバッと開いて椅子に座る少女は、エプロン姿のソラを見てこう言った。

「それがリョーリか。生物の死骸を火にかけ、まるで拷問しているようだな」

人間の営みを真っ向から見下すような口調だった。

「なんてことをおっしゃいますか。これを毎日しないと、人間は生きてはいけないんですよ」

「噂には聞いていたが、やはりここは地獄に等しい場所だな」

「え？　何？　食べないの？　食べないのね？」

皿に盛った湯気の立つチャーハンを、少女に近づけては、戻す。近づけては、戻す。口ではそう言っているものの、意外なほど顔は正直だ。きつく締められた目元は、皿を近づければ緩むし、遠ざければよりきつく結ばれる。

「匂いは、い、いいな。だがこんな死骸の寄せ集めを食えと言うのか……」

「さっきからさ、死骸死骸って言ってるけど」

ソラは少し、語気を強めた。

「君のもといた場所がどんなにクリーンだったかは知らないけど、少なくとも僕ら人間は、従属栄養っていって、他の生き物が蓄えたエネルギーをもらうしかないの。だから人間は罪深いとかよく言うけど、生きてくためには仕方ないじゃん。罪だと言って救われる気分になるのは人それぞれ」

意外にも反論の声は上がらなかった。

少女はチャーハンの米一粒一粒を、熱心に見つめる。

「君の言う通りだ。私はここで、この世界で生きていかなければならない。だからリョーリというものを受け入れる他に、選択肢なんてないんだ。わかっていた」

差し出された皿を素直に受け取ると、今度は卓上のスプーンを手に取ってじっと眺め、そして言った。

「これは私の国にもあったぞ！　フォックという名前の道具だ」

「これからはスプーンと呼んでやってくれ頼むから」

恐る恐る、彼女はフォック、ではなくスプーンをチャーハンの山に崩し入れる。目をつぶり、息をのみ、そして一口。

彼女の目がかっと見開かれる。あの時空にほとばしった眩《まばゆ》い光を思い出させるような、そんなキラキラした輝きが、二つの青暗い瞳の中に詰め込まれている。

「美味しい！」

スプーンと皿がやかましく、美味しい音を鳴らす。

「これは、いや、こんなものは、王室直属のファニターにも出せない味だぞ」

「味付けはニンニク醤油と胡椒だけですが」

「君は天才かもしれない」

「天才なのは僕じゃなくて醤油だ」

そうは言っても、彼女は時折手を止め、困惑した表情になる。

今までとのギャップが立ちはだかっている。

もしも本当にどんな生命も殺さずに、食料を製造できるテクノロジーのもとで育ったのだとしたら、今彼女が行っていることがどれほど彼女に自責の念を植え付けるのか、恐ろしくて想像できない。

けれど彼女が舌鼓を打って無垢な笑みをこぼす瞬間、ソラは、ああ醤油の国の人でよかったなあ、とただ思うのである。

その夜少女は、ソラの叔母がかつて使っていた空き部屋で眠った。それはソラの部屋の真横であった。しかも隔てているのは襖《ふすま》一枚だった。

眠れるはずがなかった。特大スペクタクル映画を見た後の、あんな興奮に似ていた。冷めない熱を隠すように、ソラは布団を頭まで被って、じっと闇の問いかけに答え続けた。

明日から何が始まるのだろうか。無為に、そんなことばかり考えてしまう。

しかし想像した明日は一つも来なかった。

彼女は姿を消していた。

まるで、昨夜の出来事が全て夢だったかのように。不安になって丘の方まで散策に行ったが、痕跡なんて何一つなかった。

記憶を頼りに森をかき分けていくと、なぎ倒された木と大きなクレーターだけが残され、隕石もなくなっている。

星の降る一夜の、魔法のように。

ソラはまだ、少女の名前さえ知らなかった。

★★★

八畳ほどの部屋の中央に長机が二つ合わさり、囲むようにパイプ椅子があった。その一角にデスクトップパソコンが置かれ、ソラは反応の悪いマウスを握りしめていた。

今日は夏休みの最終日。

ソラは、三竹ヶ原《みたけがはら》第一高校天体観測部、通称三竹天体の副部長として、夏休みの初めに行われた山間合宿のレポートや、他部員の自由研究のデータをまとめていた。

熱意が認められて、というのは表向きの話。本当は押し付けられるような形で、まだ一年生にもかかわらず副部長に抜擢されたソラは、仕事に没頭することで一夜の幻を忘れようとしていた。

「こんなに忙しい文化系クラブは天体だけだよ全く。田舎の学校だからそこら中に観測スポットがあるのをいいことに、顧問がはしゃぎすぎだっつうの。いやあ忙しいなあ」

　二年の酒井《さかい》が言った。

「あれでまあ、星に名前を付けたこともある人っすからねえ。熱意も半端じゃないっすよ。本当に忙しいっすね」

　一年の木下《きのした》が、便乗するように言う。

　顧問の藤原《ふじわら》先生は、地元に貢献した百人に選ばれる名士だ。どうして田舎高校の物理教師をやっているのかわからない。

　酒井と木下は二人して、リサイクルショップで買ったところどころ破れた革のソファに浅く座りこんで、だらんと足を伸ばしていた。彼らはクーラーの風を全身に受けることのみを仕事としていた。

　そんな間にもソラは、口を動かさず手を動かす。

「他のやつらはさぁ、ひと夏の思い出に、女の子と海とか山とかに出かけてるっていうんだぜ。それなのに、天体ったらよう」

「いやあ、本当ですよ。この忙しさ、オレたちの青春に、喧嘩を売ってるんですよ」

　忙しい、忙しい、忙しい……。二人の言葉が頭の中で呪詛《じゅそ》のようになって、ソラの体に邪悪な力を与えた。邪悪に侵されたソラは、人差し指を渾身の力でエンターキーに叩きつけた。

スパーン。

剣道の試合なら、一本、という声が上がっていたはずだ。エンターキーはパソコンを離れ、宙を舞う。

三人の視線が空飛ぶエンターキーに集まる。

画面上では、ハードディスクへのダウンロードが始まる。

ふう、と深呼吸してソラは、両手を頭の上で組んで伸ばす。ダウンロードのゲージが溜まっていくのを見ると、邪悪な感情もどこかに抜けていくようである。

「あのさ……」

ソラは椅子を回し、二人の方を見た。

「もし空から女の子が降ってきたら、どうする？」

二人はキョトンとした目でソラを見た。そして顔を見合わせたあと、酒井が言った。

「そりゃお前、手厚く介抱するだろうよ」

そのあとは、とソラは訊こうとした。が、その質問は木下に奪われた。木下は「そのあとは」と言ったあと、すぐに鼻の下を伸ばして目元を弛緩《しかん》させる。

「そりゃお前、なあ。えへへ」

酒井の仏頂面がほころび、下世話な笑いに変わる。

酒井と木下はお互い、気持ちの悪い笑いを見せ合っている。

「こっちは真面目に訊いてるんだよ」

ソラは呆れた様子で言った。

しかし先ほどの問いは、二人の男子高校生魂に火をつけたようで、どんどん妄想が膨れ上がっていく。

幸いなことに、こうなることが薄々わかっていたから後悔することもなかった。

僕が馬鹿だった、と言おうとした口が、どういうわけか、次の質問を吐いていた。

「じゃあ介抱した女の子が翌日姿を消していたら、どうする？」

「オレは捜す。町中捜すね」と木下。

「そんなに都合よく見つかるはずないよ」

「そんなこと訊いて何になる。まさかお前」と酒井。彼は訝しげな顔をして、じっとソラの方を見る。

「まさか経験があんのか？」

そう言ってニヤリと笑う。

あれから二週間。少女が姿を現すことはなかった。今夜こそは、と丘に行ってみたりもしたが、あるのはいつもと同じ、一人で眺めるだけの夜空である。それさえあれば十分だったはずなのに、どうにも天体観測に身が入らない。

「あるわけないじゃないか」

ソラは、投げやりな具合に言った。

チーンと警告音が鳴り、データ移動終了の知らせが表示される。

これにてデータ整理は終了。

同時に、夏休みも終了したかのように思えた。


待つなら今日までだ。

昨日と同じく、丘で空を眺めながら待った。

レンズから目を離し、ふと街の方を見る。街はまばらに輝いていて、道路だけが抜群に明るく、光の川のようになっていた。裸眼だと少しぼやけて見え、それがかえって万華鏡のようになって美しい。

穏やかな涼しい風が吹いている。あの夜も同じ風が吹いていた。

不意に背後の闇で何かが輝く。林の中で一粒の光が、左右に揺れながら少しずつ大きくなってくる。

鼓動が早まる。

光が、大きくカーブを描いた。

そして――。

丘を横切る道路を、黒いバンが一台通っていく。普通のヘッドライトだった。片方が故障しているらしい。

車はハザードランプを出して、中途半端なところで停車した。最初からハザードランプを灯していてくれたら、くだらない希望を持たずに済んだ。車通りなんて滅多にない場所なのだから、そんなに用心したって何にもならないってのに。

車を運転したことのないソラに、夜の山道の恐ろしさなど想像できるはずもなかった。

しばらくののち、再びエンジンの低い音を響かせながら順調に木々のはざまに消えていった車のように、夜は何事もなく明けた。

★★★

三日後。

夏休み明け、初めてのホームルーム。

担任の上坂《うえさか》先生が、やや上機嫌に教卓の前にやって来る。その上機嫌の原因が何かは推して知るべしだが、懸念があった。見たところ出席率は六割ぐらいだ。国語教師上坂大吾《だいご》は自分の受け持つ授業で、人が少ないとすぐに気分を害した。大雨洪水警報やインフルエンザなどもお構いなしにだ。

これは雷が落ちるぞ、とソラは思った。

案の定、上坂は閑散とした教室を睨むと、額に指を置いて、悲しそうな顔をする。悲しい。自分はこんなに熱心なのに、なぜ生徒は応えてくれないのか。そういう説教を今に吐き出すぞ。

「僕は悲しい」

やっぱりだ。ソラは予想的中にほくそ笑む反面、来た人間に対して来ない人間への鬱憤《うっぷん》を漏らすことが、理不尽でならないと思った。

「こんなに素晴らしいことがあるというのに、なぜこうも出席率が悪いのか」

すると上坂は、くるりと振り返って白いチョークを握り、がしがし音を立てて、黒板に大ぶりな文字を書き始めた。

「あるいは！」

上坂の雄叫びが教室に響き渡る。

「登校した人の特権なのかもしれませんね。それでは転校生を紹介します」

ソラの位置からは、黒板には『美』と『光』という二文字が見えた。真ん中にも何か書いてあるようだが、上坂の胴体によって遮られている。

今、転校生と言ったか?

入ってきたまえ、と上坂が言うと、戸ががらりと開く。

不意を衝かれた。

彼女が歩く様がゆっくりと、ソラの目に映し出される。優雅に、それでいて素朴に、肩ほどまである髪を振って彼女は教卓の前までやって来て言った。

「美空光《みそらひかり》です。よろしく」

知らない名前と、知らない愛想だった。

「えっ」

一言叫んで立ち上がる拍子に、膝の裏で椅子を押しのけてガララと大きな音を出した。結果、クラス中の視線がソラに向かった。

あまりに可愛かったものでつい、と言って頭を掻いて、その場を誤魔化す。いや、誤魔化せていないのかもしれない。

人違いかと思ったが、やはりどう見ても彼女だった。クラス全体を見渡しているようでいて、その焦点はソラへと結ばれている。しかも優しい眼差しではない。モノを見るような冷徹な視線だ。

そして奇妙な沈黙が流れる。

「それだけか転校生。もっとないのか、情報」

肝を煎《い》った上坂が、捲《まく》し立てるように言った。

「これ以上何を話せばいい」

ヒカリは平然と答える。

「もっとこう、自己紹介的なものをだな」

「お前たちが信用に足る人間であるとわかれば話そう」

その少女——ヒカリは、上坂の方を睨みながら、そう言い放つ。

上坂はしばらく顔を硬直させたあと、生徒に背を向け、

「そうですか、仰せのままに」

とヒカリに耳打ちする。

いくら耳打ちしようと、耳打ちしている様は見えているわけだし、会話も筒抜けだ。

「うそだろ。言葉遣いに学校イチ厳しいあの上坂が、手懐けられてる。なあソラ、あれ、どういうことだろう」

だいぶ遠くの席に座る木下が、体を捻って上半身を乗り出して呼びかけてくる。が、ソラの耳には届いていなかった。

「おい、ソラ」

「あ、ああ」

丸めた紙屑を頭に投げられ、ソラは木下の方を一瞥した。紙屑を拾い上げて広げる

と、進路相談表だった。名前の枠に、子供のような字で木下と書かれている。

「でしたらこういうのは……」

ヒカリの合意が得られたらしく、耳打ちでの会話を終えた上坂は、転校生に対する質問時間を設けると言った。その提案がなされるや否や、すぐ上坂は教卓から立ち退き、ヒカリがその場に入れ替わる。

「もしかしてとんでもないお姫様とか」

木下がよく通る声を飛ばした。

お姫様というより女王様だ、とソラは話半分に返す。

「女王様？　おいソラ、それ……ちょっとエロい」

はいはい、とあっさり返し、木下の方に向けていた頭を、正面よりやや右に戻す。

ヒカリはクラス全体に向かって挑発的な顔で手招きをした。

なんでも来い、というわけか。

最初に挙がった質問は、やはり誰もが気になるところで、

「どうして頭のてっぺんだけ緑色なんですか」

ヒカリの髪の毛は見違えるほど黒く染められていたが、カラーリングの力があと一歩足りずという具合に頭頂部には鮮烈な緑を残していて、あの時の髪飾りも付けていない。もっともこの緑があったからこそ、真っ先に彼女であると気付けたのだが。

「登校途中に、緑色の塗料が落ちてきたからです」

ヒカリが顔色一つ変えず、平然とそう言い切ると、

「わかります。よくありますよね、塗料」と質問した生徒本人が言い加える。

そんなによくあることではない。

次に、好きな食べ物は何か、という問いが飛んだ。果たしてそれを聞いて一緒に食べに行こうと誘う人間がこの中にどれほどいることか。何の実用性もない社交辞令のような質問に、ヒカリは一秒も考えず「四角いやつです」と答えた。

「私も四角いやつ大好きです」

質問者はそう言って、にこにこして笑っている。

四角いやつだって？　そんなもの、この世に無数にあるぞ。

質問タイムは、ずっとこんな具合だった。ごくありふれた一般的な質問が投げかけられるたび、ヒカリはふざけた答えをよこした。問答だけならまだいい。その答えを誰も笑いもせず、揃って深く納得したように頷くのである。

結局、どこから来ましたか、という質問以外、彼女は全てふざけた回答を大真面目な顔で返したのである。故郷を尋ねる問いだけは、それは答えられない、と言ってきっぱり拒絶した。

ソラは何か恐ろしいことが起こっている気がして、上坂の目を盗んで木下に紙屑を

投げようとした。が、タイミングが悪かった。その時ちょうど、木下が手を挙げていたのだ。高らかに指先までピンと張って。

木下は大声で叫んだ。

「スリーサイズはいくつですか！」

嘘だろ？　あまりの品性のなさに、ソラは昏倒しそうになる。

ヒカリは眉をひそめ、なんだそれはと呟き、指を三本立ててしばらく眺めると、

「そうですね、1対4対9です」

と答えた。

すぐに木下の、コンビニ店員が言うような「ありがとうございます」が飛んだ。

スリーサイズとは比率のことだっただろうか？

木下は満足げに、1たい4たい9かぁ、と照れ臭そうに小声で繰り返している。

気のせいか、ヒカリはソラを見てにやっと笑う。

ソラは思い出す。あの夜、彼女の左手の装置は彼女が触れてからは乳白色に転じ、それ以来色に変化はなかった。それが今、装置の一部が赤く点滅している。

ソラは手を挙げた。

「質問いいですか」

「お前はだめだ」

日本刀のような切れ味だった。

だが何より恐ろしいのは、ソラ一人が拒絶されたことを笑う者が誰もいない、ということだった。皆当然のことのように、まるでソラが質問できないことが法律で決まっているかのように、仕方ないよ、そりゃそうだよ、という雰囲気を形作っている。

結局ソラは、最後までヒカリから質問を許されなかった。

自己紹介が終わり、次は席決めとあいなった。

しかしこちらは転校生に決定権はなく、視力の悪い人間が前方に優遇されるくらいである。上坂が席を指定し、日直が机と椅子を準備室から持ってくるだけの話だ。

空いている席、つまり廊下に面する列の最後尾に誘導されるはずだった。

だがヒカリは次のように言った。

「私は二酸化炭素アレルギーなので、窓に近い席じゃないと死んでしまいます」

と言って、さらに指までさした。窓際は列いっぱいに席が埋まっていて、ソラはその中ほどに座っていた。ヒカリが指差したのは、ソラの一つ後ろの席だった。

「じゃあタツヤ、代わってやって」

「ええっ、そんな」

居眠りから覚め、呆然とする中原達也に、冷酷な命令が下される。その仕打ちは誰の目からもわかるような理不尽さだった。地上げ屋のやり口である。

中原は抵抗した。次の席替えまで自分はこの快適な窓際席にいる権利がある、と上坂に抗議したのだ。

ソラは、中原を心中で応援した。

するとヒカリがすうっと寄っていって、お願い、と一言。

「うん、ぜひ使って」

中原は立ち上がり、胸を張って教室の後ろを歩き、廊下側の列の最後尾に直立するのである。

中原は結局、その時間中ずっと立ちっぱなしだった。

彼が机と椅子を得るのは、二限目の半ばになってのことだった。

★★★★

昼放課、ウズウズしていたソラは即座に後ろを振り返ると、案の定ヒカリは、待ちかまえていたようにこちらをじっと見る。

さて、これほどまでに距離的に近く、今から五十分と時間もたっぷりあるのに、話が捗《はかど》りそうもなかった。

ヒカリとソラを囲んで、人間の輪ができかかっていた。

席を立とうとしても立てない。のみならず、押し返してくる。

暑苦しく、息苦しい。が、不快さに不思議さが勝る。

普段は、モバイルイヤホンを両耳に入れてアニソンをずっと聴いている柴田や、朝礼で礼をしてから四限終盤までずっと机に伏して眠っている佐藤でさえ、その輪に加わっているのだ。

転校生が注目の的になるのはごく普通のことかもしれないが、ヒカリの場合はどこか違った。生徒たちには、異常な関心と熱意があった。

おしくらまんじゅうが激化し、ソラは、鍋の中で煮えるタコ糸で巻かれた牛バラ肉のことを想像した、その時だった。

ヒカリが叫んだ。

「今からみんなで職員室に行くと、今日の授業は全部自習になるらしいですよ」

生徒たちは歓喜の声をあげ、瞬く間に去っていく。

残ったのはヒカリの声が聞こえないくらい遠くに座っていた二、三人の生徒と、手洗いから戻ってきたばかりの生徒、そしてソラだけだった。

さあ来い、と言わんばかりに腕を組むヒカリを前に、ソラは溜め込んでいた疑問をぶつけた。

「どういうことだよ。突然現れて、突然いなくなって。あの後どれだけ捜したかわかってる？」

すい、とヒカリは体を低くしてかわす。それで質問をかわしたつもりらしい。ソラは追う。追及の眼圧をかけ続ける。

両者は固く腕を組んだまま、一分に及ぶにらみ合いの末、ヒカリはほんの少しだけ申し訳なさそうに、こう言った。

「時間が、必要だったんだ。何も言わずに出て行ったのは、悪かったと思っている」

「時間って、どんなさ」

ヒカリは半分黒くなった自分の髪の毛を指さして、妙に自信ありげに言う。

「この国の人間になるためのな」

「緑が残ってるけど」

「細かいことは気にするな」

ソラは本当に気にしないことにした。

聞きたいことが山ほどあるので、順序よくやっていかなければならない。とすると、まずはこれからだ。

「ヒカリって名前……。それにこの学校に転入？　一体どうして」

「生きていくためだ」

思いもよらず、まっすぐな答えだった。

「人は、繋がりを持たなければ死に絶えてしまう生き物だ。私は永遠の迷子。もはや、この地で生きていく他ない」

やや俯いて、その視線は自分の足元へと下っている。椅子の下にある上履きにはまったヒカリの両足は、教室のフローリングを貫いて、この星の大地を捉えていた。

顔を上げる。

表れたヒカリの覚悟を伴う目つきは、ソラが身にまとっていた楽観を剥ぎ取るのに十分だった。同時に、想定していた数々の質問が消え失せ、心の奥から何色でもない同情の波が押し寄せてくる。

再び、ヒカリの左腕の装置がアラームを発する。あの夜聞いた食事のアラームとは、また別のものだった。

「そうだ。君は、えっと、ヒカリは一体どういう手品を使ったんだい？　まるでみんな君のいいなりだ。あの我が強い上坂先生まで……」

昔ふざけて上坂先生に催眠術をかけようとした生徒がいて、その生徒が逆に催眠術をかけられて翌日丸刈りにして登校してきたという逸話があった。だから何だという話だが。

「もしかしてその左手の機械が関係しているとか」

ソラはヒカリの左腕を指さして言った。

するとヒカリは、待ってましたと言わんばかりに、虹色の装置を見せびらかし、

「なかなか鋭い洞察力を持ってるな。これは〈アーム〉だ。簡単に言えば、分子連結式ウエアラブル端末だ。これが持っていくことを許された唯一の私物」そう言って装置をさすった。「わかるか？　シンプセル・ガガランの最新モデルだぞ！　これはなあ、買うのに本社ビル前で三日三晩寝泊まりして――」

ヒカリが熱弁する間、ソラはその構造にひたすら目を見張っていた。

腕時計のようで、腕時計ではない。二つの太いリングが両端にあり、その間に紙のように平たい虹色の画面が渡されている。肌の上に直接載っているようにも見えるが、一部皮膚と同化しているところもあるようだ。ヒカリが強烈な身振りをしても、すっとんでいかないのはそのためらしい。

画面には正三角形を基調にした記号がたくさん散らばっていて、もしかしたら彼女の『国』の文字なのかもしれない。

シンプセル・ガガランの創始者の言葉を引用し始めたあたりで、ヒカリは我に返る。ソラもアームを外から眺めることをいい加減やめる。目を移すべきはその機能だ。

「それで、そのハイテクな腕時計で、催眠術でもかけたっていうのかい」

「違うな。多分君が言っているのは、アームの機能の一つ、〈マスク〉のことだろう」

君と呼ばれた。先ほど「ヒカリ」と言い直したことが、今となって恥ずかしくなっ

てくる。まだ名前で呼び合う関係にもなっていないだろうに。なぜかヒカリという名が、喉から出たがっている。

「マスクって一体なんだよ」

「一言で言うならば、信頼だ」

信頼？　ソラは首を傾げる。

「そうだ。マスクは他者の〈マインドマトリクス〉に作用して、信頼を引き上げることができる。信頼だけじゃない。ベクトルを調節すれば、信頼は愛着にも同情にも嫉妬にも変化する」

「ちょっと待てよ。それってやっぱり人を操ってるってことじゃないか」

ソラは顔をしかめる。

「操る？　馬鹿を言え。私の国では、社会では常にマスクを起動していなければ顰《ひん》蹙《しゅく》をかうのだぞ。この国で言う、化粧のようなものだ」

確かに日本では、いや日本に限らず世界のどこでも、多くの人間が身だしなみに気をつけている。女性は化粧を欠かさないし、男性は整髪料とネクタイにこだわる。こだわらなければただ社会は冷たい目で通り過ぎていくだけだ。

かといって社会が欲する必要最低限のマナーとして、人の心にまで踏み込んでいいのだろうか。

けれどヒカリの説明は、ソラに一応の納得を与える。生徒も先生も皆、ヒカリを『信頼した』ために、おかしな発言にも異を唱えなかったのだ。

「原住民たちはマスクに耐性がなさ過ぎたんだな。私も、ははは、これほどまでに顕著に効果が表れるとは思っていなかったよ」

今更だが原住民とは、我々のことを指していた言葉だったのか。

なら、どうしても一つだけ疑問が残ることになる。

「だったらどうして僕は今、君に質問できてるんだ？」

たった一人ソラだけが、この教室でヒカリと向き合うことができている。さっきの有様を見ればわかるが、マスクを使えば自死に導くことだってできるのだ。つまりソラ以外の人間は皆、ヒカリたった一人に生殺与奪を握られている。

ソラだけが人間としてヒカリに向き合うことを赦されている――。

するとヒカリはにっと笑い、

「ここに来て最初に出会い、最初に会話をし、最初に別れた同族が君だったからだ」

両腕を広げて、歓迎するような仕草をとった。

ソラは、どう返したらいいかわからず、全身を硬直させる。

やがてヒカリは机に片肘をつき、頭を手で支えながら言った。

「マスクを介さない同族も必要だと思ってな。今から君は、私のクリッパになれ」

ソラにはそう聞こえた。

履き物になれ……つまり、この国で暮らすための足がかりというわけか、などとソラは勝手に想像を膨らませる。

「〈クリッパ〉だ」

ヒカリが言った。

ソラがどうにもできずに閉口していると、ヒカリはじれったそうに髪を掻いた。

「なぜ知らないんだ！　古事『クリーパード橋の盟友』からとった普通名詞。三歳児でも知っている。毎年千人を超える死者を出した暴れ川ドレインポールにかけられた、クリーパード橋の上で、いにしえの代に他民族同士の戦争が起こってだな」

ヒカリは息を切らして説明している自分がバカらしくなったようだった。左腕の画面を見ながら、

「はあ。全く同等の意味の単語が存在しないと翻訳できないんだ。クリッパは、そうだな、無理にでも訳すとしたら……」

と、すかさず画面にタッチし、親指と人差し指で拡大する。スマホの操作で見かける動作と似ている。ただし画面はどういう原理でか、ヒカリの腕の上から大きく逸脱し、全長一メートル弱の巨大な正方形へと広がり、アームの上で浮遊しているのだ。

その画面を右手で押し上げるようにすると、画面が持ち上がって縦方向の表示となる。ヒカリは腕の上で倒立した画面に直接指を走らせ、ソラの視線を感じると、見せつけるようにゆっくりやった。けれどソラには、人間がはるかに及ばない技術だなと思うこと以外、得られた情報はなかった。

やがて彼女の中で、答えが出たようだ。

「ああ、これだ」

三角形ばかりの文字列の一部を指さして、彼女は言った。

「友と奴隷の中間くらいのやつだ」

「なんだそれ」

午後に向かう教室に、ソラの間抜けな声が溶ける。

こうしてソラは、ヒカリの〈クリッパ〉になった。その時ソラは全くいい気分はしなかったが、それはヒカリの真意を、もっと言うと彼女が扱う言葉の仕組みを誤解していたからだった。

二人の関係はこれから、単語では言い表せない複雑なものへと変貌を遂げていく。

その出発点は――クリッパ。

第二夜　二人きりの戦争

ヒカリが学校に来てから四日目。夏休みの亡霊は姿を隠し、出席率が平時と同じぐらいに回復した頃である。

この短期間で、学園中の生徒がヒカリの顔を見知るようになった。

〈マスク〉の効果は大きかった。『信頼という服』を着て歩いているヒカリは、特に何かを命じることがなくとも、周囲の人には信頼感のある女性として映った。つまり彼女の挙動の一つ一つに、確固たる信頼が置ける『重み』が加わっていたのだ。

行いの重みはヒカリを、威風堂々とした人物であるように見せた。今やヒカリが廊下を歩く時も、着替えをしている時も、お手洗いに行く時でさえ、後光が差しているように見えるらしいがソラには何一つ感じられなかった。

ヒカリはただ、馴染めない学校に無理にでも馴染もうと奮闘する、転校生だった。

毎授業終わりに、ヒカリは廊下を出て校内をぐるりと一周歩く癖があった。なぜそうするのかと訊くと、風に当たりたいからだと言うが、ほとんど毎度のこととしてソラは、その散歩に付き合わされていた。

それが〈クリッパ〉である人間にとっては当然の責務であり権利であるらしい。責務なのか、権利なのか。ヒカリは両方だと言う。

ソラは、そんな条件を飲んだ覚えはなかった。しかしソラが席で眠ろうとすると、椅子の横に立ってじっと待っているのだ。彼女から願うことはないのだけど、結局ソラの方が先に折れてしまう。

学校中の注目の的である彼女に、金魚の糞のように四六時中付いて回るのは気が引けることだった。しかしソラは、放っておけない自分がいることにも気付いていた。


五限目は早く終わったので、少し長い散歩に出た。三階にある教室から一階まで降りると、下駄箱近くにあるコルクボードの前に人だかりができているのが見えた。

「なんだあの有象無象の集まりは」

「さあ。なんだろう」

のちに聞くと、ヒカリは人が集団でいること自体が見慣れないようで、生徒たちに対して何ら悪意があったわけではないそうだ。

それにしてもヒカリの言い草には露骨な距離感が滲んでいた。散歩はやめて教室に帰りたいというニュアンスすらあった。

　ソラとしても、集団に接触して、その中の何人かがヒカリの方へ寄ってくることが好ましく思えなかった。ソラは自分の好奇心と折り合いをつけて、ちょっと見てくるね、と言った。

　近づいていくと肉厚なゴシック体で、

『祝！　転校生快挙』

という大見出しが目に飛び込んできた。二、三枚の写真と、いくつかの小見出しで章分けされた見開き記事が、コルクボードに張り付けられているのである。

　壁新聞部は学校公認団体の一つで、校内や地域で起こった注目の出来事を不定期で張り出している。しかしこのレイアウトでは新聞というより週刊誌の面持ちなので、壁スキャンダル誌部に改名した方がいいように思われる。

　転校生、というのがヒカリを指しているのは自明だろう。ちゃっかりヒカリが廊下を歩いている写真まで撮っている。目ざとい連中だ。

　では何が快挙なのかという話になる。ソラは目を走らせる。

　なるほど。

　どうやら美空光ファンクラブなるものが結成されたらしい。また、その結成日数が転校から三日である旨、これが過去最速である旨が書かれていた。普通、入学式から数えるのが『公式』の見解らしいが、『公式』が何であるかは記されていなかった。

ソラは通路と垂直の壁にもたれて待っていたヒカリに、記事の内容を伝える。

「ファンク・ラブ？　なんだそれは。化学兵器か何かか？」

「変なところで切るな。ファン・クラブだ」

そうは言ったものの、ソラも別段ファンクラブに精通した人間というわけでもない。頭の中で辞書を引き、説明を組み立てる。

「ああ、つまり、君のことを気に入った人たちが、勝手にファンになって、勝手に集まって、勝手に語り合う会合みたいなものさ」

随分ファンたちには当たりの強い言い方になってしまったことを申し訳なく思いつつ、もう少し考えこう続けた。

「君がその存在を認めると、単語の上に公認がつく」

階段に差し掛かる手前でそう言うと、

「認めるものか！　勝手にだと？　迷惑千万この上なし。そんなこと人として許されるのか」

と、階段を踏む足を心なしかどすどすと鳴らす。

「そこまで言うのはさすがに酷だけど、まあ公認しないのなら、厄介なことに変わりないね」

ヒカリは、勝手にだと……、となおも怪訝そうな顔つきでぶつぶつと言っている。思わぬ拒絶反応だった。

ソラは、ファンクラブをもっと美化して伝えるべきだったかと思い、その些細な後悔を払拭する意味も込めて、

「ヒカリの自業自得じゃん。〈マスク〉なんていう超常アイテムを使わなきゃ、こんなことにはならなかったんだから」

と、笑ってそう言った。

以降、マスクを停止したそうだ。

効果が大きすぎることと、バッテリーの消費が激しいことが原因である。化粧は化粧落としを使わない限り肌に載っているように、マスクを切ってもその効果も持続するそうで、しばらく騒ぎは収まりそうにない。

ヒカリが人気者でいるだけの話。

ソラがヒカリに話しかけづらくなるだけの話。

その程度のことだと考えていたソラだったが、ヒカリの表情はみるみる悪化していき、緩やかだった眉は見たこともない傾斜を辿っている。

「まずいな……これでは早々に、イニシアチブがまるで執れない不安定な共同体に飲まれるかたちになってしまう。死活問題だ」

「またか？　でも僕には通用しないぞ、そういう脅し」

ソラがそう言うと、ヒカリは大ぶりなジェスチャーを交えて、

「いやあ、これは本当なんだ！　信じてくれ。私は決して、『ファンクラブ』などに征服されるわけにはいかないのだ。決死の思いなんだ」

「ファンクラブをそれほど危険視する人を初めて見る」

「早急に、どこかの共同体に、身を固めねば……し、死ぬ……」

軽々しく、死ぬなんて口にするなよ。次に用意していた言葉だ。

けれどヒカリは頭を抱え、しばらく立ち止まった。三階に達するまであと四段という位置である。

「な、なあ。もう行こうよ」

そう言って、ソラは顔を覆うヒカリの腕を握り、顔の近くから剥ぎ取った。

ヒカリの目は揺れ動いていた。まるで誰かに命を狙われているかのような切実さである。尋常ではなかった。

ソラはその表情を見てすぐ、それが彼女の嘘偽らざる意思なのだと確信し、疑っていた自分が恥ずかしくなる。

いや、恥じるだけでは済まされない。ソラはヒカリの〈クリッパ〉なのだから。

その一瞬で、自分に何ができるか考える。ソラの両腕はそう大きくはない。彼が確

実に掴める範囲にあって、彼女を救うことができるものがあるとすれば、それは。

「じゃあさ、ウチに来ないか？」

「なんだこんな時に生殖の誘いか。いいか私は今危機的な――」

と、ヒカリは大真面目に言う。会ってない間にかなり偏った情報までインプットされているらしい。

「違うに決まってんだろ！　ウチってのは、身内を意味する。つまり、天体観測部さ。略して天体」

「それは……お前の、制御下にあるのか？」

「僕は副部長だ。行事も雑務もほとんど、僕がやっている」

それはソラにできる精一杯の虚勢だった。彼女を守ってやれるかどうかもわからないし、この助け舟さえ単なるでしゃばりかもしれない。本当のところ彼女は放っておいてほしいのかも。

それでも、そのように言うしかない。

「それは本当か？」

ヒカリは上目遣いにソラを見て、しばし心中を探った後、笑顔で頷いてみせた。

それが確実にヒカリを共同体へ招き入れる手段になる保証はないが、あながち根拠がないわけでもない。勧誘活動は部員に課せられた重要な任務であり、ソラ自身も新たな部員を欲していたからだ。

しかしそんなことはどうでもよくなった。一度ソラの話を聞いたヒカリの表情は、先ほどまでの暗さが嘘のように明らむ。

新入部員を獲得できることよりも、そちらの方が嬉しいに決まっていた。

★

この学校には様々な部活動がある。全校生徒の入部率は、生徒会役員も含めると九十五パーセントにのぼるので、放課後に足がそのまま家へと向く生徒はごくわずかと言える。

部活動には優劣があった。

強豪と言えるのは運動部だとテニス部、バスケットボール部、水泳部などで、県大会出場の常連だ。文化部だと美術部とオーケストラ部などが有名だ。

対して部員数が少なく競技性の低いところは、弱小部活動だとみなされがちだ。天体観測部などはまさにその最たるものだ。

部活動は、活動の成績や部員の規模によって、学校から下りる補助金の額が違った。

例えば最も晴れ晴れしい部活動の一角として君臨するバスケ部と水泳部は、随一の金持ち部活動だ。

そのため宣伝にも抜かりがなく、部活開始時の午後三時半頃には、彼らがユニフォーム姿で校内を練り歩く宣伝参りの光景が見られる。

無論、水泳部のユニフォームといえば競泳水着だ。宣伝参りがなぜ自粛にならないかは不明である。


曇天の金曜日。

六限が終わるが早いか、背後で勢いよく椅子が引かれる。

振り向くと、用具をまとめ鞄を肩にかけてスタンバイしているヒカリの、やけにはりきった姿を目の当たりにする。

確かに今日の六限は、多少の延長を強いられていた。木下をはじめとする数名の生徒がスマホで通信ゲームをしているところを、上坂が取り押さえたのだ。運悪く摘発の対象となったのは木下一人で、そのほかの生徒たちは彼が詰問を受けているうちにとっととスマホを鞄に隠したわけだ。

一部始終を見ていたソラは、木下はもはや救えまいが、他全員を道づれにすることは可能だろうと思い、告げ口をしかけた。だが木下が上坂に問いただされる際、一人プレイ用のゲーム、という言葉を二度使うのを聞いて、無粋な判断だと思い直したのである。

しかしそのせいでヒカリを待たせてしまったのは、決まりが悪いといえば決まりが悪い。木下を恨みたいが、これから連れて行く場所のことを考え、ソラは自分の負の感情と和解することにした。

ヒカリにおまたせと言って教室を一緒に出た、ちょうどその時である。

赤い生地にオレンジで縁取りされ、胴に大きくMITAKE-DAIICHIという刺繍が入ったユニフォームの集団が、廊下の中央を埋めるように五、六人、足並みを揃えて向かってくるのである。

先頭の男以外皆、小脇にバスケットボールを抱えている。三竹ヶ原第一高校バスケットボール部の宣伝参りだった。

すると廊下に出ていた生徒たちが、自ずと脇に寄り始める。軽口を叩く人間もいるが、大抵は花形部活動の部員仲間で、その他大勢の生徒たちは迫り来る集団の威圧感に、気圧《けお》されてしまっていた。

ソラは宣伝参りそのものには大きな感情も抱いていなかった。廊下の中央を歩いているのは邪魔くさいが、あれでも一応学校の許可を取っている。つまり学園の長たる生徒会長がそれを許したということだ。ソラはその事実に一定の配慮を示している。

強豪部活動もまた、天体観測部などという弱小のことは気にも留めていない。二者は天と地のごとく交わり難い存在であるはずだった。

しかし今日は何かが違った。

ソラは横切る男子部員の一人から、強い威圧を感じたのである。男の口元がかすかに動いたが、音は発さず、視線をソラから別のものへと移す。とともに熱を帯びた、獲物を狙うような情感も宿す。視線を追うと、集団を避けるように教室に出戻ったヒカリの背中へとたどり着く。

ソラは彼の口元がこう言っているように見えた。

で　しゃ　ば　る　な。

そこに文化系部活動の分際で、とでも付け加えれば、説明はなおさら楽になる。

「もう行ったか？　なんなんだあいつらは……」

ドアの陰から顔だけ覗かせるヒカリが、不審そうな声色で言った。

「部活の宣伝活動らしいよ。やや自意識過剰なね」

気付けば足が止まっていた。ソラは自分は恐れたのではないと信じたかった。幸いにもヒカリが、ドアの後ろに隠れていてくれたので、ソラは自分の臆病さを恨まずに済んだ。

「どうした。難しい顔をして」

ソラは笑顔を取り戻そうと努力した。

「あ、ああ。君を紹介したら部員たちは、どんな顔をするかなと思って」

「歓喜し、踊り狂うんじゃないか」

「自信があって結構なことだよ」

部室棟の二階、六号室のドアの前に立った時、ソラは少しもったいつけたくなって、これ見よがしに肩で深呼吸をして、両手をこすり合わせたりなどしてみた。

が、その行為に一ミリの配慮もなく、ヒカリはソラを押しのけドアを強引に開く。

中にいる全員が手を止めた。静寂に割り入るように、扇風機の乾いた回転音と、十センチの液晶の中で全員がモンスターに吹っ飛ばされる効果音が聞こえた。続けざまに、一瞬目を離した隙に！と酒井が小型ゲーム機をソファへ放り投げる。そして再度、確かめるようにドアの方を見る。

「えっと、われらが天体観測部に何か？」

酒井の問いを食うように、

「加盟しに来たぞ！」

とヒカリの声が押し入った。

ドアの前に仁王立ちするヒカリの脇をすり抜け部屋に入ると、酒井と同級生の宮地《みやち》が呆然とした顔をこちらへ向けているのを目の当たりにする。悪くない反応だ。

すぐに二人からわっと声が湧き上がる。男たちの本能は、ひとまず彼女の前に自己紹介を晒すということを選んだらしい。とにかく名前を覚えてもらわないことには始まらない。賢明な判断だ。

ソラは二重の意味で鼻が高かった。部員たちとヒカリ、二方向から感謝される様を、捕らぬ狸で想像しさえした。

けれど部長席に座る三年の阿藤誠司《あとうせいじ》だけは、まだ彼女に背を向け、沈黙を貫いたままであった。

「あの、部長……？」

大人の上半身をすっぽり覆う大きな背もたれのついた、部長専用の椅子だ。そのため声がするまで、そこにいるのかさえ定かではない。

「新入部員の斡旋《あっせん》、ご苦労。しかもそれが、まさかあの三ヶ姫《みかひめ》さんだとは、これは驚きだ」

「みかひめ？」

ソラが首をかしげると、椅子がくるりと回って、スクエアフレームの眼鏡をかけた仏頂面の阿藤が、白黒の印刷物を目線の先にひらひらと泳がせる。

「三日でファンクラブを作らせたから三ヶ姫だそうだ」

阿藤は紙をソラたちの方へ滑らせた。

「これって、壁新聞部の」

「来週号のゲラだ。知り合いのつてで借り受けた。壁新聞部の連中は、次はそんな見出しで張り出すそうだ」

と言って、薬指と中指を使って眼鏡を正した。

ヒカリの知名度の上昇を壁新聞部が手伝っていることは間違いない。生徒と教師のスキャンダルや、花形部活動の美男美女を取り沙汰した芸能まがいの記事に、行き詰まっていた壁新聞部にとっては、彼女はまさに救世主だ。

「これで晴れて、彼女を知らない者はもう学校から誰一人としていなくなるわけだ」

「そんな人がさ、うちに入ってくるなんて奇跡じゃね？　よくやったぞソラぁ」と、宮地が言う。

阿藤は口元を少し上向きにさせた穏やかな笑みを浮かべ、手を鼻の下で組んでいる。いまだにその口から、歓迎の二文字は出てきていない。

「部員が新しく増えることは僥倖《ぎょうこう》という他にない。だが――」

阿藤が逆説を持ち出した瞬間に、ソラは自らの浅慮《せんりょ》を呪った。部長というのは、気を配ることに長けていなければ務まらない仕事だ。天体観測部などという弱小であればなおのこと、学校や強豪部活との間で、巧妙にバランスをとることが求められる。

そして彼は、この天体観測部を幾度となく廃部勧告から救ってきた男だ。

その阿藤が、組んだ手をいまだに固く閉じている。

「何を考えてるんですか」

「わからんかね。大注目のその子をこの弱小クラブに入れたら、どうなると思う？　その子を獲得したい部活動が、他にどれだけあると思う？　生徒会も広告塔を募集している。もしあの生徒会長、御門京平《みかどきょうへい》が動けば」

阿藤の言葉は、沸騰しかけていたこの場の空気を急冷した。

学生は概《おおむ》ね部活動に真剣だ。山と森と星空以外何もないこの街で、心の拠《よ》り所にしていると言っていい。それゆえに所属団体への仲間意識も比較的強い。三日でファンクラブを作るような学園のアイドルを、文化系のいちクラブが囲っているとなれば、強豪部活の敵意を買うかもしれない。

戦争が起きかねないのだ。

そしてもし戦争に巻き込まれでもしたなら、天体観測部は……。

「廃部にされるかもしれない、ってことですか」

ソラは抑え込んだ声でそう呟いた。辛そうな表情を見せたヒカリに、こんな会話を聞かせたくはなかった。

反論ができない。阿藤が言ったことは真実だ。この小さな部室が生徒会の執行部に差し押さえられ、段ボールにまとめられた荷物がドアのそばに置かれているところが、想像できてしまった。

「廃部は嫌だろう、皆」

と、阿藤はヒカリから顔を背けることなく言った。それが彼が部長たる所以《ゆえん》だった。

部長はまず、部員と部を守る。

利も正義も全てが彼の肩を持っている。

ヒカリはさっきから一言も喋っていない。まるで呼吸をやめてしまったかのように、顔を伏せながら部屋の隅に佇んでいる。

転校生。迷子。通りすがり。バクチャー……。

ソラは黙ってヒカリの顔を横目で盗み見る。

ああ、そういうことか。

とっくに気付いていたことだ。散々難しい言葉で言い換えてきたけど、本当はただ居心地が悪かっただけ。その居心地の悪さが、命取りなのだ。

彼女の心の安定は、普通の人より少しだけ密接に、体と関係しているだけなんだ。

ここはまだ彼女にとってアウェー。自分が属さない集団の本拠地である。けれど集団をあれほど恐れたヒカリは、文句ひとつ言わず部屋の中に佇んでいる。

自分の制御下にあるとか言って、見栄をはってしまった。格好悪い。

それなら今できる一番のことをしよう。

「本人の意思はどうなるんですか」

阿藤が仮面の笑いを一瞬解く。何がだね、と低く尋ねる。

「ヒカリはこの部に入りたいって言っています。入部希望者を選別する権利なんて、弱小部に認められていましたっけ」

「違うな。ならばどうして入部届に部長が署名する欄がある？　それに、判を押される枠は二つある。二つだ。なぜ顧問と教頭の二重承認の形を取っている？」

ソラは口ごもった。

それは素行の悪い者や協調性に欠ける者を、部の運営に携わる人間、すなわち部長と顧問らがふるいにかけるためのシステムだ。ヒカリはどちらにも該当しない。しかし阿藤が示唆したのは制度の本質ではなく、制度が存在しているという事実それ自体。

部の脅威になるものは素行の悪さや協調性のなさだけでなく、学園関係者の子息が贔屓目《ひいき》に見られることや、卓越した才能を持つ人間が部の活動を逸脱した成果を残すことも含む。そして阿藤が言いたいのは、それらの全ての『リスク』に対抗するすべが、部長には与えられているということだった。

狼狽《うろた》えながらも、考える姿勢を崩さないソラの袖を引っ張り、ヒカリが言った。

「もういい。君が争うところを、これ以上見たくはない」

ソラは今、争っている。確かにそうだ。

性に合わず、自分の意見を通すために闘っている。

「いやだ。ここは引けない」

「どうしてだ。私はもういいと言っている」

ヒカリは表情に悲しみの痕跡を残さなかった。しかし声の端々に、拭いきれない湿っぽさが残っていた。

「それは君がアームを今ここで使わなかったからだ。最強の『信頼』があれば何だってできたはずなのに、ただ僕を見守ってくれている。それは君が本心から、この場に『馴染もう』としている証拠じゃないのか？」

でも、と力なく呟くヒカリの目を見て、

「でもじゃない。君は今日、〈バクチャー〉《通りすがり》をやめるんだ！」

どこから来てとか、どうやってここにとか、本当にどうでもよかった。ヒカリはただ居場所を求めていた。通りすがりとしてではなく、何者かでいられる場所を。

誰だってそうだ。

「僕が全責任を取ります」

張り上げた声が、虚勢だと自覚している。

ただし人を動かすかもしれない虚勢である。

「言うは易いが」

阿藤が言い切る前に間髪を入れず、

「もしもその時が来たら、僕はヒカリを連れて退部します、それでも足りないと言うのなら」

ソラは深く息を吸い込んで、続けた。

「学校をやめます。いや、この街から出ていく。僕はやるぞ。やると言ったらやる。だからどうかお願いです」

そして深々と頭を下げる。

しばらく、床に作った影と見つめ合った。影は真っ黒いすまし顔のままだけど、実体の自分は汗を拭う余裕すらない。ぽたりと、影が汗を浴びた、その時であった。パチン、パチンと二度手が打たれた。文化部の催しでよく耳にする、二本締めというやつに似ている。

顔を上げると、阿藤が言った。

「よく伝わったよ、三ヶ姫さん、いや美空さん」

加盟しに来たぞ！以来、部員たちには一言も喋っていなかったヒカリが、何を伝えたというのか。言われた当人もソラと顔を見合わせた。

「賢木は普段ここまで言わない男だ。もっと事なかれ主義的というか、保守的というか。だから、彼に喋らせたというのは大きい」

ヒカリは口をへの字に曲げて阿藤を見た。

「本当にそうか？」それからソラを一瞥し、「こいつはお世辞にも口達者とは言えん。とてもお前を説得できたとは思えんが」と、阿藤に向けて言い放った。

「なんてこと言うんだ。せっかく説得できそうなのに」

ソラは抗議した。

「ああ、もちろん賢木などに説得された覚えはない」

阿藤は笑って頷きながら言った。

「なんなのこの二人」

ソラがため息混じりに言うと、ちょうどその時ドアが開いて木下が顔を出した。職員室からやっと解放されたらしい。

木下は室内の雰囲気になんら疑問も抱かずそのまま席に着いたが、すぐに部屋の隅に立つヒカリを指差して驚嘆の声を上げる。

「どうして光さんがここに!?」

阿藤が説明すると、木下は狂ったように喜び勇んで、やはり自己紹介をした。

すると張り詰めた空気が一気に砕け、酒井と宮地は結託してソラをからかい始める。

「どうして心変わりを？」

ソラが問うと阿藤が言う。

「俺は勝手に美空さんの事情を察したまでだ」

「勝手に？」

ヒカリが反応を示す。また眉をひそめるかと思いきや、

「その勝手は、不思議と嫌ではないな」

と、少し困ったように、けれど決して不快ではない風に言った。

「勝手に相手を理解し、勝手に助けようとする。それが『信頼』ってもんだろう。賢木が君を勝手に助けているようにな」

そうか、と呟くヒカリ。ソラの方を覗き込むように見て、なるほど、と感心したように何度か頷く。そして十分に吟味した後、緩やかな笑顔を湛えた。

酒井たちが、「全責任を取ります、取ります」とか言って、ふざけ始めると、部室に賑わいが戻ってくる。

ようこそ小さな天体観測部へ、と阿藤が両腕を広げる。

「頻繁に森や山に行くが、大丈夫かね？」

部長のその一言で、部室が再度喝采《かっさい》で満ちた。ヒカリは、安堵するソラを一瞥する。

何か言いかけるが、やめたようだ。

想いを測る――慮《おもんぱか》る。

その気持ちが『勝手』で『正しい』理解の始まりなんだよ。

ヒカリが初めて作るぎこちない笑みは、お世辞でも可愛いとは言えない。

★
★

来月の九日には、『天体観測デー』が行われる。

九月には活動を見合わせている宇宙《そら》のエンターテイナーたちが、十月に入ると再び大胆な演目を繰り広げる。その一つとして有名なのが、りゅう座流星群、またの名をジャコビニ流星群だ。

りゅう座流星群は、地表に達する速度が遅い。

何がいいかって、流れ星にじっくり考えて願い事を言えるってことだ。しかも今年はほぼ新月。日没後、肉眼でも十分に捉えることができそうなのだ。

極大時刻、つまり輝きが最も大きくなる時間帯は、午後九時頃。

祝日につき普段なら午後五時に完全下校時間が訪れるのだが、その日学校は特別に夜間開放され、天体観測部は校舎の屋上にキャンプを設営し、夜通し観測することが許されている。

『天体観測デー』は、もともと顧問の藤原先生が天体観測ブームの全盛期に企画した、部のためだけの行事だった。

今年の部員数は六名（うち一人申請中）。企画当初より、だいぶ減ってしまった。

そこでソラは今年から、一つの提案を加えた。

どうせならば流星群を他の生徒たちにも楽しんでもらいたい。部の宣伝にもなるし、みんなで楽しめれば一石二鳥だ。

屋上に観測キャンプを作り、一般生徒にも開放する。

天体観測デーは、かつてない開かれたイベントになりそうだった。


午後四時頃。二年生の二人は進路相談があると言って面談室に向かった。阿藤、木下、ソラ、ヒカリの四人は、本校舎一階の放送室へと向かっているところだった。

「弱小部とはよく言ったものだ。放送室を借りるにしても、こんな時間になるとは」

先頭を歩く阿藤が言う。そのすぐ後ろを歩くソラは、放送部は明らかに花形クラブを贔屓していますもんね、と追従した。

「花形と連携できて鼻が高い」

木下はそう言って満足げに笑う。それから前を歩くソラの肩に手を置いて、どう、これ？と訊いてくる。

「どうって何が」

「いや、俺の助け舟」

「助けられた覚えがないけど」

「ソラの発言を面白くしてあげたじゃん」

と、木下は真剣に言った。

「今はいいが木下、放送室ではあまりふざけるなよ」

阿藤はそう釘を刺す。

遊びに行くわけではない。天体観測デーの宣伝をしに、校内放送をかけに行くのである。放送部やその他諸々に許可は取ったし、スピーチ用の原稿も抜かりなく作った。

それに授業後といっても、まだ四時だ。生徒の八割方が在校していると見て良い。

廊下では縦一列になって進んでいたが、階段を下りきると自然と位置関係が変わり、ソラは一番後ろを静かに付いてくるヒカリの隣につくと、彼女の悩ましげな表情を目の当たりにする。

入部してから一週間。部室で雑談することに抵抗はなくなったが、部の活動となると、未だ彼女の距離感はぎこちない。

大丈夫？　と訊くとヒカリは「私が付いていく意味はあるのか？」と言った。

「あるに決まってるよ」

「だが私はまだ加盟して日も浅く、この共同体についての知識も乏しい。行っても何もできん」

「別に何もできなくたって、いいんだよ。現に木下みたいな部員もいるだろう？」

ヒカリはなるほどと言って、阿藤にちょっかいをかけながら歩く木下を観察し、幾度も頷いた。

「今から大事な放送を流すんだ。仲間がその場にいて、何がおかしいんだよ」

「仲間、か。私の国にそんな単語はなかったな」

国とか仲間とか。抽象語が飛び出すたび、木下はほんのわずかに意識を割いてヒカリを一瞥し、またすぐに視線を離した。彼は難しい話にはいつも逃げ腰だ。

「私の国では、人間同士の関係性に、細かい分類がされていた」

「スリッパみたいに？」

ソラがそう言うと、ヒカリはわずかに眉をひそめて、

「クリッパもその一つだ。私の属していた共同体では、常用で二万八百六十の人間関係詞が使われていたな」

「二万？」

初めはそれが多いのか少ないのか、わからなかった。

親、兄弟、先祖、友達、先輩、恋人、客、ファン、お得意さん……。日本にだってたくさん、人間関係を指す言葉はある。けれど日本人はそれらを、〈人間関係詞〉な

んていう括《くく》りでは見ていない。

「ただの友達、三日付き合いの友達、かけがえのない友達、とかそういうこと？」

ソラが訊くと、ヒカリは顔をしかめて、

「三歳児の理解力だな。だが当たらずとも遠からずだ。あらゆる人間関係は人間関係詞で定義され、誰もが、自分が相手にとっての何であるかを明確に知っているのだ」

「ちょっと待って、そんなこと誰が決めるのさ。片方がクリッパだと思っていても、もう片方が思ってなかったら？」

「それはクリッパ・ジバールという関係性になる。信頼に疑いが混じった、クリッパの活用形だ」

ヒカリはどこか勝ち誇ったような顔をし、

「だがこの国の仲間という単語は、あまりに複合的で漠然としすぎている。そんな曖昧な関係を基盤にして、共同体が成り立つものなのか？」

腕を組んで哀れむような視線を落としてくる。

「むしろ曖昧だから成り立ってる、とも思えるけどね」

ソラは言った。

そりゃ、仲間、という言葉の中にも、同年代と先輩世代では意味合いに差異が発生してくるのは確かだ。でも、だからこそ多様な関係をひとまとめにするために、人間は『仲間』という言葉を発明したのではないか。

「納得がいかんな。君は一括りに仲間と言うが、君にとっての私と、君にとっての木下は、同等の存在か？」

「お、呼んだかいヒカリちゃん」と木下はすかさず茶々を入れるが、ヒカリは冷ややかな一瞥をくれて、すぐにソラの方を向く。

「ソラ、さあ、どうだ？」

　落胆する暇もなく阿藤に向き直ってちょっかいを再開する木下と、まっすぐこちらを見るヒカリを見比べて、ソラはやや思案した後、

「天体の仲間としては一緒だと思っているよ」

「ならば私とも、篠原愛の胸の大きさについて語らいたいと思うのか？」

　なぜ、その名前を知っている？　ソラは額に汗を浮かべる。

　知っているとしたら、誰経由だろう。それは無論、ソラに他ならない。

　ああ、そうかっ、と歩きながら膝を打つ。何の気の迷いか、木下とふざけてグラビア誌を買い、部室に持ち寄って討論していたことがあったのだった。

　ソラは狼狽《ろうばい》しながら言った。

「あれは男同士の秘密の園だ。盗み聞きはよくない」

「君たちの目があまりに熱心すぎてとても部室に入る気がしなかっただけだ。だが、

今のが答えだ。ソラ。同等ではないようだ」

言われてみれば、何の反論もない。人間は、実のところ複数の関係を使い分けている。それを言葉にしないだけで。

思うことさえなかった視点だ。ヒカリという少女に出会ってからは、多くを考えさせられる。

「さて、着いたぞ」

阿藤の声で立ち止まると、壁に張られた放送室のプレートが目に入った。

ガラス窓越しにこちらに気付いた男子の一人が、立ち上がって扉を開ける。ミキサー卓が置かれた四畳半ほどの空間は整然としていて、どこかヒンヤリとした空気が漂っている。

放送室は放送部の部室という括りではあるが、教師や他部活も使用する実質上学校の管轄だった。壁新聞部に専用の掲示スペースが割り当てられているように、昼休みの放送枠を持っているので、学校内での存在感は大きい。

部員の男子は、すでに全校舎への放送の準備は整っていると言った。阿藤が代表して礼を言い、ミキサー卓の前に座る。

が、阿藤の前に体を割り込ませた木下は、ボリュームのツマミを最大まで押し上げマイクに口を押し付けた。

その場にいる誰もが、まずいことになると思った。

直後に、雷が落ちたようになって、しばらく機械がショートするような音が残った。阿藤はすぐさまボリュームを下げ、木下を卓から引き剥がすと、慌てて、失礼しました、と述べる。それからソラに耳打ちして、木下を見張れと命じた。

後から尋ねたところ、この時木下は「みなさんお元気ですか」と言ったらしい。彼にしてはまともなことを言っていただけに、なぜボリュームを最大にして喋ってはいけないと忠告してあげられなかったのか、ソラは申し訳なさを感じさえした。

『改めまして、天体観測部の部長、阿藤誠司です』

阿藤はひと呼吸空けると、

『天体観測部という名前が、あまり耳に馴染みのない方も多いでしょう。まずは聞いてください。我々はある企画を立案し、学校の承認をすでに得ました。細かいことよりもまずお伝えしたいのは、それが真夜中の屋上で行われる、お菓子ドリンク食べ飲み放題の、パーティーだということです。そんな機会、またとありません』

廊下からざわめきの声が漏れる。よし、つかみは順調だ。

ただの天体観測イベントだと伝えても、部活に熱中している生徒たちの関心を引くことは難しい。だが視点を変え、エンターテインメント性を前面に押し出すことで、まずは注意を集める。

『開催は一ヶ月後。来月の九日、水曜日、午後八時からの予定となっております』

問題はちまちました説明のパートだが、

『皆でりゅう座流星群を眺めつつ、はっちゃけて夜のパーティーを楽しみましょう。ちなみにりゅう座流星群とは――』

早口で切り抜ける。阿藤は放送部員顔負けに滑舌がいい。内容がどうこうという以上に、早読みの面白さで印象を残す。

作戦通り進んでいた。

しかし原稿の三段落目を読み始めた阿藤は、予期せぬ障害によってその舌を止めることになる。

「おい、お前ら」

威圧的な声と一緒に、ドアが乱暴に開かれた。

姿を現したのは、ユニフォーム姿のバスケ部員だった。天井に頭が届きそうな男が、他に四名も連れ立っている。計五人。五人とは……試合をする人数である。

「何やってんだ。誰に断ってここを使ってんだよ」

巨体の男は憤然と言うが、阿藤も立ち上がり、

「君らこそなんだ。許可は生徒会と放送部から降りている」

と、真っ向から対峙する。

阿藤は機転よく、すでにボリュームを落としている。

しかしこの状況にソラは戦慄した。あの日危惧した『最悪の結末』が、こうして今、目の前に現れてしまったのではないか。

「そういう意味じゃねえ。何でお前らみたいなのが、この場所を使ってんだって聞いてんだよ」

主将らしき男は、持っていたバスケットボールを片手で思い切り投げつけた。その狙いは、なんとソラだった。

しかし張り手のような音と共に、ボールは阿藤の右手に収まった。

「危ないじゃないか」

阿藤が言う。

ソラは腰を抜かしかけたが、阿藤の背中が大きく視界を塞ぐ。バスケ部相手に、一歩も引いていない。さすがは部長だと思った。でも問題は、そんなことではない。

「まあいいよ。百歩譲って放送室は使わせてやる、だがな」

まるで自分らが放送部を支配しているかのような言い草だったが、事実、昼間の放送の最後には、必ずバスケ部か水泳部の宣伝が流れる。彼らの横柄な態度には、ちゃんと裏付けがある。

だがな、の後。問題はその後だった。

やはり戦争が始まってしまうのか。

「お姫様をお前らの所に置いとくのは、我慢ならねえんだ。なあそうだろ、みんな」

後ろに控える四人は、口々に不平を言う。

まさに一触即発だ。

ソラを含めた四人ともが、あの時の会話を脳裏に浮かべる。絶対に避けねばならないと結論付けた灰色の未来が、すぐそこまで足音を立てて来ている。

が、事態は思わぬ方向へと盤の目を進める。

「それは俺たちも同じなんだよねえ。バスケ部主将、三年の大田伴広《だいだともひろ》さん」

「はあ?」

大田が振り返ると、開けっ放しにされた入り口に立ち塞がるように、上半身裸の男が立っている。男はバスケ部の部員たちの間を割って進むと、大田の目の前まで来て睨みつけた。

「何で半裸なんだ彼らは」

「ユニフォームだから仕方ないさ」

「服も着させてもらえないのか」

ヒカリは心底哀れむように言う。

が、半裸の男は怒るどころか、余計に幅をきかせて、

「お嬢さん、それは違いますよ。我々は上等な服を着ている。この鍛え抜かれた筋肉こそが、我々のユニフォームだ」

そう言って、血管の浮き上がった上腕を盛り上がらせる。

「汚らわしいものを見せるな。男子水泳部部長、石原《いしはら》」

半裸の男——石原に向けて、大田が牽制を入れる。頭二つ分ほどの身長差があるのに、石原は一歩も圧《お》されてはいない。

考えうる最悪の状況より、もっと悪い。このままでは、ライオンとサメを同時に相手にするようなものだ。どちらに喰われてもおかしくない。

「美空さん、根暗や変態の相手なんてせずに、我らがバスケ部のチアリーダーになってくれ」

と大田が言うと、すかさず石原が、

「いやいや、彼女ほどの逸材にただ『応援』をさせろと？　冗談を。彼女こそが主役。女子水泳部こそが最も輝ける場所だ。全く玉転がし部といったら」

鍔迫《つばぜ》り合いは続く。彼らは天体観測部を見てすらいない。戦う前から敗色濃厚かのように思える。

そんな時、ヒカリが組んでいた腕を解いて、沈黙を破った。

「なあ、君たち、どちらに加盟することも、私が嫌だと言ったらどうする？」

ヒカリが言うと、両部の長はそれぞれ不敵に笑って、

「美空さん。まさかとは思うが、そんな陰の陰の陰の部活で満足するのかい？　君ならば、インターハイ常連の三竹バスケ部のチアリーダー、トップにだってなれるかもしれないんだぜ」

興味はないな、とヒカリは冷たく言った。

「賢そうな顔をして、案外理解が悪いな。あんた。そういう場合どうなるか」

と、大田はヒカリを睨む。石原も、

「あなたなら女子部のマーメイドになれる。でも来なければ、天体観測部はジ・エンド。ね、簡単な話でしょ？」

ぎり、と石がこすれ合うような音が聞こえた。なんの音かと耳をそばだてると、もう一度、二度、聞こえる。目の前の大きな背中が静かに揺らいでいる。阿藤の口元は力一杯歪んでいる。

ソラは、木下と同様に、その背中に隠れているしかなかった。この時ばかりは木下の顔に張り付いた薄ら笑いも、見る影がない。

ところがヒカリは違った。怯えるどころか、突然大きな声で笑い出し、

「そうか、ソラ、わかったぞ。私がここに来た理由。仲間として、ここへ付いてきたその意味がな」

誰もが、彼女の行動を予測できなかった。ソラと阿藤の間を縫うように通って、ヒカリはミキサー卓の前に立つ。木下が何か言う前に彼女は、行動を起こす。

ボリュームを目一杯まで上げると、彼女はその武器《マイク》を握った。

『ご機嫌よう。私は美空光。転校生です』

滑舌の問題ではなく、人の心に通る声だった。木下の時とはまるで違って、ボリュームを最大にしても、ちゃんと人の耳に聞こえ得る、抑制の効いた響きがあった。

『みなさんに一つ、ご提案があります。私はただいま、多くの部活動様から、お誘いを受けております。そこで私から一つ、入部する条件を申しましょう。いいですか――』

この場にいる誰もが、ハッと息を飲んで何も言い出せずにいると、ヒカリは言い放った。

『私を驚かせてみてください。これが入部する、条件だー！』

その瞬間、学校にいた誰もが立ち止まったという。生徒も、教師も、保護者も、清掃の人間さえ。

『期限は二週間。その間に私がアッと驚くことを実現できれば、私はこの天体観測部をキッパリ辞めて、無条件でその部へ転部します。チアでも、女子部でも、雑用でも何でもやります』

「ヒカリ、でも」

ソラは狼狽して言うけれど、ヒカリは止まらない。

『ただし。一度この賭《か》けに乗り、負けたなら、それ以降、私への勧誘は一切しないでもらいたい。私は天体観測部に残ります。これはそういう約束です。さて、どうしますか』

そう言って、マイクから手を離し、呆気にとられる体育会系集団へと視線を向ける。

「バスケ部と水泳部の皆さん」

少しの沈黙の後、キャプテンたちは顔を見合わせた。そして呆れたように笑みをこぼし、ソラたちに背を向けると、

「面白いじゃねえか」

「乗ってあげるよ、その『イベント』」

後輩たちを引き連れて、放送室を出て行った。

彼らがいなくなった後も、しばらくは誰一人として声を発することはなかった。緊張感が抜け切るまで、ソラたちの時計は完全に止まっていた。

「どうだった？」

言葉に詰まった。どうだったかって？　そんなのは決まっている。決まっているはずなのに、上手い言葉が出てこない。言葉が出てこないほどの、出来事だった。

「すごかったよ」

「そうか」

何十何百といった言葉で彼女を賞賛したかったソラからは、結局その一言しか出てこず、それに対するヒカリの答えもたったの一言だった。ただヒカリは笑っていた。それで良かったのだ。

後を追うように、パチ、パチ、パチ、と手を打って阿藤は言う。

「いや、恐れ入った。まさか君があんなことを言うとは」

バスケットボールを抱えたままの阿藤は、そういえばこれはどうしよう、と言って眉をひそめる。

「返してきましょうか」

木下は恐る恐る言葉を発し始め、皆の様子を窺った後、ふざけた具合に言った。

「玉転がし部に」

静かな部屋に、笑いが起こった。

阿藤はボールを木下に渡すと、ウエットティッシュでマイクや機材を拭いた後、眼鏡を直す。

「彼らは本気だぞ。それに学校中を巻き込んでしまった。他の部活からも挑戦者が現れるかもしれない……」

自分でそう言って顔を曇らせるが、ヒカリを一瞥してから、

「いや、違うか。君は『学校中を巻き込む』ことによって、この天体観測部を救ったのだな」

ヒカリは何も答えない。反論も出ない。

ソラは数分前に、ヒカリに仲間についての講説を垂れていたことが急に恥ずかしくなってきて、そのことに触れられる前に早くこの放送室を出ようと画策した。が、その気持ちは皆も同じらしく、考えてもみれば、今日これ以上の騒ぎになることを望む人間が、この中にいるはずもない。騒ぎの元凶となった場所からさっさと立ち去りたい思いは、ソラもいやというほど感じている。

なにより、ヒカリはこの『共同体』に馴染みがないにもかかわらず、今日一番の奮闘をした。英雄だった。

放送室を出るとちょうど扉の真横の壁にもたれかかるように、テニス部の王子、石上千次《いしがみせんじ》が立っていた。

腕を組んで、口元には微かな笑みが浮かんでいる。

「面白いことになりそうだね」

ソラは内心驚きながら、何事も感じていないかのようにその横を通り過ぎることを心がけた。

ソラは部室に着くまで黙って頭を働かせ、想像した。先ほどのスピーチが何を意味するのか。これから自分たちは何に巻き込まれていくのか。

ただ一つわかることがある。

この日、ヒカリはアイドルではなくなった。

本物の『光』になった。

★★★

ヒカリ争奪戦は九月九日、好天の月曜日に幕を開けた。

校内放送で彼女自身が宣言しただけあって、その盛り上がりは生徒会選挙にも匹敵するものとなっていた。

当然この時流にあやかり、壁新聞部は号外を発行。土日を挟んで、三日三晩徹夜して作ったそうだ。過労死寸前まで作業に没頭した彼らのおかげで、混乱していた情報は一つに束ねられた。

当初は何十もの部活動が名乗りを上げたそうだが、強豪部活の圧力や生徒会からの制止もあって、事実上争奪戦に参加するのは五つの団体となった。

この日、登校してきた生徒たちはもれなく、下駄箱前に張り出された一面記事に釘付けになる。

その見出しは、次のようなものだった。

『強豪部活、相次ぎ女王に求婚。

イケメン五人衆が挑む！』

力強い見出しゴシックで書かれていて、イケメン、のところは縦に潰された凝ったフォントになっている。それとヒカリは、姫から女王へと順調に進化しているようだ。

ヒカリが容姿端麗であることは認めざるを得ない。ただ、それだけではない。深緑色の髪は、いくら黒を入れても打ち消しようがないほど、鮮やかに彼女の頭上を覆う。その口から出る言葉も、煙に巻くようで的を射ているということに、皆が気付き始めている。

マスクの効果がどう作用したのかは不明だが、彼女の人気は信仰や崇拝に近い位置まで上り詰めていた。

そこへ〈イケメン五人衆〉ときた。

説明が必要だろう。〈イケメン五人衆〉とは人気部活動の中でも、選ばれし容姿と身体能力、技巧を持った学園を代表する五人のことである。学校をＰＲする生徒会の企画で、各方面の優秀な生徒を集めたＰＶを作った際、イケメン五人衆というワードタグが使われたことに端を発する。

それぞれにファンクラブがあり、学校の枠を超え、三竹ヶ原という地域では知らない者がいないほどの有名人たちであった。

新聞の意思表明欄には、次のようにある。

安倍信三《あべしんぞう》　二年
サッカー部ミッドフィルダー。前年度全国高等学校サッカー選手権大会で二位に導く。老舗和菓子店、安倍製菓の次期社長。
抱負・「君の心にキーパーはいない。真っ逆さまにゴールイン」

石原祐作《ゆうさく》　二年
男子水泳部主将。前年度全国高等学校総合体育大会水泳競技大会で準優勝。俳優の石原次郎を父に、歌手のＫＡＹＯを母に持つ。
抱負・「ミス・ヒカリはマーメイドとなるに相応しい存在だ。あなたのハートを必ず射止めてみせましょう」

車田修持《くるまだしゅうじ》　三年

美術部部長。父親は三竹ヶ原の地主王。古今東西の美術品を収蔵した車田別邸は、地方ガイドに観光名所として掲載されるほど。

抱負・「君はルノワールのダンヴェール嬢より可憐で、フェルメールのターバンの娘よりも愛しく、ダ・ヴィンチのモナ・リザよりも優しい。君の肖像は、僕の筆で描かれなければならない」

大田伴広　三年

バスケ部主将。米モントバードアカデミーに留学し、本場でバスケを学ぶ。実家は大田運送を経営。

抱負・「狙ったシュートは絶対はずさねえ。お前を必ずチアに迎え入れてみせる」

石上千次　一年

テニス部所属。石上商事、ロックドラッグス、オーバストンホールディングを束ねる、石上財閥の御曹司。通称王子。

抱負・「僕が『求婚』を任されたのはたまたまです。決して彼女一人を見ているわけではありません。頼まれたから仕方なく、です」

今朝はUMAでもいたのかというぐらい人だかりができていたので、二限目の休憩時間にコルクボードを訪れたソラとヒカリ。

二人ともしばらく無言で紙面を眺めた。

一名を除いて全員が、紙面の向こうのヒカリに向かって話しかけている。これが学校内に張り出されるものだと知りながら。恐るべき自信と行動力だ。

「シュートを外さないとは、よく言ったものだ。私が競技のルールを知らないと思って、バカにしているのか？」

紙面を流し読んだヒカリは、つまらなそうに言った。

ソラは苦笑いして、さっさと教室に戻ろうと提案する。

それにしても、この見出しだと部活の勧誘というより、どういうわけか、この勝負に勝った人間がヒカリとお付き合いする、というような意図が透けて見える。

違う！と叫ぼうにも、その認識はすでに新聞によって広く浸透してしまっているようだった。四方からひそひそと声が聞こえてくる。女王は誰と付き合うのか。女王を取られたらファンクラブの私たちはどうしよう。

しかし当人にはまるで危機感がないようだった。

階段を上り切ったところでソラは言った。

「これはちょっと、まずいかも」

ヒカリは首をかしげる。

「いやあ、あの五人のうち、勝負に勝った一人が君と付き合う、みたいな流れになっているんだ」

「突き合う、とはなんだ」ヒカリはますます混乱した顔で言った。「槍術《そうじゅつ》の試合か？」

「恋人の関係になるってことだよ」

そんな単語私の国には存在しない、と返事が来るものだとばかり思っていた。しかしヒカリは笑みを浮かべ、

「恋人、か。なるほど悪くない」

一瞬、言葉に詰まった。悪くない、とは一体どういう意味なのか。

なぜか胸騒ぎがした。

「意味、わかってる？　恋人だよ。君の国にはそれと全く同じ意味の人間関係詞があるのかい？」

するとヒカリは何度も首を振って、「当然あるさ。〈ソーラ〉と発音する」少し宙を見て考えた後、「実に基盤の安定した好ましい関係だ」と付け加える。

「好ましい、って……でも、君は誰かに引っ張られるのは嫌だって言ったじゃないか。

そうだ、ファンクラブの時だって」

「ソーラであるならイニシアチブを共有できる。共同体との関係性も深まり、より強固なアッサドレッグを構築できる」

アッサドレッグ。一体意味は何だろう。

今は思考を巡らす余裕がない。

ソラはヒカリに出会ってから、ずっと考えてきた。考えることによって『決定的な問い』を頭の隅に封印してきたのだ。

ソラは、一歩前を歩くヒカリの揺れる背を見つめる。

背格好も歩き方も、人と何も変わらない。けれどその左手の装置は、人間が触れて良いものじゃない。

ヒカリの世界では、人と人はもっと強固な繋がりを持って暮らしている。繋がりを道具として扱うために二万もの呼び名が必要だし、繋がりを道具として扱えるからこそ、平和でクリーンな世界を実現しているのかもしれない。

そんな文化はここにはない。

心を道具にすることに慣れ切ったヒカリと、心なんてあるかないかもわかったものではない人類《ソラ》とでは、同じ意味の言葉であっても捉え方はまるで違うのではないか。

「どうした。考え事か？」

教室の扉の前で、ヒカリが振り返って言った。

その表情、その仕草は、ヒカリという存在に余計なものをたくさん背負わせる。ソラは、彼女を見つめる自分の眼球が、ただのカメラであることを願った。彼女を関係性の枠にはめることなく、ただ美しい映像を脳に伝えるためだけの道具となることを祈った。

けれど『決定的な問い』はソラに襲いかかる。

頭の中で、問いは囁く。

彼女が、恋人という存在を受け入れるというのなら——。

「大丈夫。ごめん」

僕は一体、君の『何』なのか。

★★★★

その放送は突如として学校中に響き渡った。

『悪いけど、これが最初にして最後になるだろう』

もったいつけた口調で、声の主は続ける。

『放課後、プールサイドにおいで』

五限目の休憩時間、自信たっぷりの宣言が学校中を駆け巡る。〈イケメン五人衆〉の一人、男子水泳部主将、石原祐作である。

石原は男子水泳部の中でも随一の美形で、さらに水泳部らしい肉体美を兼ね備えている。女子水泳部の現マーメイド、金城朋子《きんじょうともこ》と双璧を成す、文字通り水もしたたるいい男だ。

これを聞いたクラスメイトたちは大盛り上がり。いつも通り散歩に出ようとするヒカリも今度はそうはいかず、人の壁にせき止められ、まるでスキャンダルの渦中にある芸能人のように、周囲から質問の嵐を受けている。

「今の心境は？」

「最初の挑戦者か。しかし私はそう簡単なことでは驚かないぞ」

確かに、ヒカリは幽霊などでは驚かなそうである。仮に幽霊が現れたら、突然現れたことを無礼だと叱責するか、足がないことに配慮し車椅子でも持ってくるだろう。そういう人間だ。

けれど驚くといっても様々だ。ソラは、ヒカリの驚きという感情が死んでいるわけではないことを知っている。

予鈴が鳴り、授業が始まるほんの少し前。皆席に着き始めている頃、ソラはスマホを取り出し、上半身をねじってヒカリの目の前に突き出した。

「何だこれは。迷路を小さなボールが進んでいく、恐ろしいほど単調な動画だな」

「まあまあ、ゴールまで見てみてよ」

川のせせらぎに等しい平淡なBGMを聴きながら、チープな立体迷路の中を白い球体が転がるだけである。しかし睡眠導入にも思えるこの動画には仕掛けがあり、ボールがゴールする寸前で……。

「なんだ、突然画面が変わって女の顔が出てきたぞ。髪がとても長い。そしてひどく顔が濡れている。風呂上がりか？　どういうことだ。意味がわからん」

「普通は突然髪の長い濡れた女の顔が出てくると驚くものなんだけどね」

実際にソラは、酒井にこの動画を見せられた時にパイプ椅子から転倒してロッカーの角で頭を強打し、衝撃で落ちてきた週刊少年誌三冊分をみぞおちに受け、気絶しかけた経験があった。

「とにかく私は驚かない。彼らも驚かせることができなければ、負けを認め引き下がるだろう」

「そう上手くいくといいんだけど……」

ヒカリの肝が据わっていることはわかったが、ソラが授業を集中して受けることは難しかった。

授業後のこと。

すでにプールサイドには百人を下らない観客が集まっていた。照りつける夏の日差しのもと、肩から吊った板の上でドリンクを売り歩く者もいる。

水泳部の活動が始まるまであと数分ある。教師の姿は見当たらない。

一体何が起こるのか。最初にして最後とまで豪語しただけのことはあり、生徒たちの期待は未だかつてないほど膨れ上がっていた。

ヒカリは少し遅れて登場した。意図があったわけではなく、ただソラの道案内が下手だっただけである。彼女の後ろについて歩くソラは、目立たないように肩をすぼめて小さくなっている。

ヒカリが現れるや否や、喝采が巻き起こった。

「さて。言われた通り来たぞ」

ヒカリがそう叫ぶと、観客は静まり返った。その沈黙に食い入るように、

「ありがとう。そして注目を！」

その声は間違いなく石原祐作のものだったが、生徒たちは発声の出所をしばし探らねばならなかった。混乱とざわめきがしばらく続いた後、ある女子が空を指さし、あそこよ、と言った。

石原がいた。彼の足は、隣校舎屋上の縁ギリギリを踏んでいた。黒い競泳用水着と同色の帽子、ゴーグルをつけて、腰に手を当てて仁王立ちしている。

「ようこそ、我が水泳部へ。マイマーメイド」

高らかに声が降る。

ヒカリは首をもたげて言った。

「私は半魚人になるつもりなどないぞ！」

石原の良く響く声に、競り負けないようにヒカリは叫んだ。

「人魚だよ、お嬢さん。半魚人じゃない」

石原は訂正した。

「人魚は好きな男のために、陸地に上がるのさ。息ができなくなる危険を冒して。命をかけるんだよ。それが生き物にできる最大のサプライズだ」

「そうか」

軽い返事をして、ヒカリは頷いた。

ざわめきが増す。皆、石原の魂胆に気付き始めている。

「君を驚かせるために命をかけるよ」

「なに？」

石原は一度皆の前から姿を消した。奥へ退いたため、死角に入ったようだ。

隣校舎とプールとはトラック一台がやっと通れるほどの溝を隔てているが、高低差もあるので、高い身体能力を持った人間なら跳べない距離ではない。しかし万が一溝に直接落ちでもしたら、骨折だけではすまされない。

次の瞬間には、両手を翼のように大きく広げ、放物線を描きながら飛翔する石原の姿が青い空に映った。

「アイムフラーーーイッ」

叫びながら、石原の体は一メートルぐらい余裕を持って着水した。水しぶきも想像していたより上がらなかった。

ヒカリは不思議そうに、

「私はハエです、だと?」

「俺は飛んでるって、言いたかったんだと思う」

なおも納得がいかない様子のヒカリに向け、英語には『現在進行形』なるものが存在することを説明すると、ヒカリは関心したように何度か頷いて、まだ波紋の残るプールの方を見つめた。

迫力があまりなかったとはいえ、五メートルの高さを落ちたのだ。彼の体は深く沈んだままだった。波紋の中心に泡が現れ、浅黒い影がプールの底から上がってくるのを、ヒカリは熱心に見ている。顔色ひとつ変えずに。

彼女の無表情が何を意味しているのか、ソラには的確な答えがなかった。何も感じていないなら、ヤジや皮肉の一つも言いそうなものである。けれど彼女は黙りこくっている。

つられてソラも黙りこくった。反対に、生徒たちは盛り上がった。何せ〈イケメン五人衆〉の決死のダイブだ。あんなことをやれと言われても、ソラはできる気がしなかった。たとえプールとの距離が半分でも、あの場から跳ぶということに要する勇気は、生半可なものではない。とても披露できる演技ではない。

プールの縁に足をついた石原は、胸にLOVE石原とプリントされたシャツの女子生徒からタオルを受け取ると、颯爽と体を拭き、ヒカリの前に立った。

「どうやら、僕のマーメイドになる決意が固まったみたいだね」

正直、凄いと思った。驚いた。ヒカリは何も言わなかったが、石原に対抗心を燃やすソラでさえそう思ってしまったのなら、それはもう負けなのではないか？

ヒカリがソラに囁く。

「ちょっと命を預けるぞ」

聞き取れるかどうかのレベルの小さな声。次に大きく、こう言い放つ。

「今の飛び込みのどこに驚く？　私はもっと凄いぞ。私は人魚だから、息をせずとも生存できる！」

ヒカリの声の響きには、どこか奇妙な感覚が伴った。何か鋭いものが、ソラの心を通り過ぎた。

「マイマーメイド、君は人魚なのだからそんなことは当然じゃ……ん？」

石原も奇妙そうな顔をして、自分の発した言葉を疑った。そのすきにヒカリは石原の隣を平然と通り過ぎ、足はプールへと向かう。そしてストンと落とし穴にでも落ちるかのように、そのまま入水する。

普通、人が息を止めていられる時間は一分、頑張っても三分といったところだ。ハイパーベンチレーションという技術を使えばそれがもっと伸びるらしいが、ヒカリにそんな特技があるとも思えない。

ソラは待った。

もちろんヒカリは人魚ではないが、彼女がプールに潜ったことには何か意味があるのだろう。あえて口出しはしなかった。しかし待っても待っても、彼女は浮上してこない。ソラはどうしたものかと、腕を組み足を鳴らし始める。待った。けれど泡粒ひとつ上がってくることはない。ソラはあたふたと周りを見た。

誰ひとりとして、ヒカリの行いに疑問を持っていない。誰も焦っていないし、誰も教師を呼んでくると言い出すこともない。

もう何分経った？　頭の中で数え始めるが、焦燥のあまりそれは即座に失敗する。

そうか！　ヒカリにはマスクの力がまだわずかながら残っている。その残り火を、明示的な言葉で増幅させたのだ。

ヒカリならやれるかもしれないという期待が、まだ集団の中にあるのだ。もし違和感に気付いても、このショーを遮って台無しにする勇気がある人間なんて、そう多くない。

しかし次第に変化が表れ始める。ざわめきが立ち始める。どうして上がってこない？　いやでも、息をしなくてもいいって。そんなことありえるのか？　いや、彼女は人魚だからエラ呼吸ができるんじゃないか……。

信頼と理性の対決が起こり始めていた。前回の使用の時とは明らかに様子が異なる。意図的にマスクの効果を弱めでもしたのだ。

もはや待つのは限界だった。ヒカリを地上に戻さねば。走り出そうとしたその手を、石原が掴む。

「何をする」

「離してください」

握力は余計に強まり、ソラの手首を圧迫する。

「君はマーメイドのショーを邪魔する気か」

「もう五分以上経っています。気付いてください。息をしなくても生きていける人間なんていうわけないでしょう」

「し、しかし……彼女は人魚、じゃないか。だから、その……」

「この手を、放せ！」

ソラは石原を振り切って飛び込んだ。すぐそこにヒカリは沈んでいた。眠るように目を閉じて、両手を胸の上で重ねている。安らかな寝相だ。しかし彼女の左手にはまった装置は赤く点滅を繰り返している。点滅の速度はどんどん速まっている。

ヒカリ！　ソラは水と泡を飲み込みながら、ヒカリの背中に手を滑り込ませると、思い切り底を蹴った。やっとあの時ヒカリが言った言葉の意味がわかった。

命を預けるということ。

これはギリギリの駆け引きだ。

ヒカリをプールサイドに引きずり上げた時には、皆は正気に戻っていた。皆が自分たちがいかに愚かな行動を取っていたかを理解しはじめていた。ヒカリを人魚だと信じて、水の底に放っておいたのだから。

「おい、しっかりしろ、おい」

息をしていないということは、一目でわかった。

皆、正気に返っている最中だ。自分しかいない。ソラは覚悟を決め、保健体育で習ったこととテレビで学んだ知識を総動員した。

まず、顎を持ち上げて気道を確保する。空気が逃げないように鼻をおさえてから、息を吹き込む。人工呼吸。湿った唇に触れ合う感覚なんか、必死すぎて記憶になかった。濡れて透けた下着の色や張り付いてめくれ上がったスカートは、気に留めている余裕がなかった。左手の上に右手を載せて肘を伸ばし、胸の中心を一分間に九十回のペースで十五回ずつ押す。人工呼吸と心臓マッサージを交互に繰り返した。

目を開けない。

何がいけない？　速度が遅すぎる？　一分間に九十回ということは、一秒間に一・五回、つまり二秒で三回……。吹き込む空気が少なすぎるのか？　増やして肺の負担にでもなったらどうする？

額から汗が滴る。それがヒカリの鼻先に落ちるけれど、拭ってやれない。

待ってろ。

大丈夫だ。

言い聞かせる。

ちょうど四度目が終わった時だった。

装置の明滅がぴたりと止む。

ヒカリは目を開けた。と同時に、体を勢いよく折れ曲がらせた。ごほ、ごほ。口から水が噴き出す。しばらく咳をした後、口を荒っぽく拭いて、何事もなかったかのように立ち上がった。そして茫然自失とする石原に向けて、こう言い放った。

「これが命をかけるということだ」

今度は上品に咳払いして、

「お前は自分の実現可能な範囲で、課題をこなしたに過ぎない。それは命をかけたとは言えない」

石原は一歩も動かないまま、ヒカリの方をじっと見て言った。

「美空光、君は一体」

「天体観測部の部員にして、賢木空のクリッパだ」

ヒカリは即座にそう答えると、ソラのそばに寄って両腕を少し広げはにかんだ。

「ああ、制服がビショビショだ。一体どうしたものか」

濡れて透けた下着の色や張り付いてめくれ上がったスカートと再会する。

ソラは伏し目がちに言った。

「体操着に着替えるしかないね」

それからしばらく置いて、

「体は大丈夫なの？」

と訊くと、ヒカリはにっこり笑って言った。

「お前がいなければ死んでいたな」

「何であんな無茶をしたのさ」

「そんなのは決まっている」

石原に対してのさっきの一言が効いたのか、ざわめく雑踏の中を有無を言わさず歩みを進めていくヒカリは、女王の威厳たっぷりにこう言った。

「君を信頼していたからだ」

ソラは、なんと言えばいいかわからなかった。ただひとつ確かなのは、ヒカリのその言葉は、この場にあるソラとヒカリ以外の全てを、瑣末《さまつ》なものにしてしまったということである。

「……そうかい」

ヒカリの隣で歩くソラは、終始視線のやり場に困りながら、体操着の置かれた教室のロッカーを目指した。

★★★★★

石原祐作の失態は、翌日の号外で大々的に報じられた。

どうやらあの群衆の中に記者が交じっていたらしかった。

『ついに全裸！　水泳部エース落下　恥を捨てた全裸水泳』

記事は、ソラたちの知らない後日談まで捉えていた。

危険な飛び込みはもちろん問題であるが、どう情報がねじ曲がったのか石原のせいでヒカリが溺れかけたという話が顧問に伝わったらしく、大問題になりかけたようだった。

一度は来シーズンのエースメンバーから外すことを宣告されたらしいが、石原は諦めなかった。

日が落ち部員全員が帰宅してから、貸し切りのプールで土下座し『恥を捨てて』全裸で泳いで許しを乞うたらしい。その様子が高画質で激写されてしまったのだ。

つまり、その瞬間までカメラマンが、プールサイドに張り込んでいたことになる。

もっとも驚くべきは石原の転落っぷりではなく、ネタがあれば地獄の底まで追っていく壁新聞部の根性かもしれない。


天気雨の木曜日。

曖昧な予報は、降水確率十パーセントだそうだ。

ソラは祖母に傘を携帯するように勧められたが、断って家を出た。学校に着く頃にはびしょ濡れになっていた。

次に声を上げたのは美術部部長の車田修持。

全国区の彫刻コンテストで何度も入賞を果たしている、文化系の貴公子だ。根元で結った長髪と純白のレザーグローブがトレードマークで、文化系部員の中では唯一のファンクラブ持ちである。

例によって五限目の休み時間に校内放送がかかり、車田を名乗る男がヒカリに挑戦状を叩きつける。

場所は美術部室。部室棟の大会議室だった。

廊下はすでに大勢の人でごった返していた。ソラはヒカリに遠目で部屋の場所を教えると、先に観客の中に紛れておく。時間を空けてヒカリが行くと、前回より大きな歓声が湧いた。部室棟がここまで賑わいを見せることはまずない。

ヒカリが向かって手前側のドアに手をかけると、白いレザーグローブが手首にそっと触れ、動きを制した。

「お待ちしていましたよ、お嬢さん」

車田は、ヒカリの手首を握ったまま奥側のドアまで導いていく。

「あっちは絵画部屋だ。わかり辛くて申し訳ないね」

そう言って、奥側のドアを開く。

会議室は一般の教室を二つ繋げた程度の広さだが、部屋の中央が暗幕で仕切られていた。部屋に入ってすぐ、足下に転がった粘土の塊につまずきそうになる。

「足下に気をつけて、お嬢さん。夜な夜な作業をしていたから、散らかっているかもしれない」

車田は覆いがかぶさった、いかにもという雰囲気の何かの横に立つと、ようこそ我が美術部へ、と腕を大きく広げて言った。

「何という罪な運命か。この私が三日目にして挑戦を果たしてしまうとは」

「前置き抜きでやってくれ。大方後ろのオブジェを見せたいのだろう」

「その通り」

車田は自信満々に笑うと、覆いに手をかけ、ひと思いにはぎ取った。

「ではお見せしよう、我が傑作『蓬莱《ほうらい》のダヴィデ』」

会場はしんと静まりかえる。

現れたのは、西洋風の顔つきをした裸の美青年だった。ただし、使われている素材は透明で、体内に赤い網目が見えた。それはさながら血管のように全身に行き渡っていて、像は今にも呼吸し、動き出しそうだった。

「どうやって、こんなものを……」

ヒカリはやや押され気味に訊いた。すると車田は微笑を浮かべる。

「かのミケランジェロは言った。大理石の中には天使が見える、そして彼を自由にさせてあげるまで余分なものを落とすだけだ、と。私はこのダヴィデを、樹脂の中から救い出したに過ぎない」

「なるほど。これはさすがに驚いた」

ヒカリはそう言った。

ソラは何かの聞き違いだと思った。彼女が、驚く、という言葉を使うはずがない。

「しかしこの国には驚くべきものが数多く存在する」

車田が威圧的に、なに?と言う。

「私はまずこの国の森林の多さに驚いた。生物の多様性に驚いた。空の青さに驚いた。つまりそういった、すでに存在する物を持ってこられても、その人間の功績にはならない、ということだ」

それを聞いた車田は膝を手で打ち、けたたましく笑った。

「まいったな、お姫様。喩《たと》えだよ。本当に最初からあるわけじゃない」

「そうだな。百歩譲って、最初からはなかったとしよう」

車田の両目が再び、鋭くヒカリを捉える。

「これは本当にお前が彫ったものなのか？　たったの三日で」

その時である。部屋を横断する垂幕が揺れた。すぐに幕を潜って現れた女子生徒が、拳大の三角形のプラスチック容器を差し出して、車田にこう言った。

「先輩、このトナーって不燃ゴミですか？　それとも資源ゴミですか？」

「馬鹿っ。そんなもの持ってくるんじゃあない」

　ヒカリはにっと笑い、幕の方へと歩んでいく。

　それを止めようと身を翻《ひるがえ》す車田。が、ヒカリの腕を掴ませる前に、ソラが割って入って牽制した。

「よせ、そっちには何もない！」

　ソラの肩に手をかけ、振り払おうとする車田が叫ぶ。

「入り口を間違えた私を止めたな。力が強くて、少々痛かったぞ」

　ヒカリはそう言って、幕を思い切り持ち上げる。

　仕切られた向こう側で、キョトンとする美術部員が何人か、デッサンをやめてこちらを見た。一方で、部屋の隅に人の背丈と変わりない大型の機械が見えた。下半分は透明なガラスに覆われていて中が空洞で、上半分からは羽根状の突起が生え、色違いの三角形の箱がぎっしりと詰め込まれている。

「これって、まさか」

　ソラはばつの悪そうな顔の女子生徒が持つトナーと、機械とを見比べる。

「私のいた国のものと比べれば実に原始的だが、間違いない。これは３Ｄプリンターだな」

車田は顔色を変えて狼狽した。

「どうりで、三日であれほど緻密な構造物が完成してしまうわけだ。中までしっかりと、色付けもされている」

確かに3Dプリンターならば、そもそも削ることさえなく、超絶技巧に似せた複雑な作品を作り上げることが可能だ。しかし彼は『我が傑作』だと言った。その一言がなければ、あるいはヒカリも、本当に感動していたのかもしれない。

「確かに私は驚いたが、お前の実力じゃなかったな」

車田はその場で崩れ落ち、白いグローブが床を這った。

「この驚きは、偽物だ」

ヒカリが言い捨てると、観客は歓声をあげ、ヒカリの名前が連呼された。彼女がその場を離れるまで、声は止まなかった。

翌朝。

たまたま下駄箱で阿藤と会ったソラは、二人肩を並べて壁新聞を見ていた。

『偽物見抜かれ一蹴　貴公子、部から姿消す』

今度の号外は、やや記事のボリュームが少なくなっている。

阿藤はしばらく、コルクボードの前に立って動かない。ソラはとっくに読み終えてしまったが、もう一度記事を初めから見返したり、記事に出てくる哀という文字の数を数えたりして時間をやり過ごしていると、阿藤が、

「あのプライドの高い車田のことだ、部に出向くのも偶《たま》さかになってしまうだろう」

そう言ってため息をこぼした。

「なんですか、タマサカって」

「稀《まれ》ってことだ。メンツ丸つぶれのこの後じゃあ、滅多なことでは顔を出せないだろうに。俺にはわかる」

「彼のこと知ってるんですか」

「なに、ただの友達さ」

早足で歩き去った阿藤に、かける言葉が見当たらなかった。

三日後。

珍しく下駄箱でヒカリと会ったソラが、コルクボードの前を通ると、次の号外が張り出されていることに気付く。

『校庭に火文字で「愛」描くも　自身炎上、あへなし』

ヒカリを見ると、首を傾げている。ソラも土日の間に挑戦があったこと自体、知る由もなかった。

紙面によると日曜日、校門の開放時刻を過ぎた夜遅くに学校に忍び込んで灯油を撒き、『愛』という文字を描こうとするが誤って服に引火してしまい、大急ぎで水飲み場へ走ったという。頭をマッチのように燃やしながら走る様が激写されていた。幸いにも頭髪を失っただけで、命に別状はないそうだ。

「これは、誰だったか」

ヒカリが訊くので、ソラは頭を捻った。

「サッカー部の……ええと……」

ついに思い出すことはなかった。


翌々日の水曜日。

この記事は直接見に行くまでもなく、昼休みが始まってすぐSNSに投稿され、拡散された。

『バスケ部大田、インフルに伏す　病床で告白「スイカは食べん」』

部活の後輩がお見舞いに冷えたスイカを持って行ったら、ウリ科全般が苦手なことが発覚。そもそも何も挑戦できていないため、それがそのまま記事になってしまったらしい。新聞部も紙面を埋めるのに苦労したに違いない。大田は何か大きな計画を練っていたらしいが、その全貌が明かされることはなかった。

「あれだけ豪語していたのに、切ないなこいつ」

黄金色のメロンパンを食べながら、ヒカリがこぼす。机の上のソラのスマホに、ぼろ、ぼろ、とパンの破片が落ちる。

ソラはスマホを取って画面を拭き取ると、スイカかあ、と一言。

ヒカリはなぜだか手を止め、食べかけのメロンパンを凝視している。

ソラは暇を持て余し、ＳＮＳを探ってみる。〈イケメン誤認衆〉というワードタグが見つかる。

ヒカリはまだパンを見ている。異物でも混入していたの、と訊くと、ヒカリはかぶりを振って言った。

「スイカはだめでも、メロンなら食べただろうか」

ソラはＳＮＳに視線を戻し、静かにいいねを押した。


九月十九日の木曜日。晴天。

最後の挑戦者がやって来た。

テニス部所属の石上千次は、とにかくお金持ちとして有名だ。

お金で学校の教師を左遷させられるだとか、街中のワイファイを買い取れるだとか、噂は様々だが、それ以外のあらゆる特徴が払拭されてしまうほど、彼のアイデンティティは裕福であることだけに集中していた。

つまるところ、誰も彼の本性を知らなかった。

ただ、一年生にもかかわらずファンクラブを持っているのは、どの部活動を探しても彼だけだ。そしてファンクラブは、お金で買えるものではない。

ソラが石上と話したのは三度ほど。入学式のレクリエーションで出会い、七月の学年行事促進委員会の際にも、偶然同じ班になった。そして先日の放送室前が三度目だ。

石上のアプローチは明快だった。

上級生たちがしてきたような捻りを効かせたラブコールとは違って、彼はド直球というやつを投げ込んできた。

隣のクラスに所属する石上は、その日の授業後すぐにソラたちの教室へと赴いた。リボンやロール紙で包装された人の頭ほどの大きさのある箱を抱え、丁寧に人を避けて向かってくる。

そして箱をヒカリの机の上に置き、こう言った。

「僕はね、思ったんだ。どれだけ高い所から飛び込んだとしても、どれだけ高度な技巧を見せつけたとしても、それは君への愛情表現には繋がらない、ってね」

ソラはぎょっとした。石上が愛情という露骨な言葉を、何の構えもせずに平然と述べたからだ。それに彼の話す調子はどことなく上品だった。

「別に愛情を表現しろとは、言っていないがな」

ヒカリが言うと、石上は軽く笑って、

「そうだね。でも僕にとっては同じことなんだ。君を驚かせるには、君の気を惹かなくちゃならない。君を虜《とりこ》にしなくちゃね」

「何が言いたい」

「君は誰かに夢中になる自分自身に驚く、ってことだよ」

ヒカリの表情がわずかに変化するのを、ソラは見逃さなかった。さっきまでの余裕の表情が少しこわばって、肩に力が籠《こも》る。そして目の前の机に置かれた箱を、警戒するように見た。

「君が驚くものが、この中に入っているよ」

「私が何に驚くのかお見通しと言うのか？」

「プレゼントってのは、渡す前に相手の好みを、さりげなく調べておくものだよ」

石上は美男であるが、いわゆる体育会系とは攻め方がまるで違った。彼はまず、ヒカリの目を見て話す。まるで花束を扱うかのように、その振る舞いは計算高い。

「さあ、開けてごらん」

石上は自分から手の内を明かすことをしない。ヒカリにそれをやらせる。箱の中身より石上自身に警戒を向けていたソラに、彼は笑みを返し、君のことも見ているよ、と目で言う。

これは挑戦というより、口説きに近い。

ヒカリは言われた通りリボンをほどいて箱を開けた。すると中からバネ仕掛けのビックリ人形が飛び出して……なんてことはなかった。

無数の緩衝材の海に沈んでいたのは、虹色に輝く、渦巻きの形をした石だった。オパールのような輝きを放つが、その姿形はアンモナイトの化石にそっくりだった。

あまりの輝きと独特な形状に、観戦者《やじうま》は息を飲む。

「これはね、アンモライトというんだよ」

石上が優しく包むように言った。

「アンモナイトの化石が、地面の下で大きな圧力を受けて、長い時間をかけて宝石になったものだ」

そう言って、ヒカリの目を覗き込んだ。

「ねえ、ヒカリちゃん。君はこの国の生き物の多さに驚いたと言ったね。これはカナダから送られてきたものだけど、生き物の神秘と、自然の神秘の重なり合いによって生まれた、奇跡の代物だ」

誰もが、ヒカリの反応に注目した。

どんな時も、彼女は挑戦者の上手に立っていた。ソラに助けを乞うこともせず、独力で言い負かしてきた。

しかし今度の彼女は押し黙ったまま、眉一つ動かさない。

今までにはない反応だった。

これは今度こそ彼女にとって「驚いた」ということに当たるのではないかと、誰もが予想した。ソラもただ見守ることしかできなかった。

ヒカリは、その重い沈黙をかき分けて、静かに言った。

「これがもしも、生きている状態だったなら、私は君の恋人になっていただろう」

ソラは身を乗り出した。

ヒカリの指先がゆっくりと動く。まるでその宝石に、今までとほうもない長い時間を共にしてきた愛着があるような素振りで、そっとひと撫でした。

「だがこれは死骸じゃないか。ただの、死骸じゃ、ないか」

ヒカリの目の奥に隠された哀しさを汲み取ることができたのは、この場ではただ一人ソラだけだったろう。

石上は納得がいかない様子で、観衆たちにこう問いかけた。

「ちょっと待ってくれ。このプレゼントを受け取ってくれないのかい？　君は確かに驚いたはずだ。みんなだって、そう、思うよな」

しまった。

ソラは自らの浅慮を呪った。

彼が今までの四人とは違うのなら、こういう作戦をとってくることも十分に考えられたはずだ。ヒカリの言葉には謎が多く、彼女の真意を理解するのは難しい。それよりはわかりやすく説明する石上の言葉に賛成し、観衆が勝手に彼に軍配を上げてしまうことだってあり得る。いや、彼は端《はな》からそれを狙って……。

ソラは、石上を見た。その目に焦りはない。

「恋人にしてもらえないのは残念だ。けれど驚いたろう？　これは驚くかどうかの戦い。君が決めたことだ」

確かにそうだな、驚いてはいたなと、迷い迷いの意見が湧き始めていた。その小さな流れは、半信半疑の者や声なき群衆を飲み込んで、一つの巨大な潮流へと姿を変えていく。

ソラはヒカリに視線を移す。

いかにも平静を保っていて、余裕の女王様といった風格だが、本当の彼女は人壁のリングの中で、孤軍奮闘している一人の戦士だった。ヒカリの目はあの時と同じように、わずかに震えていた。ヒカリにとって、命を危険にさらすことよりも、心を不安定にすることの方が、よほど怖いのだ。

今、ヒカリと繋がりの乏しい大勢の人々が、一つの意見を持ちつつある。一つの巨大な悪夢になりつつある。

「違う、私は驚いてなんて……」

「嘘はだめだよ。ねえ、みんなそうだろ」

石上は五人衆の五人目。そしてファンクラブを持つほどの男。ヒカリの勝ちを信じながらも、人々はどこかで学園のアイドルが女王を娶《めと》る夢を見ている。五人目というのも、ドラマチックで都合がいい。

そうだ、驚いたよ、と確信めいた声が上がり始める。

みんなという暴力が、ヒカリの首を縛る。

そんな時だ。

口を開いたのはソラだった。

「ばかだなあ石上」

ソラは椅子を強く引いて立ち上がった。石上と向き合い、負けを認めなよ、と言う。

「何を言っててんだ賢木。ヒカリちゃんは間違いなく驚いたんだ」

「お前言ったよな、プレゼントを渡す時は相手の好みをちゃっかりうっかり調べるとか何とか。それが外れたんだから、負けだよ」

「ルールを忘れたのか？　驚かせた人が勝ち」

「だから馬鹿だと言ったんだ。石上。仮に、ヒカリが驚いたとしても、ヒカリがヒカリ自身に驚いたんだったら、驚かせたのはヒカリ本人だろう。お前じゃない」

群衆はざわめいた。それは脆《もろ》い論理かもしれなかった。しかし正しさよりも、この場では面白さが求められた。理詰めで勝とうとする石上を、どこか疎《うと》む空気が確かにあったのだ。

　ソラはその空気を掴んだ。石上が握っていた主導権《イニシアチブ》に、介入の一手をぶち込んでやった。

「そんなのは詭弁《きべん》だ。僕のプレゼントがなければ、こうはならなかった」

「詭弁じゃないね。ヒカリを驚かせたのはヒカリ自身だ。お前は何にも関係ない」

「賢木、お前そう言って彼女を天体に引き止めたいだけだろうが」

「石上。それは違うよ」

　ソラは言葉を切った。

　石上がソラを睨む。

「ヒカリが天体観測部にいたいと言った。僕は彼女の意思を尊重したまでだ。彼女がそう望むなら、テニス部にでも、バスケ部にでも入るのがいいと思ってる。当然じゃないか」

ソラは群衆を見回して言った。

「それが普通の部活動ってもんだろう。誰かに強要されて、入るものじゃない」

ソラはヒカリを見る。目の奥の震えが、少し治まったように見える。

そうだ、ヒカリが誰と付き合おうと、彼女の勝手じゃないか。気にすることの方が間違っている。

石上に視線を戻して言った。

「ヒカリが本当に驚いたのは、貝殻を持ってきたことじゃない。そんなものがこの世界に存在している、ってことなんだ」

ヒカリを見て、そうだろ、と言う。

ヒカリはアンモライトを慎重に箱の中に戻し、

「私のもといた国には、最高機密区域という場所があった。そこでは四角く巨大で透明な、水の入った容れ物の中で、何百何千という異種生命体が飛んだり泳いだりしているると聞く。ただの噂だがな」

自嘲気味に笑うと、箱の中に視線を落とし、

「お前が持ってきたこの生命体の死骸も、かつては呼吸し、代謝し、存続することの

価値を煌《きら》めかせていた」

群衆は静まり返って彼女の話に聞き入った。

「私はこの国に、いやこの世界に、これだけ多くの生命体が原生していることが、最初は理解し難かった。何かの冗談だと思った。あるいは、作り物かと疑った」

ふと窓の外に目をやったヒカリ。樫《かし》の木の枝の上に、今一羽の小鳥がそっと降り立った。モズの雛だった。秋風を寒がったのか、ふるると身震いをした。

「全て、生きていた。価値を、放っていた。あの枝、あの鳥のように」

ようやく誰もが、彼女の言う『価値』を理解した。

生きているということの価値。今存在している刹那の感覚。ヒカリの感性は、その一点に意味を見いだす。反対に人間は、きっと宝石に足が生えて息をしていれば、幻滅してしまう。

「もうわかっただろ石上」

ソラは、石上の肩に手を置いて言った。

「お前が持ってきたものはヒカリの心をこれっぽちも動かしちゃいないんだ。彼女は、お前の言う神秘が形作られるまでの途方もない時間を一人で辿って、この宝石が生きていたその瞬間を確かに見たんだ。その光景に驚き感動したんだ」

「ソラ、それは少し違うぞ」

ヒカリが割り込んだ。

「私はこいつが生きていた瞬間を見ることができなかった。それが残念で仕方ない」

そう言ってヒカリは寂しそうに目を細め、光沢をまた撫でた。

「しかしな、この光沢に触れた時、微かに何かを感じた。この宝石が生きていた頃、見たであろう景色に、触れた気がした。私はその幻影に感動したに過ぎない」

それはソラが言ったこととほとんど変わりはない。

人間は停止した世界に価値を見いだす。写真にしても、絵画にしても、宝石にしても、動かないことが意味を持っている。アンモナイトの宝石も同じだ。人はこの中に生命の神秘が凝縮され、息を潜めていると信じている。

けれど本当の神秘は、湿った暗い森の、土の中にある。荒れた海原の、波と波の狭間にある。ヒカリはそれを知っている。

「もう一度言うよ。お前の負けだ石上」

ソラは頭上に向けて声を放った。

「争奪戦はこれで終わりだ！」

群衆の盛り上がりは最高潮に達し、同時に二週間にわたって繰り広げられた部活対抗の、女王こと美空光争奪戦は、この瞬間をもって幕を閉じた。

「じゃあヒカリちゃん、このプレゼントは結局」

「ああ。私には必要ないものだな」

そう言ってヒカリはおもむろに、白い箱に蓋を被せ、そっと石上に差し戻した。

「そっか、ちょっと残念だ」

石上は小さく言った。

「本当に喜んでもらえると思ったんだけど」

「悪いな」

石上は箱を小脇に抱え、歩き出そうとした。その時、ヒカリがその肩に触れ、

「この星ごとくれると言うなら、別だが」

と言って、悪戯っぽくはにかんだ。

石上は一瞬ぽかんとした後、溜め息を一つこぼし、口元に笑みを浮かべる。そして箱を両手に持ち換え、扉へと向かう。立ち止まることも振り返ることもせず、静かに歩き去る。

ソラはその正された背筋を見て、ハッとした。彼はフラれてもなお、上品だった。

石上の退室を皮切りに、生徒たちは口々に感想をこぼしながら四方へと散っていく。

膨らみきった風船が萎むように、日常から、非日常《イベント》の熱が抜けていく。

ソラは言葉を発さず、ヒカリに掌を向けた。首を傾げるヒカリは、何を思ったのか戦闘的な顔つきになって、

「なんだ、カップラーか？　私とカップラーする気か？　いいぞ望むところだ」

と、掌を突き出して、詰め寄ってくる。

「違うよ、ハイタッチ。乗り切っただろ、争奪戦をさ」

「何だそれは。意味がわからん。ちなみにカップラーと同等の単語は――」

「いいから、ほら、真似して」

訝《いぶか》しそうにソラを見つめるヒカリであったが、一応従って手を出してくれた。しかも指と指の間が赤くなるくらいに、目一杯広げて。

そんなに一生懸命にならなくてもいいのに。

「はい」

ソラの手が、ヒカリの手とぶつかって、パン、と軽快な音を鳴らす。ヒカリは一度自分の掌を凝視し、しばらくして笑って言った。

「なんだか爽快な行為だな、ハイタッチとは」

そう言って、何度か手を打つ行為を繰り返した。執拗に何度もやった。手を打つと音が出る。当たり前のことなのに、子供みたいに楽しいと思える。

はたと気付く。自分は今、はしゃいでいる。何から来るものなのかソラは胸に手を当てて考えた。それは安心から来るものだった。

なぜ安心しているのかを考えた。

それはヒカリが誰かのものにならないと、わかったからだった。

ソラは少し怖くなった。

自分が見ている聞いている世界が、あのアンモナイトの宝石のように『停止』してしまうのではないかと。

万事順調だったのに、何かの拍子に突然、全てが消えてしまうのではないかと。

どういう理屈でか、怖くなった。

★★★★☆★

『王子、時価二百万の甲斐なし
五人衆はどうやら誤認衆だったようだ！』
金曜日。化学の授業中、実験室からフラスコやメスシリンダーの入ったトレーを持ってくるように命じられたソラは、人気のない廊下を歩き、コルクボードの前で立ち止まる。
最後の見出しは二段組で、紙面の面積もこれまでの二倍あった。内容も濃く、ヒカリ陣営が石上と繰り広げた攻防は、一言一句正確に文字に起こされていた。その中にはソラについての記述もあったが、後の方になると、句点が二つ続いていたり、漢字と漢字の間に不自然に半角英字が入っていたりと、誤字脱字が目立つ。

読むとどこか痛々しくなってくる文章の最後には、「壁新聞部は無期限休部に入ります、今まで応援ありがとう」と小さく書かれている。それを見たソラは安堵する一方で、彼らの働きに敬意を抱いた。

コルクボードから離れ、壁にもたれてスマホを見る。SNSにはすでに、五人の醜態を収めた写真がまとめられ、〈ダメンズ御臨終〉のワードタグと共に投稿されている。

ひとしきり腹を抱えて笑うと、急に冷静さが降ってきて、ソラは慌ただしく過ぎ去ったこの二週間のことを回顧した。

誰一人としてヒカリを振り向かせることはできなかった。

彼らは彼らなりに努力し、普通ではできないことをやった。彼らが学園のアイドルであることは揺るがない。

ヒカリの守りが堅すぎたのだ。

まるで心に錆びた釘でも刺さっているみたいに。

九月二十一日、土曜日。

「どうした、浮かない顔をして。出発当初はあんなに浮かれていたくせに」

ヒカリが訊いた。

生温かい夜の風が、顔にまとわりつく。

「そうかな」

ソラは素っ気なく答え、前を歩く阿藤と酒井の背中を、目で確認する。

「ちょっとした考えごとだよ」

ヒカリは、不思議そうにソラの顔を覗き込む。

わ、蚊だ。そう言って、蚊を追い払うようにして、ヒカリの視線から逃れる。

四人が歩くのは、晩夏の夜に沈む、鬱蒼《うっそう》とした林道だ。

争奪戦が幕を閉じ、学校を取り巻いていたイベント熱は一気に冷却された。そして黎明期《れいめい》へと突入した。

ヒカリの人気は衰えることはなかったが、学校の雰囲気はどことなく落ち着き、強豪部活動が幅を利かすことも減った。

三竹ヶ原第一高校では、五月に行われる文化祭や十月下旬の体育祭、生徒会解散の六日後に行われる総選挙、クリスマスの音楽祭など、大人数の生徒が参加する行事の後には必ず、こうした黎明期がやって来る。優等生はこの時期に勉強時間を稼ぎ、そうでない者は学校を満たす魔術的な静けさに、眠気を抑えるのに必死になる。

　そんな時期に、いや、そんな時期だからこそ、文化系クラブはのびのびと活動できた。

「賢木は近頃、そういう返事が多いぞ。星を見るでもないのに、よく黙り込む」

　大型の観測器具を担ぎながら、木々をかき分け進む酒井の発言に、ソラは心臓をびくつかせる。

「考えごとが絶えないお年頃か」

　ソラが答えないでいると、酒井はばつが悪そうに沈黙を噛み、やがて別の話題を喋り出した。

　阿藤はこういう時必ず、詮索をしてこなかった。ソラが一人で悩みたいと思う時、それがどんなに小さいことでも、邪魔した試しがなかった。

「しかし学校から徒歩十分の所に観測スポットが三つ……やっぱ田舎だよなあ」

　酒井が、今度は誰かに向けて言う。こういう場合、個人に絡むより全員に向けて話しかけた方が、無視されるリスクの軽減にも繋がって良い。

　少しの静寂のあと、対象が定まらない、ふらついた呼びかけに応じたのは、ヒカリだった。

「田舎、いいじゃないか。それにサカイの性格では、そのトカイとやらには馴染めないだろう」

「どういう意味だ美空君。それと、先輩を付けろ、先輩を」

ヒカリは以前ならソラと会話していることが目立ったが、今ではこうして先輩にジョークを飛ばすまでに成長している。戸惑いを隠せないでいた自然にも、触れることを厭わなくなった。

「さて、そろそろ到着だ」

阿藤が言った。

そこは阿藤がまだ一年生だった頃に開拓された、真新しい天体観測スポットだった。学校のプールを西に抜けて、錆びてくたびれたフェンスを飛び越え、少し森林と戯れながら歩けばすぐ着く、広く小高い平地だ。

「驚いたな。美しい場所だ」

ヒカリは息を飲むように言った。

「だろう。俺が一年だった頃、馬鹿力のバッターがフライを飛ばしてな。球を捜しているところで見つけたのがここ、というわけだ」

「先輩、野球やっていたんですか」

ソラが訊くと、阿藤は笑って、

「俺のこの細足を見ろ。根っからのインドアだ」そう言って、半ズボンから伸びる太腿を指差す。「その野球部の連中が親切に教えてくれたんだ」

「意外ですね。体育会系と文化系がそんなに仲が良かっただなんて」

「そういう時期もあった、というだけだ。前生徒会長が退任し、現生徒会長、御門京平がその座についた途端にこの有様だ」

阿藤はかぶりを振って、肩をすくめる。

この有様とは、体育会系部活が尊大に振る舞い、その他の弱小部活が肩身の狭い思いをしている現状を指している。確かにこの歴然たる差は、生徒会の存在が大きい。事実として、二年前に作られ急成長した部も存在する。

阿藤は平地の最も開けた場所まで歩くと、キャンプ用のリュックを下ろし、懐中電灯を取り出し言った。

「御門は結果主義の男だ。インハイ出場や作品入賞、成果だけを重視し、それに比例して部活動を優遇しているんだ。伸ばす所は伸ばし、そうでない所は切って捨てる。それはそれで間違ってはいないし、俺はあいつを評価してるよ」

御門京平は学校いちの権力者で、天の上の人という印象だ。そんな御門をあいつ呼ばわりする阿藤が、少し遠い存在に感じられる。

「詳しいんですね、阿藤先輩」

ソラは頭で話さず、ただ心に浮かんだ言葉を音にした。

「幼なじみだからな。御門とは」

それきり、会話は続かなかった。

御門の話を口にしてから阿藤の表情はどこか曇っていたが、酒井が望遠鏡を袋から出して携帯式のトリポッドを組み立てると、さっぱりとした表情になって懐中電灯で地面を照らし始めた。

ソラもヒカリと一緒に、持参した望遠鏡の設置に取り掛かる。

しばらくすると、酒井は何度か接眼レンズを覗きながら、まだだめだ、と言った。阿藤が代わって覗き見るが、酒井と同じ違和感を持ったらしい。

酒井が持ってきたのは部所有のニュートン反射式で、しばらく外気に馴染ませる必要があった。運ぶのに使った袋の機密性が高すぎたのだ。

「どうせなら、もっとあっちに行ってみようと思う」

そう言って酒井は、平地のさらに上の方を指差した。濃い暗がりの中にわずかに薄い部分が見えるのは、木が少なく観測に適した丘陵が点在している証拠だった。

「お前らはどうする」

そう言って酒井は、にやりと笑う。

妙な気を使わせてしまっているらしい。

ソラは酒井に付いていってもいいと思った。しかし設置しかけた望遠鏡に、ヒカリが興味を持ち始めているのが横目に見える。

迷っていると、酒井はなかば強引に阿藤の荷物まで持ち、懐中電灯を奪って丘陵を登っていってしまった。一人で行かせるわけにはいかないと言って阿藤も追っていく。

広い草地に、ソラとヒカリは二人きりになる。

「なんだ、ぼやけてよく見えないぞ……」

円筒の側面に突き出た接眼レンズの奥を睨むヒカリは、目をぱちくりさせて言った。

「ごめんごめん」ソラは言いながら、そっとヒカリをレンズから遠ざける。「結構上級者向けなんだ。光軸を調整しないと」

レンズを覗きながら、ツマミを捻ってぼやけをなくしてゆく。そんな作業の最中、ふと、あの日の出会いが強烈に思い起こされる。

ツマミの調整がうまくできない。ソラは深呼吸した。目眩《めまい》がした。目眩の原因を探ろうと深呼吸したら、目眩が増した。

レンズから目を離す。ヒカリが怪訝そうな顔で見る。

ずっと避けてきた自覚があった。

しかし心が限界を迎えている。

これまでは様々な事件が――世間から見れば些細なことでも、ヒカリにとってはとてつもなく重大な問題が――幾度となく立ちはだかってきた。ソラはそれらを乗り越えるのに夢中でいたからこそ、文字通り夢を見ていられたのだ。

今夜その夢が覚め、冷え渡った空気がソラを追い立てる。

「あのさ」

「何だ」

いつも通りの受け答えが、夜風といっしょに肌に染みる。まるでずっと使っていた帽子を買い替えたみたいな気分だ。

でも進まなければ世界が『停止』してしまう。

「ヒカリはさ、空から来たの？」

その問いを胸から引っ張り出すのに、どれだけの時間を要したことか。三日やそこらではない。三週間ちょうど。時間にしておよそ五百時間。

ヒカリと再会したあの日に聞いておくべきだった。それなのにどうしてこんなに、ずるずると引きずってきてしまったのか。

「私はお前の子ではないぞ」

と言って、ヒカリは軽く笑った。少し間を置いてから、お前から抽出したバイオトープでもない、と付け加える。

こんな応答にいちいち呆れてなどいられない。

「ちっぽけな方のソラじゃない。あのでかい空の方さ」

ソラは星が彩る雄大な天上を指す。あの巨大すぎる存在が、自分と同じ名を持つという、皮肉。

「何が言いたいのかさっぱりだな。おい、調整を終え――」

「ヒカリ」ソラは言葉を重ねた。「君の故郷は、あの光のいったいどれなんだい」

緑色の髪を持ち、腕の機械で心を操り、この地球《ほし》の生物を見て驚いた。いや、それ以前に、あの夜の出来事。巨大な物体が見つからなかったことを言い訳に、ソラは夢半分に捉えていた。

「きみはね、ヒカリ。星の降る夜にやって来た『宇宙の迷子』なんじゃないのかい」

ソラが真剣な眼差しを渡すが、ヒカリは目を合わせることを拒む。

「ははは。自分で言っていて可笑しくはならないのか？　そんなこと。常識的に考えろ。ソラ。常識的にだ。誰が宇宙船に乗って、この星にやって来ただって？　なんて馬鹿馬鹿しい」

「僕は宇宙船なんて言葉を使ってないよ」

ヒカリが初めて見せる、当惑した顔。いつもの余裕に亀裂が入り、その風穴から、彼女の心の中にも冷たい夜風は、言葉とともに容赦なく流れ込んでゆく。

「少なくとも僕には隕石にしか見えなかったあれを、君は今宇宙船と言った」

「馬鹿にして。宇宙からやって来るなら、宇宙船に乗ってくる他ないじゃないか！お、お得意の言葉のトリックで、私を、陥《おとしい》れて遊びたいのか？」

平常が崩れ去っていく。感情が不安定に沈んでいく。

しかしソラはついさっき覚悟を決めた。もう引き下がれはしない。これは避けては通れぬ道だ。

「君の故郷は多分、この星よりずっと文明の進んだ世界だ。君が時折、到底理解できない難しい言葉を発するのも、それで頷ける」

「たまたま、そういう国の生まれなんだ。私は。紛れもなく、この惑星ＤＨ32で生まれて……」

「人類はこの星のことをＤＨなんとかって呼んだりしない」

ヒカリの両腕は交差して、自分の両肩をがっちりと掴んで動かない。アルマジロのように体を丸める。何かから身を守ろうとする姿勢。

でも二人が向き合っている敵は、外から来るものじゃない。心臓にほど近い場所から湧いてくる、不安と動揺という名の、人間の天敵だ。

ソラは言った。

「地球って、呼ぶんだよ」

ヒカリは体を揺すって叫ぶ。

「だったら何だ！　私が宇宙の迷子だったら何だ！　お前は、私のクリッパをやめるのか!?」

ソラは腕を伸ばすが、ヒカリはその分だけ遠ざかる。

「そうはさせないぞ。私には、〈アーム〉がある。これさえ使えばな、お前なんて」

「ヒカリ」

ソラは腕を下ろす。下ろした手を固く握る。

「お前なんて私の、ぃい意のままなんだ。そうだ、不確定要素は全部このアームで」

「だからやめたりしないさ、君のクリッパを」

ぴたりと震えが止まる。アームへと伸ばした右手がだらりと下がり、ヒカリは眉に力を入れたまま呆然としている。

「誰がやめるって言った？　僕、一言もそんなこと言ってない」

「い、いや、そんなのは嘘だ。嘘に決まっている。君は絶対に」

「どこから来ようとヒカリはヒカリだよ」

「そんな簡単にいくものか！」

その叫び声は、こんなに開けた場所でも、耳の中で何度も反響した。歪んだ表情は彼女の美貌を台無しにしてしまっている。

「私は裏切ったんだぞ。君を！」

また一歩下がって、ヒカリは怒鳴った。

「私は自分の素性を隠し続けた。聞かれないのをいいことに。でも今知られてしまっ

たんだ。私の振る舞いは全て虚構だ。この星の原住民のやり方を真似て、嘘という
スーツを着ているんだ。学校に通ったのもそのためだ。この星の共同体にとけ込み、
生き延びるために、私は君を利用した」

「うん、それで?」

「私の国ではな、もしもそんな嘘の関係を築けば、極刑も免れない。一つの嘘で何千人もの人間が死んだこともある。嘘は、重罪だ。それこそ死をもって償わなければならない」

彼女の左手は大きく開かれ、胸の右上あたりに押し当てられる。そして右手は空を切ってソラの前に差し出された。

後から聞くと、これは彼女の国において、心臓を貸借するという意味の、最大の謝罪であるらしい。――が、今のソラにとっては、突き出されたその腕は、距離を縮めるための道具に過ぎない。

か細く、石灰のようにほの白いその腕を、ソラは掴んで思い切り引き寄せる。

「この国ではね」

ソラの胸に、ヒカリの顔が突き当たる。ソラはぎゅっと握った手を離さない。

「嘘をついたら針を千本飲まなくちゃならないんだ」

「ほらな、やっぱり。死んで詫びろと言うのだろう」

ダンスのホールドのような姿勢になり、ヒカリの声はソラの胸と腕の溝に落ちてくぐもった音になる。

離れようとする弱々しい力を封じ、ソラは言う。

「でも反対に、嘘も方便っていう言葉もあるんだ。方便っていうのは仏教の言葉で、救済のための方法。つまり……救われるための嘘もあるってことなんだよ」

力が弱くなって、次第に反発が消える。

ヒカリは顔を上げて言う。

「そんなの矛盾している。この国はどうかしている」

右の瞳から水滴が頬を伝う。ソラはそれが、彼女の上唇に落ちるまで待った。

異なるリズムだった呼吸が次第に、交わり溶け合っていく。

「そうだね。矛盾している。君らの世界ほど賢くないから、矛盾したまま生きるしかないんだ」

自虐のつもりは毛頭なかった。人間には矛盾を許す強さがある。

ソラは、昂《たかぶ》る鼓動を抑えつけると、開いた一方の手でヒカリの背中を静かに抱く。

「でも、駄目なんだ。君に嘘をついたから。私はもう、対等な関係にはなれない」

「対等？　半分奴隷なんだろ」

「そうだ。君は私にとってのクリッパであり、同時に私は君にとってのクリッパでもある。君はなぜか私に頼みごとをすることは滅多になかったが……。でもその関係も、もう終わりだ」

お互いに友達で、お互いに奴隷。それが〈クリッパ〉の本当の意味だった。

ソラは誤解していた。ヒカリは支配者で、ソラは従者。

浅はかだった。ヒカリがそんな一方的な関係を望むはずがない。

ソラは、ヒカリを祭り上げる学校中の姿勢と敵対しながら、心の中に同じビジョンを描いてしまっていた。ヒカリに尽くす騎士を演ずることに、卑小な楽しさを覚えていた。

彼女のことを、何もわかっていなかった。

そしてその気付きは、そのままソラの抱える問題を解く鍵になった。

「僕はやっとわかった、わかったんだ」

ヒカリの声は罪悪感によって押し潰された。ソラの腕の中に収まる彼女の体は、小さく縮こまって震えている。卑小だ。ソラが想像したヒカリの像とは乖離《かいり》する。

ソラは、天を見上げる。星々を纏《まと》った漆黒の夜が、自分もまた卑小であることを教える。

ヒカリは生きるために関係を必要とした。ソラを『互いが、互いにとっての友達であり奴隷』とした。依存だ。それがどうしても気に食わない。なぜか？

実に簡単な話だった。

友達も奴隷も、どっちも嫌なのだ。そんな関係を名乗るのが、また名乗らせるのが、我慢ならなかった。

なぜか？

「君が好きだ」

それは雪原でも砂漠でも焦土でも、瞬く間に一面の花畑に変えてしまう言葉だ。

「スキ？」

ヒカリは眉をひそめ、その音を繰り返す。

「何でこんな単純なことに気付かなかったんだ。ああ、ヒカリ、君がいちいち小難しい理屈や言葉で、なんでもかんでも説明しようとするせいだ。全く異星人は厄介だ」

「私のことを嫌わない、というのか。この私を」

「君以外誰がいるってんだよ。いやあ、我ながら勢いの告白だったけどね、うん。じわじわと恥ずかしさが背中を這い上がってくる」

固く握るヒカリの右手との間に、不快な手汗が滲み始める。

「まさかマスクの誤作動か」

「違うよ、本当の気持ちだよ。ほら」

そう言って、ソラは右手でヒカリの左手を持ち、自分の胸に押し当てる。

「心拍が、速い……。ちょっと待て、これは速すぎるぞ、常軌を逸している。待ってろ、アームには緊急用のペースメーカーが」

「大丈夫、じきにおさまるから。でもまずは一旦、少しだけ、離れようか」

「ああ、そうだな！」

握っていた手を離すと、二人は同じ極の磁石のように瞬時に離れる。

ソラは一人で平地に立つ寒さに愕然とした。その目前で、ヒカリも身震いをした。

ヒカリはまだ、ソラが生命の危機に瀕しているのではないかと疑っていて、ひどく焦った顔をしている。

深呼吸をした後、ソラは言った。

「君の国にはきっと、『胸が痛い』と同等の意味の言葉って、ないだろう」

ヒカリは静かに頷いた。

心を道具にする世界で『心を乱す』なんてことは、あってはならない。人類が右足の次に左足を出すことを知っているように、その世界の住人もまた、心に負担が掛からない接し方を知っている。だから、胸が痛くなることなんてないのだ。

でも人類《ソラ》は知らない。どうやれば上手くいくかわからない。だから好きと言うしかない。恐るべき博打だ。たとえそれで、心臓が酷く痛んでも、伝えるしかない。

「僕らは君らより馬鹿だから、矛盾しているから、関係を構築するためにこういうリスクを冒すんだ。好きな子に好きって言うだけで、心臓を破裂寸前まで追いつめる」

「そんなの自殺行為だ！」

ヒカリが悲痛な顔で叫んだ。

「でも危険を冒すからこそ、手に入れた関係に価値が生まれるとは思わない？」

人を信じるということは、並大抵のことではない。

誰かを好きになり恋人になるということは、いつ裏切られてもおかしくない危険を永遠に冒すということだ。

現代ではその傍らで、ＳＮＳやインターネットを使って、簡単に人間関係を築くことができる。それこそがヒカリのいた高度な世界へと続く、人類の進化なのかもしれない。

でもそうやって生まれた繋がりは脆く、簡単に風化するし、やすやすと破棄される。

「君が嘘をついたというのなら、僕も嘘をついた。君が五人衆の誰かと付き合ってもいいと、それが君の望みなら僕もそう望むと、僕は自分自身に嘘をついた」

今でも想像すると胸が苦しいのだ。ヒカリが誰かのものになるなんて。

「これで共犯だ」

ソラが言うと、共犯関係、と小さく言い、ヒカリは頭《こうべ》を垂れる。

一陣の風が駆け抜け、水気を含んだ芝草を震わす。

ヒカリが、ソーラ、と呟き、それから顔を上げて言った。

「罪を犯した者同士の関係を、私の国では〈ソーラ〉と呼ぶんだ」

ソラはドギマギしながら尋ねた。

「恋人を意味するんじゃなかったっけ？」

「恋人関係とは、同じ罪を抱える囚人同士を指す。この世界では違うのか？」

ヒカリが首を傾げて言った。

恋が、罪。

つまりは、そういうことなのかもしれない。

心を乱す情熱が罪なのだとしたら、恋愛はその罪悪の最大形と言ってもいいのかもしれない。

「じゃあ、僕らはソーラだ。今日から、ソーラだ」

ソラは、念を押すように繰り返した。

「罪を背負ってくれると言うのか」

ヒカリは後ろめたそうに言う。

「喜んで」

ようやくヒカリの顔に、安堵と平静が戻る。大股二つ分の距離を、夜風が吹き抜けていく。

星が瞬く。

ソラの心臓は、まだ落ち着きそうもない。

★★★★★☆★

二人は何事もなかったかのように、天体観測を続けた。

あんの絡んだ白玉のような中秋の名月が、観測の目玉だ。

完全な満月になりきる前なので、表面のクレーターをはっきりと見ることができる。

その他にも二重星のアルビレオや、さそり座のアンタレスなどを見た。楽しい時間を過ごした。

いや、楽しんでいたのはソラだけだったかもしれない。望遠鏡は確かに、ヒカリの孤独に麻酔を打って空を映した。かりそめでも、彼女が落ち着ける場所がここにあることを示した。

彼女は「迷子になった」と言った。

「戻れない」とは言わなかった。

途中、阿藤と酒井が先に帰るということを伝えに、二人のもとへやって来る。このまま十二時まで観測を続けるつもりだったそうだが、酒井の妹が急に熱を出したとのことで、阿藤も一緒に切り上げることにしたそうだ。

帰り道はわかるので、ソラは彼らの背中に手を振る。

それから二人は柔らかい草の上に寝そべって、空を眺めながら歌を歌った。

気付いた時には、腕時計の針は午前二時を回っていた。

帰り支度に従事するソラの手をヒカリが引き止める。

もう少しこうしていよう、という彼女の提案は、言葉にされず、ただ視線でのみ行われた。

ソラは再び体を倒して、ヒカリの横へと戻る。

もう少し一緒にいたい。それが〈ソーラ〉として交わされた、最初の要求だった。

「なあ、月の裏側に何があるか知っているか？」

ヒカリが、ニヤニヤしながら言う。

「知らないだろう。聞けば驚くぞきっと」

「地球からは永遠に見えないからね」

ソラがそう言うと、ヒカリは勿体《もったい》ぶって間をもたせ、言った。

「古びた一軒のレストランがあるんだぞ」

「えっ」

ソラはしばらく口を開けたまま静止し、

「嘘じゃないさ。私はそう簡単に嘘はつけない。ここへ来る時、ちゃんと見たんだ」

「そんな馬鹿な」

「いや、そんな馬鹿な」

嘘は、罪。

ヒカリが言うのであれば、本当に本当のことなのかもしれない。

月の裏側にあるレストランかあ。一度行ってみたい気もする、学割が利くならの話だけど。

夜風が恐ろしいほど心地よかった。もう一度睡魔に袖を引かれないように、二人はしっかりと手を繋いだ。

ソラはヒカリの罪を背負った。それはヒカリにとって、どんなに安心できることだったのだろうか。仮面を被り、共同体を探して彷徨っていた時と比べたら、その落ち着きはどれほどのものなのだろうか。

一方的な関係は認められない。騎士が姫を守るという構図は、そぐわない。二人ともが戦う。これは二人きりの戦争だ。

しかしソラはまだヒカリが犯した罪の本当の意味を知らなかった。

こんなに幸せなことって他にあるだろうか。

第三夜　「衛星」

その火曜日は、寒露が始まったというのに炎天と言えるほど暑かった。真夏の顔つきの太陽が、二人の足元に短く濃い影を作っている。

授業が終わるとすぐ、ヒカリとソラはともに教室を出て、校門まで向かう。いつもであれば、校門を出て右に行くのがヒカリで、左に行くのがソラだった。

二人は一緒に帰ったことはなかった。必ず校門前で別れる。ソラは願わくば一緒に帰りたいと思っていたが、いかんせん真逆の方面だ。ちょっと寄り道したくて、などと見えすいた嘘を吐く他に、彼女と帰路をともにするすべはなかった。そしてそんな意地汚い行為は、ソラのプライドが許さない。

それが今日、二人は校門を出て右に曲がった。

初めてヒカリが住むという家に招待されたのである。

正直、彼女が宇宙からやって来たとわかってから、異星人の暮らしが一体どんなものか、興味が湧きっぱなしで、そのことが常時頭から離れない。きっと家財の正しい使い方も知らないに違いない。タンスを机として使い、ちゃぶ台を玄関に飾り、掛け布団をカーテンと取り違えているに決まっている。

そもそもだ。迷子と言うのだから、当然一人暮らしをしているのだろうが、その家賃やガス、水道代は一体どうやりくりしているのか。バイトをしている様子もなく、鍵がかかるギリギリの時間まで部室で話したり本を読んだり、テーブルゲームに興じたりしている。

ちなみにチェスをやると彼女は必ず勝ったが、ポーカーをやると必ず負けた。

あそこだ、と言ってヒカリは立ち止まる。

目の前には、小さな古びたアパートがあった。トタン屋根の細長い建物を囲う塀には、華三荘と彫られた木の表札が埋まっている。

「私は平日はいつも午前七時半にあそこを出て、午後八時前後に戻る。あそこが私の生活空間の全てだ」

と言って、真ん中あたりのどこかを指差す。

「この二階の三号室が私の家だ」

意外と、普通だ。

落胆とも安心ともつかない気持ちに見舞われるソラ。

と、その時である。アパート横に併設された物置き小屋の中から、割烹着姿の高齢女性が姿を現し、ヒカリに気付いたらしい、持っていた如雨露《じょうろ》を花壇の脇に置いた。

「ひかりちゃん」

優しい声だった。腰が如雨露の注ぎ口ほど曲がっていて、杖なしでよく立っているなと思うくらい前傾で歩いてくる。

「珍しいねえお友達連れかい」

ヒカリは軽く手を振って、

「ああ、オーナー。こいつは私の恋人の賢木空だ。そんなに危険人物ではないので安心しろ」

「まあ。ひかりちゃんもお年頃だねえ」

そんなにってどういう意味だよ。

しかし改めて恋人という言葉を使われると、表ではなんとか平静を保てても、裏では心臓がざわついて仕方ない。

「年頃であろうとなかろうと、恋人は必要だ。安定した関係構築は必須事項だ」

「なにやら難しい話はわたしゃわからないけど、良かったねえ。ハンサムな恋人さんができて」

そう言われ、慌てて頭を下げるソラ。落ち着け、高齢者から言われたハンサムは、数に数えちゃいけないんだ。

その女性から見れば、確かに二人は名実ともに立派なカップルには違いない。でもソラは、ヒカリとの関係がごく一般的なそれに当たるとは思っていない。思えない。共犯者としての、名目としての、役割としての、恋人。

「さあ、二階へ」

赤く錆びた鉄の階段は穴だらけになっていて、踏むと楽器かと思うくらい音が鳴った。そしていかにも古アパートといった薄汚れた埃臭い通路が現れる、はずだった。

「ほらやっぱり。こういうことになってる」

「何だいきなり騒がしいな」

ソラが叫ぶのも無理はない。なにせ玄関の前に白い布が、よく見れば敷き布団らしきものがそのままべったりと敷かれており、通路を完全に塞いでいた。

「人類は玄関前に布団を敷かないんだよ」

ソラの叫びは、全人類を代表してトタン屋根に雷撃を落とした。

「ああ、あれか」

階段を上り切る一歩手前で止まったヒカリは、腕を組んで淡々と述べた。

「私の国では私的空間の入り口には、必ず敷物をあしらうことになっている。提供された家財の中に適当なものがなくてな。あれで代用しているというわけだ」

彼女の目はどこまでも清々しい。

「そろそろ地球に慣れてくれ」

ソラが力の抜けた声で言うと、ヒカリは困ったように顔をゆがめる。

「しかし何も敷かないというのはとても無礼なことにあたる」

「どう考えても邪魔だよ。一号室と二号室の身にもなってみなさい」

タイミングよく一号室と二号室のドアが同時に開く。手前の二号室から出てきた筋骨隆々としたタンクトップの男はこう言った。

「俺は幅跳びの選手だから、毎朝練習になって重宝している」

一号室の住人は、頭まで被った厚手のパーカーの下でぼそっと呟く。

「私はスタントマンだから、階段は使わず直接下りる。上る時もまた然《しか》り」

それだけ言うと、二人はまた部屋へと戻っていく。

「迷惑にはなっていないようだな」

ヒカリは、ほら見ろという顔で言った。

「奇跡に奇跡が重なったんだな」

唖然としてそう呟くソラを横目に、ヒカリは躊躇《ちゅうちょ》なく布団の上に足を載せ、黒いスニーカーの裏を二、三度擦り付けて玄関へと入っていく。日本人としてそれが許せないソラは、布団の横に立って扉を思い切り開けると、開いているうちに斜めから体をねじ込ませた。

玄関に足をつけると、うっすらと湿った木の匂いが漂ってきて、膨らませていた期待はことごとく裏切られた。

至って平凡である。

ちゃぶ台の上には飲みかけの湯飲みが置かれていて、タンスはちゃんと縦に置かれており、電球がミラーボールになっているようなこともない。

おかしいのは敷き布団を外に出しているから床に直接背中をつけて、その上に掛け布団を掛けて寝る、ということだけだった。

ソラはゲンナリした顔をする。

「君は一体何を想像していたんだ?」

「いや、もっと宇宙的な何かを……」

「この星にはファニトリーも、レッディアッカも、サダダーもないからな。それに」

ヒカリは整然とした部屋を見回し、言った。

「この家を提供した者たちに、家財の使い方を教わったのだ。今やあいつらが、私にとってのファニトリーだ」

ヒカリが指差す先には、ステンレスのポットがあった。床に直置きされていて、無造作に延びたコードが延長タップとドッキングしている。大きなアルミのゴミ箱は蓋が脇に置かれ、中から残り汁の溜まったプラスチックのカップが顔を出していた。

なるほど、とソラは何度か頷いて、キッチンへ足を向ける。するとガスコンロには油っ気ひとつなく、換気扇にはフィルターも張っていない。魚焼きグリルなんて、取扱説明書が中に入ったままだ。

別に驚きはしない。『料理』を珍しがる人間が、自炊しているはずがないのだ。

ヒカリがランチクロスに包まれた弁当箱を持ってきたことなんて一度だってなく、昼食はいつだって売店か学食だ。そして大抵の場合、ソラが持参した弁当のおかずと交換したりする。

ヒカリは学生鞄を部屋の隅に立て掛けると、人の身長ぐらいある丸太のような枕を抱いて、犬のように寝転がった。

「ちょっと待てよ」

ソラが言った。

「君に家と家具を提供したのは、一体誰なんだい？」

枕にしがみつきながら左右に転がるヒカリは、黙ったままだった。

「そもそも君は一体どうやって『日本人』になったんだ？　あの夜のあと、一体何が」

「君は詮索好きだな。聞いてどうする」

ヒカリは転がるのをやめ、目を伏せたまま冷たい声で言った。

「別にただ疑問なんだ」

ソラは前置きした。

「恋人になったことだし、僕がもっとヒカリのことを知りたいと思うのは、当然だろう？」

ヒカリは枕を離してむくっと体を起こすと、それもそうだな、と言って、ソラの方に左手を渡した。手を引くように、何かを差し出すようにも見える。

「理は君にある。ソラ、私はな」

言いかけた、その時である。

声を阻むように、甲高いアラームがけたたましく鳴り響いた。アームに青の光が灯り、淡く点滅する。ヒカリは慌てて腕を引き戻すと、ソラから隠れるように身を翻して申し訳なさそうに言った。

「言えない」

「どうしてさ」

アームはヒカリの胸と腹の間に挟まれ、アラームはくぐもった音へと変わった。

ソラはこの状況に、いつものような宇宙的な不都合を感じなかった。感じたのは、作為だった。

汚い人類の作為だ。

「言えないものは、言えないのだ」

　その怯えたような目を見た時、ソラの頭上を不安と焦燥がかすめる。一向に鳴り止まない音とヒカリのうずくまるような姿勢が、ソラの心を波打たせた。

「その装置が何か関係があるのかい？　だったらそんなもの、外してしまえよ」

　詰め寄って左腕を強引に掴み、アームに指先を触れた。二つのリングに挟まれた伸縮自在の繊維は、一見するとヒカリの腕と一体化している。

「駄目だ、やめろソラ、それは」

　ヒカリの抵抗を振り払って、リングに指を掛ける。そして引っ張ると、まるで指輪を外すように腕からするりと抜けたのである。

　同時に後方でドンと荒っぽい音が響く。

　ソラの目は開け放たれたドアを捉える。

　次の瞬間、黒い服にサングラスをかけた大柄の男と、その男に比べれば少女のように小柄な女性が、厳しい剣幕で押し入った。

　男は慌てるソラの腕を掴むと、強引に引き寄せて足を払い、バランスが崩れたところで巨体をのしかからせた。柔道の技をかけられたのだと気付いた時にはすでに、ソラは捻られた腕を背中に回され、床に組み伏せられていた。

　胸が圧迫されて呼吸ができなかった。

女の方が拳大の黒い無線機に向かって、押し殺した声で言う。

「こちらポルックス、ケースB33発生」

女は同じ文言を復唱し、どうぞ、と付け加える。

「リア　レム　トイグ　ソーラ　グ　ソーラ」

ヒカリの喚き声に耳をかさず、女はヒカリとソラの前に立って、二人の視界に帳《とばり》を張った。アームはソラの指先数センチの床に転がって、さっきよりリズミカルな音を出して、赤青緑と忙しなく光っている。

『ルートを確保してゲストを本部まで移送、保護せよ。コネクターはヒプノして本部へ搬送。迅速にな』

無線機から、男の声が飛び出す。

了解、と短く返して女は腰のベルトポケットに無線機をしまうと、今度はホルスターから銃を取り出して、ソラに向ける。

「ヴァルツ　アイアストルス！」

ヒカリの叫びを片腕で制し、女は、

「危害は加えませんがご同行願います」

と言って、ソラの首筋に銃を押し当てた。

必死に抵抗の言葉を述べていたと思う。けれど何を言っていたか思い出せない。ただ女の囁くような声が耳元に微かに残っている。

「ごめんね、ボク」

銃口のひんやりとした感触に伴って、プシュウという音が聞こえた。次に、血管に何か冷たいものが広がる不思議な感覚が染み入ってくる。

全然これっぽっちも、痛くはなかった。

すぐに視界がぼやけて、全身から力が抜けて額が床にぶつかると、あとは深い闇に落ちていくだけだった。

★

意識が戻って最初に感じたのは、腰骨に当たる硬く冷たい感覚。

ズボンが食い込んでいて、股が裂けそうだった。

目を開けるとそこには、知らない天井が広がっていた。鉄のプレートを隙間なく張りビスを打った天井と、コンクリート打ち放しの壁、白色灯が太陽のように眩しい。

首が引きつる。腹筋に上手く力が入らず、何度か腕を支えに上体を起こそうと試みるうちに、自分は今まで枕一つない仮設ベッドのようなものに寝ていたことを知る。

額が熱を持っていてやや膨らんでいる。触ってみると痛みを思い出す。

それからベッドの端に座るのに、数分を要した。

その部屋は概ね立方体で、ベッドの他にパイプ椅子一組と金属の机がひとつだけあって、扉は、ベッドと反対側にあった。扉側の壁に二重の格子窓と、天井の隅に監視カメラが二台見える。

四肢の自由を取り戻し立ち上がると、二台の監視カメラがそれぞれソラを追う。

首筋に手をやった。まだ薬を打ち込まれた時の感覚が皮下に残っている。

なぜこんな場所に。

あの黒い服の連中が運んだ、というのが自然。しかし寝かせておくだけなら、部屋にはベッド一つで十分だ。この部屋にはそれ以上のものがある。

黒服の振る舞いを思い出す。識別名を駆使し、想定される幾つものケースを暗記していた。まるで組織のエージェントだ。

その組織が堅気の団体でないことは明らかだが、世の中にとっていわゆる善側なのか悪側なのか、それが問題だった。

いや、違う。

世の中にとってはどうであれ、今ここにいるソラにとって、それこそが重要だ。

慌ててズボンのポケットを探る。スマホを取り出すが、電源は切れていた。すぐさま逆のポケットを探る。

「おおっ、ある」

財布を探り当て、思わず声が漏れる。

その時、ガラス越しに人影が通り、扉が重々しく開いた。

現れたのはビジネススーツに身を包み白いネクタイをした、五十前後の男だった。

薄いグレーの短髪にこけた頬をした長身の男だ。

「部下が乱暴をしてすまなかった。君がコネクターの、ええと」

男はわざとらしくクリップボードに留めた書類を漁ってみせる。

「サカキです。賢木空」

ソラは目を伏せて答えた。

男は静かにドアを閉めると、申し訳なさそうな顔で、パイプ椅子を引く。「悪いね、こんな椅子で」と言って、その視線をソラ側に置かれた椅子へと向ける。

ソラもパイプ椅子を広げる。

「初めまして、ソラ君」

座るや否や、男は右手を突き出す。ソラは指先を凝視したあと、両手を膝の上に置いたまま、軽く会釈した。

「私は宮内庁外局、公安調査課のミカドシロウだ」

男は手を引っ込めて言った。

聞き覚えのある音の並びだった。

みかど、みかど……。ソラがその音を口ずさんでいると、男は胸ポケットからボールペンを抜き、書類の一枚を抜きとって裏返しにし、こうだよ、と言って『御門司郎』と書きつけた。

その特徴的な名字を見て、ソラはハッとした顔をする。

男の目がソラを捉える。その視線は探るようであり、かつ優しさが込められていた。ソラは何か喋らねばならない、と思った。強制されているわけではないが、その目に見られながら黙っていると、どこか居心地が悪かった。

「第一高校の生徒会長と、同じ、名字ですね」

「仕事柄、あまり息子には構ってやれなくてね」

「やっぱり息子さんなんですか」

男はしばらく黄色く照り返す机を眺め、

「ああ。私の息子だよ」

と顎をこすりながら言った。

「どうだい、彼は。学校で、その、上手くやっているか？」

「生徒会長を、ですか？」

男は頷いた。

「立派に務めてらっしゃいますよ」

ソラが言うと、男は露骨に顔を明るくさせた。

「そうかい。実は少し厳しく育てすぎて、反抗期というのかな。中学時代はひどく、荒れてしまったものでね」

ソラは閉口したまま俯いて、膝の上で時間を数えた。六秒ちょうど経つと言った。

「そうやって僕の警戒心を解こうとしているんですか」

能面を付け替えるように、男の目元から優しさが消え、冷ややかな表情へと変わる。

「君は鋭いね。だから君は我々にとっての〈コネクター〉になった」

「何ですか、そのコネクターって」

「まだ話せない。それよりも、君は多くを知りすぎた」

「ヒカリのことを、ですか」

ソラは恐る恐る訊く。

がたりと、椅子が揺れる。

彼らは善側か悪側か。ソラにとって重要なのは、もはやどっちでもなかった。どっちにせよこの男の言っていることは、おそらく正しい。

正しいと直感できるのに、どうしてか喉が開かない。頭が回らない。ヒカリのことをですかと、そう口に出した自分が情けなくなる。

脅えている場合なんかじゃない。

「彼女は今どこに」

「隣の部屋でくつろいでいるよ。職員の中にラーガーのルールを憶えた者がいてね」

「何でラーガーを」

　ソラは声を張り上げた。

〈ラーガー〉は、一から十三までの数字と、縦横十三列の盤を用いたテーブルゲームだ。先週ヒカリが部室で教えてくれたのだが、かなり複雑なルールだったため理解できず、結局人生ゲームで遊ぶことになった覚えがある。

「なぜって、君らの会話は全て記録されているからだよ。彼女の腕に付けた、装置を通してね」

　この男はアームのことまで知っている。ソラとヒカリの会話は、公安調査課という組織に筒抜けだった！

「盗聴してたってことですか？」

　ソラは立ち上がって、机に両手を叩き下ろした。

「そんなこと許されるんですか！」

「我々の諜報活動は、他国よりずっと限定されたものだ。平時は不可能だ。でも今回は彼女の承認があったからね。まあ、それまでの道が長かったわけだが」

「それまでの道？」

「君の勘違いと被害妄想を、順を追って解いていこう。まず第一に、最初の接触は、彼女の方からあった」

男は手を組むと、語り始めた。

それはソラとヒカリが偶然出会い、お互いの名前も知らないまま別れてから、再会するまでの二十一日間。ソラの知らない、ヒカリのたった一人の冒険の軌跡。

★★

八月十三日、二十三時三十二分。千代田区の災害救急情報センターに、急患の電話が入る。

通報者の老人は昂った声で、次のように言った。

孫が生き返った。三十年前に白血病で死んだはずの孫が、生き返った。でもまだとても苦しそうだ。なぜだか死にかけている。なんとかしてほしい。

悪戯《いたずら》電話か、認知症が見せたせん妄かと思われたが、そう決めつけるにはあまりに切実で、鬼気迫るものがあった。センターは消防庁に出動命令を出し、同二十八分、救急車が四田出張所の車庫を出発する。

現場に到着した救命医は、慌てふためく老人の家の前で、若い女性が倒れているのを発見。髪を毒々しいほどの緑色に染めたその少女を担架に載せ、救急車は慶葉大学病院救急科へと進路を取る。

車内で簡易検査が行われると、すぐに、あらゆる臓器が不全を起こしていることがわかった。データ上ではそうだった。が、呼吸だけは正常だった。救命医たちは、緊急オペの準備を病院側に要請。

しかし救急受付用の駐車場で降ろされた途端、担架からむくりと起き上がった少女は、私はもう治った、とだけ言い、そのまま病院の正面玄関へと歩み出す。この時なぜ誰もが少女の言葉を鵜呑みにして、何事もなかったかのように仕事を続行したかは、大きな謎となって残る。

病院の受付に向かった少女は、次のように言った。

「過去にこの病院で治療を受けたことのある政治家と内閣関係者のリストを渡せ」

受付係は警察を呼ぶと言い、一旦は少女の申し出を拒否する。

少女は次のように返す。

「私は病院関係者だから知る権利がある」

数分後、どういうわけか受付係は指示通りリストを作成。それが自分の責務であるかのように、少女に手渡したのだそうだ。

八月十六日、九時四分、十四名の議員と三名の内閣関係者宛てに、同様の内容のメールが送付される。

〈アズ　レルハト　ミィ　シュトラ〉という呪文のようなカタカナ文字の羅列は、愉快犯による手の込んだ悪戯かと最初は考えられた。が、政府がアドレスの情報が都内の病院から持ち出されたものであることを把握すると、その重大さは首相が認識するに及び、秘密裏にテロ対策緊急閣僚会議の設置を決定する。

首相官邸に知識人と各界の代表者が集結する中で、官邸の庭を悠々と歩く少女の姿があった。

警備員が彼女を取り押さえることはなかった。警備員は皆、どういうわけか彼女の、触れれば死ぬという嘘を信じていた。

しかしそれは傍目から見れば滑稽《こっけい》だった。首都を守る砦《とりで》が次々と無血開城していくかのようだった。

会議室まで難なく侵入した少女は、こうして日本政府に身一つで乗り込んだ。

「これが〈ゲスト〉——美空光と我々との邂逅《かいこう》だ」

消えた少女をどこかで思い続けた二十一日間。その間に、日本は異星人の侵略を受けていたというのか。

やはりマスクの力は人類に対して絶大だ。その気になれば世界に永遠の平和をもたらすことも、その逆もできる。

そういうことか。

国家ぐるみでヒカリを支援しているのは、彼女が戦術的にも、対外的にも、最強と言っていい『兵器』を持っているからだ。

沸騰するソラの頭蓋に、男の鋭い目つきが刺さる。

「君が考えていることは半分正解で、半分間違いだ」

何が正解で何が間違いなのか、わかればこんな顔をしていない。ソラは自らの頬を叩き、深呼吸する。

「確かに〈マスク〉の力は脅威だ。政治利用できれば、島の一つや二つ、すぐに取り戻すことができるだろう」

他国の領土を、自国のものだと言い張り、偵察し、駐留し、やがては己のものとしてしまうやり方は、人類の歴史の中で繰り返し登場するものだ。例えばその土地がもともとは我が国のものだったと主張すること自体は、外交戦略の常套《じょうとう》と言える。

従っていくら相手にその話を納得させたからといって、領土問題は消えない。

だがマスクを領土そのものに使えばどうか。暮らす人々がそうと信じ込めば、彼らは独立の志《こころざし》を持ち、やがて彼らが信じるものへと寄りかかる。

信頼とは、世論を作り出せるということ。世論を自在に操れるということは――つまりそれは、世界をコントロールできるということに等しい。

「やっぱり。政府はヒカリを利用しようとして」

「だが残念なことに、今のところマスクを起動できるのは、彼女だけなんだ」

「ざまあない、ってかんじですね」

「そう、ざまあない」

男は自嘲気味に笑い、こう続ける。

「マスクはいわばオーバーテクノロジーだ。たとえ構造を理解したとしても、再現ができない」

それはこの部屋に連れてこられて最初に聞いた、心温まる話だった。この国が世界を統《す》べるというくだらない妄想を、根っこから断ち切ることができたからだ。一国による世界支配など……。

「しかし」

と、男は流れを断った。ソラはこの部屋が金属だらけで、冷え冷えとしていることを思い出す。

「我々にも解析できたことがある。何だか、わかるかね？」

あやうくアームのもう一つの機能である、〈自動翻訳〉のことを口走りそうになり、口を固く縛るソラ。人を拉致するような連中に、喜んで話してやることなどない。

「君は今何か言いかけて止めた、な」

男は人差し指を伸ばして、ソラの口元を指す。

「それは我々への警戒だと断定できる。悲しいな、どうしてだね」

と言う男からは、少しの悲しみも感じられない。ソラが黙っていると、男は肩をすくめた。

「まあいい。我々が解析できた機能は、三つ」

どうやら、ソラはこの『国』を甘く見ていたらしい。

面食らったソラに気を使うように、落差のある笑顔を作って男は、両手の人差し指の先と先をくっつけて、また離しながら言った。

「一つはエーテルウエーブを利用した超々遠距離通信。エーテルウエーブは電磁波の一種だが、理論上銀河の反対側まで届く」

次に『御門』という文字の下に『A→あ、あ→A』と描いて、

「もう一つは普遍文法遡考システム、つまりあらゆる自然言語を自動で翻訳する機能。そしてもう一つは、これが重要なんだが……」

男は両手を最大に広げて大袈裟に言った。

「それは莫大な容量を持った記録機能だ。我々はその容量を計測する単位を持ってない。無理にでもたとえるとしたら、そうだな、月と同質量のハードディスク、とでも言っておこうか」

キロ、メガ、ギガ、テラ、ペタ……億兆京の先を多くの人が知らないように、ソラもそれ以上の単位を知らない。

文字通り、比べようのない膨大さ、ということだ。

「そこには地球上に存在する、ありとあらゆる情報がインプットされている」

「機密情報、ってことですか」

ソラはてらわないように言った。真顔で機密情報なんて言葉を吐く自分が情けなかったが、同時に、そう表現する以外の語彙を持たなかった。

けれど男はかぶりを振って言った。

「違う。あらゆる、と言っただろう。それこそ私の友人の甥の出生記録から、君のご両親のフライト記録まで全部」

ヒカリは時折、アームのモニターで何かを調べていることがある。インターネットが閲覧できる端末が目の前にあっても、見向きもしない。使い慣れているからだと納得していたが、そもそも彼女には地球の技術が、石器時代と変わらない水準に見えているのではなかろうか。

国家の安全保障に関わる記録はもちろんのこと、あらゆる企業の産業機密情報、あらゆる家庭の家計簿、あらゆるの人物の個人情報——どうやってそれらを収集したのかは知らないが、それらが全てあのハイテクなリストバンドの中に収まっている。

その気になればヒカリは、日本で最初に〈ハイタッチ〉した人間だって知ることができるのだ。

ことの重大さがわかるにつれ、自分がここに座ることがだんだんと仕方なく思えてくる。

「でも、じゃあどうして？　ヒカリからあの装置を取ってしまえば、あなた方はヒカリを監視する必要もなくなる」

すると男は手を口の前で組んで、重々しく言った。

「まず、君が初めてなんだ。彼女以外で、あのアームに触れることができたのは」

ソラは自分の両手を見つめた。あの時アームはいとも簡単に、するりと腕から引き抜くことができたが。

「どうやらアームそのものに自動防衛機能が備わっているみたいでね。職員の一人があれを外そうとしたら、突然泣き出して、こんなか細い腕に触れることなんてできないとわめき出したんだ。他の者がやっても皆同じようになった」

そう言って男は、何かを尋ねるようにソラを見た。

「マインドマトリクス、最強の同情……」

答えると男は満足そうに、

「そうそれだよ。協力的になってきた。その調子だ」

ヒカリの説明では、マインドマトリクスは人間の感情のコントラストを表現した正円だ。座標軸の四方向を喜怒哀楽とし、その上に載せた正円によって、人間に起こるあらゆる感情を説明する汎用図式である。

出来事に応じて作用点は、四つの頂点のいずれかの方向へと引っ張られる。マスクは作用点を怒り以外の三つの方向へ、強制的に動かすことができる。作用点が喜びの方へと向いている時に哀しさへと動かしたら、空虚さや焦燥感へと変わるし、喜びに喜びを上乗せすることもできる。

作用点が楽しさの位置に差し掛かろうとしている時に、哀しさの方へと引き戻すと同情が生まれ、これを最大まで高めれば、申し訳ない、という気持ちによって相手の身動きを封じることさえ可能になるわけだ。

「だから僕を利用してアームを外させて、ついでに秘密を知りすぎた僕をこの世界から消し去ろうとしているんですね」

ソラが言うと、男はくしゃみをするように笑った。

何の理由もなく、ヒカリとの馴れ初めを聞かされたとは思えない。やはりこの話に繋げ、ソラにアームを外させるつもりだったのだ。

冗談じゃない。

ここを逃げて全て公表してやる。アームも絶対に外さない。

決意を抱きつつあったソラは、思い返す。

抵抗すると、ヒカリに危害が及ぶのでは？　アームが外せなくとも腕ごと切断されたら……、いや、それではアームの防衛機能が働くから……、となると遠距離からの狙撃とかで、肩ごと吹き飛ばすなんてことも、ありえなくはない。

ヒカリは人質だ。一体どうすればいい。星に触れても、宇宙に触れても、自分の無力さだけはくっきりと残った。それでも懲りずに覗いた。自分と向き合い、世界と接するために。

望遠鏡を覗く時の気持ちが、なぜ今湧いてこない？

「君の目は、星を追う者の目だな」

ただじっと、椅子にへばりつくことしかできないソラに向けて、男は言った。

「観測者の目だ。物事を正しく判断し、その上で自分なりに解釈し、意味を与えることができる。記録は記録としてではなく、物語として歴史に残る。物語を作るのは、まさに君のような人間だ」

そう言われてソラは、お世辞であることを疑いながらも、ほんのわずか自らの不安なくなった。

や緊張と和解することが叶った。と同時に男は、あくまでソラにとって『悪側』では

「被害妄想が解けたところで、今度は誤解を解こう」

ソラは深呼吸した。男はわざわざ、ソラが息を吐き終わるのを待った。

「君に危害を加えるつもりは一切ない。少し乱暴になってしまったのは、機密保護上どうしても必要だったからだ。しかしそれでも、ただの高校生に麻酔銃を撃ったことは、私から謝罪させてほしい」

男は立ち上がると、机に頭をぶつける勢いで頭を下げた。

差し出された男の後頭部は白みがかった生え際が、きっちり左右に分かれている。

時間が異様に長く感じられる。

次第に、自分よりかなり年上の男に頭を下げさせておくことに、罪悪感を覚えたソラは、顔を上げてください、と言った。

男は顔を上げるが早いか内ポケットに手を入れ、何かを引き抜くと、ソラに向けて手渡した。

「お詫びにこの国家安全保障ボールペンをあげよう。ほら、赤青緑黒のボールペンとシャープペンシルが渾然一体となっていて、便利だぞう」

ビニール入りのペンだった。黒い太字で、国家安全保障会議というロゴが入ってい

る。ソラは作り笑いを浮かべて、ズボンのポケットにしまう。

男はにっこりと笑っている。ソラがプレゼントを受け取ったことを、余程満足に思ったらしい。

不意に男の頭頂部がフラッシュバックし、急に噴き出しそうになったソラは、身構えるのをやめた。

そして男の目を見て言った。

「でもそれじゃあ、どうして僕をここへ？」

「それは、君に正式に『こちら側』の一員になってほしいからだ。我々は君を通じて、美空光の情報を得た。君の熱心な対話を通じてな。だから君は〈コネクター〉と呼ばれていた。ゲストと我々を繋ぐ者だ。しかし〈アーム〉を外せることがわかった以上、もはや君もアウトサイダーではいられない」

「こちら側、っていうのは一体何なんですか」

「美空光、いや、ヒカリ姫を守る組織、とでも言っておこうか」

「何から、ですか？」

「彼女の脅威になり得るもの、全てからだ」

★★★

美空光を彼女の脅威となり得る全てから守る組織。

そもそもヒカリにとっての脅威とは何だ？

アームを持っている彼女は、常に信頼という武器を携えている。それは核武装して歩くよりよほどコンパクトで死角がない。

そんな彼女を脅かすものといったら、言ってみれば、『空気』だけだ。周囲の人間が一体となって彼女を取り巻く時、その集団の蠢《うごめ》きが彼女の精神を傷つける。無闇にマスクを使わないことを決め、人から注目されることが減ったヒカリにとって、わざわざ人が密集した場所にでも行かない限り、さほど危険になることはあるまい。

そんな彼女を組織ぐるみで守るという意味が、ソラには理解できなかった。

ソラが眉をひそめていると、男は言った。

「君の疑問はわかる。なぜそんな組織が必要なのか。それに対する答えは、実は二つあるんだ」

「二つ、ですか？」

ソラは重ねて訊いた。一つでさえ思いつかなかったのに。

「まず彼女は、というか彼女の星の住人のほとんどは喜怒哀楽のうち、怒りの感情を持ち合わせていないということだ」

ソラは耳を疑った。だが確かに、アームに表示されるマインドマトリクスは完全な半円型だ。

「正確にはマインドマトリクス上の、怒りの振れ幅が非常に小さいのだ。彼女は威張ることはできても、憤怒することはできないんだよ、精神構造上ね」

「にわかには、信じ難い話です」ソラは口を尖らせて、男の論に抵抗した。「ヒカリはいつも怒ったような口調で話しますよ」

「それは彼女らの文明に『敬意』という意思表示が存在しないことと、翻訳装置の限界が原因だ。しかし、ソラ君。彼女が実際に怒ったところを見たことがあるかい？」

ヒカリは学園のアイドルだ。周りが囃《はや》し立てた結果そうなった。彼女自身も尊大な態度を取るから、彼女に口答えをする、怒らせるといった場面に、これまで遭遇してこなかった。

争奪戦を戦った時も、怒りを表さなかった。ソラに素性が知られた天体観測の夜も、ただ戸惑っているだけだった。

それは単に、ヒカリが余裕綽々《しゃくしゃく》とした自信家であるからだと思っていたが。

「我々は彼女らのその性質を、〈アンチカニバライザー〉と称している」

耳に残った男のその言葉を、頭の中で何度も再生した。カニバライザー。カニバリズム。共食い。

「彼女は仲間同士で争うことができない。彼女の肉体がそれを禁じている」

たった一つの異常な条件を聞くだけで、最悪の事態まで想定できてしまう。彼女は出会った当初、ソラのことを同族と言った。それはアンチカニバライザーが人間同士にも機能するってことだ。

彼女はまだ、他人の悪意に晒されたことがない。

けれど、もし、

「もし通り魔に襲われでもしたら」

「そう。そこなんだ。彼女は身を守るためにアームを使おうとするが、アンチカニバライザーが機能してしまうと、一切の自衛行動を取れなくなる」

何ということだろうか。少なくともこの地球では、彼女は悪意に対して完全に無力。丸裸で生きているも同然だった。

「もっとも、彼女は少し特殊らしい」

ソラは顔を上げる。

「マインドマトリクスにも多少の怒りが混じり込んでいるようだが……」そう言って男は言葉を濁した。ソラが何度か頷くのを見てから、続けた。「我々が最も危惧するのは、他国が軍事的、政治的意図で彼女を狙うことだ。君も知るところだと思うが、彼女は共同体意識を重視している。だとしたら、明らかに日本人《われわれ》とは皮膚の色や顔つきの異なる存在が、日本人に対する敵意を根底に潜ませて襲ってきた時、果たして彼女はどう感じるだろうか」

ソラは答えた。

「自分の属する共同体全体への敵意……それは自分に対する敵意そのものです」

「そう。仮にゲスト自身にそれが向けられていなくとも、そこに明確な『敵対心』が生まれてしまう」

「アンチカニバライザーが発動し、彼女はなす術もない」

男は頷いた。

アームを所持している以上、彼女は海兵隊員さえ撃退できると思っていたソラだが、幻想は大きく崩された。彼女は傍観者としてなら、いくらでも人を操ることができる王者だ。しかし当人がリングに上がった瞬間に、彼女は絶対敗者に成り下がる。

「だから我々は日々、彼女に近づこうとする怪しい存在を、取り締まる。陰からね。しかしそのケアが機能しない場所がある」

男は説明を一旦切った。

ソラは自分が指名されているのだとわかった。

「学校、ですか」

「そうだ。学校の中だけは、監視を行き届かせることが不可能だった。とくに人間関係ともなれば、非常にデリケートな問題だ」

男は低い声で、わかるだろう、と付け加えた。

家と学校を行き来するだけの生活だとしても、人生のほとんどを人間関係の茂みの中で過ごさねばならない野蛮人。人間ですらその重圧に昏倒する。ましてや異星人の彼女は……。

「これが君を『こっち側』に引き入れたい理由だ。今までの成果を見ても、君は十分にその役割を果たしてきた」

「抜き打ち評価されていたとは、驚きですね」

「君は彼女の心の盾となった。これからもその働きに期待したい」

そう言って笑みを漏らす男。今度のそれは、作意のない純粋なものだった。

後に聞く話ではあるが、もしもソラと出会っていなければ、ヒカリをどこか安全な施設で保護、あるいは幽閉することさえ考えていたそうだ。ヒカリが街を出歩けるという奇跡は、あの一夜から始まったと言っても、全く過言ではなかった。

ソラは、肘が机に吸い付いていることに気付いた。腕を曲げると微かな音を立てて離れ、赤くなって痺れが少し残った。

「じゃあもう一つの理由って何なんですか」

男は足を組み換え、尻を滑らせて姿勢を少し倒した。それから内ポケットに手をやり、電子タバコと光沢ある緑の箱を取り出した。

「理由というより、歴史の必然、だな」

こなれた動作で箱を開き、中からカートリッジを一本引き抜いて筒に差し込む。男は青白く光る筒を摘んで、口に運んだ。

「浅間機関。現在は宮内庁直轄の秘密組織だ。我々公安調査課も、浅間機関の命令によって動いている」

そう言って男は筒を吸い込むと、ほとんど色のない煙を吐き出した。ほのかなミントの香りが鼻をくすぐる。

「まあ、なんだ。手足のように使われているようなものだよ」

男の口からペラペラと『機密』が飛び出すたびに、足に繋がれた鉄球が大きく膨らんでいくような気がした。だがもう後戻りはできないし、する気もなかった。

「浅間機関は元々、陛下直属の課報機関だったと言われている」

「言われている、とは？」

「発足は千三百年以上前に遡る。時の帝が残した詔勅《しょうちょく》、〈後・飛鳥浄御原文書《あすかきよみはらぶんしょ》〉によって設立された」

この男は正気で言っているのだろうか、とソラは疑った。これが彼の凝った冗談である可能性もわずかだがある。

男は二本目のカートリッジを取り出しているところだった。

尻を浮かせてソラは訊いた。

「詔勅って、確か天皇が下す命令のことですよね」

「そうだ」

「千年以上昔の法の効力が、今もなお続いていると？」

「ああ、そうだ」

ソラは愕然として再び座る。

千三百年前といったら、飛鳥、奈良時代だ。

この国に初めて本格的な律令制が持ち込まれた時期で、それはつまり、この国が法治国家となる基盤を作った時代だ。歴史のターニングポイント。そんな時代に発せられた法が、明治維新と敗戦を経験した今もなお、効力を持っていると？

「しかし、我々がその全容を知ったのはつい二百年ほど前のことだ。〈後・飛鳥浄御原文書〉には欠落があった。欠落は、駿河国風土記として分離され、公達《きんだち》によって秘密裏に保管されてきた」

「駿河と言ったら、それほど遠くないですね」

ソラは頭に地図を浮かべた。たぶん、同県内だ。

「三保の松原、という名前を聞いたことはあるか？」

ソラは首を横に振った。

そもそも風土記というものが地方ごとにあったことさえ知らなかったソラは、突如として男が語り出した歴史の深淵に、付いていけている気がしない。それはきっと男も気付いている。それでも語るのには何か理由があるはずだと、ソラは先の見えない苛《いら》つきを抑えながら耳を傾けた。

「羽衣《はごろも》伝承というものを知っているか？」

「ああ、鰹節の」

ソラが言いかけると、男は苦笑いして、企業名にも使われがちだが、と挟んだあと、次のように言った。

「各地に伝わる『ある共通点』を持った伝説を指す。羽衣を着て天から飛来する天女《てんにょ》と、地上の男が恋をするというのが主たる話だ。ソラ君、当時の人々がマスクを発動した人間を見た場合、どう感じると思う？」

現代人にとって最も身近な神性とは、アイドルだ。マスクを使ったヒカリは、信仰に近い人気を得た。だからヒカリはアイドルになった。それが、時代が千年違っていれば……。

「まさか羽衣伝説が全て、異星人との接触を意味しているって言うんですか」

男は楽しげに笑った。馬鹿げたことを言ったと再確認するだけの理性はソラにもあった。しかしその馬鹿げたことを言い当てたことこそ、男が笑った理由だった。

「全て、とは言わない。だが可能性はある。とりわけ三保の松原は、能で演じられるほど有名だ。その物語の概略は……」

天女が空から降りてくる。

松に掛けた羽衣を漁師に奪われてしまう。

天女は羽衣を返すよう懇願するけれども、それは叶わず漁師の妻となる。

後に羽衣を見つけた天女は天へと帰り、漁師は仙人になる——。

男は言い終わると、また肺いっぱいの煙を、顔を横にして吐いた。

固定観念に囚われていたが、アームの形が腕輪型である必然性をソラは知らない。

ヒカリはアームを、どこぞの社の製品であると言っていた。千年も過去の話であれば、アームの技術がまだ未発達で、今よりも大幅に大型であったという可能性はある。それがほとんど服のようなものではなかったと、なぜ言い切れる。

何もかもが憶測の域を出ず、机上の空論であるかのように思える。けれどソラは、どこかに細い糸のような繋がりを感じた気がした。

「〈後・飛鳥浄御原文書〉にも似たような記述があった。この国に最初に出現した

『物語』も、類似の内容だった。そして今や誰もが知る形で、人類はあまりに自然に、異星人との出会いというプロットを、自由な創作に利用している」

何者かがここではない場所からやって来て、その土地の人間と触れ合い、淡い感情を芽吹かせ、帰っていく。

後・飛鳥浄御原文書に記された記録も、三保の松原の伝承も、全てその普遍的なテーマを踏襲している。

「それが今現実に、しかも三竹ヶ原で起こっている、ということですか」

美空光という存在も、ここではない場所からやって来て、ソラたちと触れ合った。

「人類は、ずっと待っていたのだ、天女の帰りを。そして恐れてもいた。彼女らのテクノロジーと、ヒトとの差異に。浅間機関はそのような存在が次やって来た時のために、備えをしてきた。千三百年昔の悲劇を、二度と繰り返さないためにね」

「悲劇……？」

ソラは呟いた。

ヒカリは迷子になったと言った。帰れないとは言わなかった。

しかしその目は天を見上げ、迎えを待っているようにも見えた。

本当は今も、帰りたがっているのかもしれない。そして本当に、迎えが来てしまったとしたら――。

「でもそんなの、所詮は昔話じゃないですか。いち国家が本気にするなんて、おかしいですよ」

灯ってしまった不安を吹き消したかった。そのためにはこの男が言ったことを全部、世迷い言なのだと決めつけねばなるまい。

男は立ち上がり、少し険しい顔をしてこう言った。

「我々が雲の上の『伝説』を、地上で起こった『真実』だと断定した理由を、今から君に見せる」

ソラも立ち上がる。腕時計はすでに五時半を回った。思ったより時間が過ぎていた。脹脛《ふくらはぎ》と臀部《でんぶ》にあたる風が冷たく感じられた。いつの間にこんなに汗をかいたのかわからなかった。

「もっとも、覚悟はしておきたまえ。これはレベルAAの国家機密だ。漏洩でもしようものなら。わかるよな」

男の威圧に対し、ソラは肩の力を抜いて言った。

「あなたは僕の平凡な日常を担保する気なんて、さらさらないんでしょう」

「バレてしまったか」

きっとこの男には――御門司郎には関係ないのだ。少年だからとか、高校生だからとか。ヒカリに巻き込まれてしまった者は皆、平等に彼女の関係者となる他ないのだ。

こうしてソラは、浅間機関の一員となった。

★★★★

鉄天井の部屋を出た後ソラが連れられてきたのは、目印のない迷路のような通路だった。窓はなく、空調が異様なぐらい効いている。スマホの電源は切られている。そもそも地下なのか地上なのかを証明する術がない。

目隠しや麻酔は使われなかった。代わりにヒカリの家を襲撃したくだんの黒服が二人、ソラの後ろを一歩半保って付いてきている。

「紹介しておこう。そこの大きな彼は巌《いわお》、そして黒髪の彼女は伊吹《いぶき》だ」

司郎が誇らしそうに言った。

ソラは二人に目もくれずに、そうですか、と答える。

「ここはすでに地下十二階だ。場所は君の学校から三十キロ圏内だ。言い忘れていたが、ここは政府の技術研究の場を兼ねている。年々予算は減らされる一方だがね」

政府の秘密基地程度の認識で留めておくのが身も心も楽だぞ、と言いたいらしい。

「ここだ。ここから降りるんだ」

「地下十二階のさらに下に行くんですか？」

エレベーターの前で立ち止まった。階層を示す数字が見当たらない。あるのはガラスケースに収まった赤いボタンと、壁に埋まった液晶パネルだけだった。

「この昇降機を使うには浅間機関が発行したＩＤと指紋、網膜、音声認証が必要だ。少し待っていてくれ」

そう言って司郎は、液晶パネルに指先をやる。

「随分と厳重なんですね」

レベルＡＡという言葉が、急に現実味を帯びてくる。一体どこまで機密事項を知れば、ヒカリについて満足に知り得たと自慢できるのだろうか。

扉が横縦横と、順に開いていく。そしてデパートなんかで見る少し大きめのエレベーターが姿を現す。

「さあ、〈ビッグボックス〉へ出発だ」

司郎は手招きし、先に箱に乗ってみせた。ソラが意を決して身を投じると、後から巌と伊吹も、やや臆しながら箱を踏んだ。

箱の内側に階を指定するボタンはなかった。

「ここから百三メートル下降する」

「えっ」

ソラの口から腑抜けた声が出ると、箱の上部に付いたモニターの表示が、『Ｂ12』

から『下降』という字に変わり、わずかに体が軽くなるのを感じる。

「いくらなんでも深すぎませんか」

「マスクの最大効果範囲から脱するには、それだけの深さが必要なんだよ」

なぜそこまで厳重にマスク対策をする必要があるのだろう。

ヒカリには敵対本能がない。たとえ彼女がこの世を支配する魔に転じても、武装集団で包囲すればそれで終わりだ。

「二度、大きく揺れるが、レーンを変更しているだけだ」

司郎がそう言った傍から衝撃が走って、足裏が数センチ浮いた。急激に肉体的なリアリティが体に染み込み、内臓がヒヤリとする。

「じゃあ三度目の正直なんですね」気を紛らすためにソラは言った。「この、ビッグ……なんでしたっけ？」

「ビッグボックスだよ。それはどういう意味かね？」

「過去に二度、改築されたってことです。それでやっと百三メートルの深さになった。二回レーン変更があるのは、作り替える都度継ぎ足していった、ということではありませんか」

不安になると、考え事をしてしまうのはソラの癖である。目の前に解く必要もない問いを立てては、それと向き合うことで自分を落ち着かせる。

司郎は目を丸くして、少し黙ると、

「君はいい目をしている」

と言って、顎を擦った。

「まず首都圏外郭放水路と同じ五十メートルまで掘り、それでも足りないとわかり八十メートルまで掘ったが、その計算もまた間違っているとわかった。我々は間違い続きだ」

司郎はやるせなくため息をついた。

もう一度、大きな揺れがあった。

「そろそろだ」

司郎が言うと、浮遊感が消える。スプリングと底面が触れ合う音が聞こえ、ドアが開く。すぐに風が吹き込んでくる。

ソラは視線を持ち上げた。

奥行も高さも、目測できなかった。支柱は一本もなく、どうやって天井を支えているのかわからないし、そもそも天井がどうなっているのか、眼鏡なしでギリギリやっていけるぐらいのソラの視力では確認しようがない。まるで収納のための段ボール箱をそのまま超巨大化させたみたいで、確かに大きな箱《ビッグボックス》と言うにはピッタリだった。

「ここは元々核シェルターとしての使用を予定されていた。地下仮想都市計画の、負の遺産だ」

司郎の声は反響せず、広すぎる空間に散逸していく。

「物資が運び込めず、予算が途絶え、何階層にも設計するはずだった予定が崩れ、ただ大きいだけの箱と化してしまった」

「こんなものが税金で作られていたなんて」

平衡感覚に不調をきたし、遠近感覚が剥奪され、高層ビルの屋上の縁に立たされたような吐き気がしてくる。

「F15の未来。来《きた》るべき審判の日に、少しでも多くの人間を生かすためだ。だがその予言ももはや今は意味を持たない」

「何言ってるんですか？」

「何でもない。さあ、行こう」

一歩踏み出すと扉は自動的に閉まり、モーターが昇降機を引っ張り上げる音がした。視線が再び持ち上がる。四角いパネルが幾千幾万枚と張られた壁面に、昇降機のシャフトが血管のように張り付いている。ソラが言い当てた二段の継ぎ目が見て取れることから、今足がついている面から天井まで百三メートル以上の高さがあるということが、理論に頼って初めて理解できた。

後戻りはできない。ソラは息を飲んだ。

「あそこを見ろ」

「何かありますね」

ソラは目を細める。

「仮設住宅？」

プレハブ小屋のようなものが、広大な敷地の中にぽつんと置かれている。

「ああ。このビッグボックス唯一人の住人のな」

「人が住んでいるんですか」

「人、なんだろうか。私にはわからん」

司郎は首を横に振ると、ソラを見て言った。

「彼は態度にやや問題があるが、悪さをするようなやつではないから、安心したまえ」

「男性なんですね」

「男性には変わりないが……」

そう言っているうちに、点のように見えていたプレハブが立体感を帯びるまでに近づいてくる。窓が二つと扉が一つ付いているが、ほとんど大きなマッチ箱だった。

司郎はドアを三度叩く。それからわずかに待つと、扉はすんなり開かれ、若い男が姿を現す。男は、目を閉じたまま首を微かに上下に振りながら、言った。

「誰だそいつ」

ソラはその容貌に目を見張った。まじまじと一度見て、良くないと思って目を伏せた。そしてどぎまぎしながら答える。

「僕は、賢木空といいます。高校生です」

「へー」

男は依然として体でリズムを刻みながら、興味の欠如した返事を返した。司郎は、名乗るよう促した。男は面倒くさそうに頭を掻きながら、

「俺はヨツギ。ただのヨツギだ」

そう言うと、ぎろりと目を動かしてソラを見る。

「どこかのくそったれが大宅《オオヤケ》とかいう名字を付けやがったが、元々俺に名字なんてねえんだよ」

オオヤケの、ヨツギ。どこかで聞いたことがあるような。

「彼が漁師のヨツギだ」

と、司郎が言った。

「漁師？」

「そう。彼こそが、駿河の国で〈ゲスト〉と出会い、運命をともにするはずだった男。富士の山で不死の薬を飲み、千三百年の生き証人となった人物だ」

その時ソラは知った。

この世界には不老不死の人間が存在する。

不老不死の人間は国家に匿《かくま》われ、密やかに暮らしている。

そして『物語』は、本当だった。

伝説の中にひっそりと眠っていた忌むべき真実と、歴史がひた隠しにしてきた不都合の帳が今、降ろされる。

★★★★★

ヨツギと名乗った男の外見は、年齢が二十代前半、ソラよりも頭一つ分くらい高い長身で、異様に細長い手足を持っていた。漆黒のガウンに、全身を埋めている。しかしソラを恐れさせたのは、男がスキンヘッドで、眉毛も睫毛《まつげ》もほとんどないということだった。そのためにどんな表情をしていても敵意を与えるし、どこか狂気を感じさせた。

千三百年間生き続けた不老不死者にしては、不気味なほど若々しい。ソラが持つ長寿のイメージとは相容れなかった。

「まあ入れよ。茶でも淹れる」

ヨツギはそう言って、プレハブの中に戻っていく。ソラと司郎に続き、伊吹が入ろうとすると、

「おっと。中は狭いんでね」

と言って遮り、ヨツギはドアをすぐに閉めた。

内装はまるで古物商だった。テーブルやチェアは概ね洋式だが、キャビネットには宋磁《そうじ》の茶器が納まっていて、ドレッサーには三彩の壺も飾られ、壁にどこかの部族のお面がかかっている。

目を引いたのは、人間を五人詰めてもまだ余裕がありそうな業務用冷蔵庫だった。その反面、本棚やテレビがなかった。娯楽製品は一切見当たらない。

ソラが黒い革製のアームチェアを前にすると、男は言った。

「その椅子に人が座るのは十三年ぶりだ」

恐る恐る腰を下ろす。どうやら浅間機関は彼に食料は提供しても、話し相手やカウンセラーを送りつけてはいないようだ。

一人で寂しくないのだろうか、とソラは素朴に思う。

「んで、何の用だ」

ヨツギは一度台所に寄った後、鋼のフレームに分厚いクッションを積んだ横長のソファに深く腰かけ、ソラと司郎を交互に見た。腕を伸ばすと、指先が三人掛けソファ

の両端まで届いた。

「約束通り〈コネクター〉を連れてきた」

司郎が言った。しかしヨッツギは目を閉じ、肩を揺らす。

「……」

「是非彼に、千三百年前のことを話してやってほしい」

「……」

ヨッツギの体は、明らかにリズムを刻んでいる。頭髪がないから、イヤホンを隠す余地もないはずなのに。

「天女のことを」

「！」

ピタリと、ヨッツギの動きが止まった。

瞬きすらせず、沈黙が流れる。

ふいに、ヤカンの噴き出す音が鳴る。

「やっぱりジャスティン・ビーバーはいいなあ」

そう言って、彼の動作は再開された。動きが止まっていた間、彼の眼球は確かにソラを見ていた。その目は、ソラが今まで見てきたどんなものよりも深遠で、比類なき冷淡さがあった。

「そんなこと聞いてどうすんだよ。そらクン」

「え、どうする、って……」

また、ヨッツギの動作が少しだけ止まった。今度は缶からポットに紅い茶葉を入れる途中で、すぐに作業に戻ったが、その時もやはり、異様な視線がソラを捉えていた。

ヨッツギはポットの中に、輪切りにしたフルーツを二、三枚投じた。何のフルーツかは、一見ではわからなかった。グレープフルーツのようだが、断面はキウイのそれに似ている。まず、日本では見ない果実だ。

「そしてこれを人に振る舞うのは、百二年ぶりだ」

そう言って、ヨッツギは銀のプレートにポットとティーカップを載せて、テーブルへと向かった。

その仕草はしなやかで、卓越したウエイトレスのそれだったが、接客されたいかと言われると、外見的には厳しいところである。

「いい香りですね」

ところどころ傷のある、気品溢れるティーカップに注がれていく薄紫色の液体は、独特の芳香を放っていた。嗅覚は、最も記憶と関係の深い知覚だと言われているが、その匂いをいくらかいでも、思い浮かぶものがない。類推することさえできない。

未知の香りだ。

差し出されたならば、一口でも飲むのが礼儀。実は紅茶の渋みが苦手なソラだったが、ここは我慢。と、カップに唇を付けようとした瞬間、ヨツギは言った。

「それは丁重に扱えよ。ハープスブルクのねーちゃんからもらったやつだからな」

「ハプスブルク家って、『日の沈まぬ帝国』のあの？」

ソラが訊くと、ヨツギはかぶりを振って言った。

「落ち目の時期さ。マリア・テレジアはいい女だったが、フランス王家に嫁《とつ》いじまったからな。その時いらねぇつってくれたんだよ。これで私を忘れないで、ってな」

「いい女って、どういう関係だったんですか」

ソラは少し赤面した。

「何赤くなってんだよ」

相手のペースに乗せられてはいけないと、ソラは口の周辺で遊ばせていたティーカップを静かに啜った。香りもそうだが、味も口にしたことのないものだった。バナナとグレープフルーツの中間のような、甘みと酸味、微かな苦みを含んでいる。

「なあそらクン、その香り何の果物かわかるか？」

「いえ。経験したことがありません」

するとヨツギは少々自慢げに言った。

「当たり前だ。そりゃ扶桑《フーサン》ってんだ。七百年以上前に絶滅した果樹植物だよ」

あやうく、美術品級のティーカップを取り落としそうになる。不死者と聞いて最初は半信半疑だったが、徐々に信憑性のピースが積み上がっていくようである。

「世界でただ一人。俺だけが種子を持っている」

そう言って、ドレッサーの棚を引いて小瓶を取り出してみせた。中にはトゲを持った深緑色の粒がいくつか見えた。

「これをGSPCに提供すればどれほど喜ばれることか」

司郎は溜め息まじりに言った。GSPCとは世界植物保全戦略を指す、国際的合意のことらしい。世界中のプラントハンターもよもや、三竹ヶ原の地下百数十メートルに絶滅種の種子が存在するなど考えもしない。

ソラは今、現代人がどれだけ対価を払おうと絶対に得られない、凍結された時間を味わっている。

もったいないので、紅茶も飲める気がしてくる。

「んで、俺は何を話せばいいんだ。アレが落ちてきた場所が湖だったり竹林だったり、諸説あるみてえだが、少なくとも俺は、どこに何が落ちたかは見てねえ。あいつが浜辺に打ち上げられていたところを助けてやったってだけだ。それ以外は大体、古文書に書かれてることで合ってる」

「あいつ、とは？」

ソラが訊いた。ヨツギは何も答えなかった。そこで司郎が割って入った。

「ヨツギはその女性の名前をけっして話そうとはしないんだ」

「忘れちまっただけだ」

「だが彼は紛れもなくゲストと遭遇した。それは保証できる」

千三百年前にも、ヒカリと同様に宇宙の迷子になった人間がいた。現在ではそれらを総称して〈ゲスト〉と呼んでいる。しかし司郎がその言葉を使う度に、ヨツギは目を細める。

「古文書に書かれていることは、ゲストが朝廷へ招かれてからのことに限られる。当時、富士山の噴火と誤認された隕石墜落の時期から、ゲストが朝廷へ赴く約三年間、その空白を埋めることができるのはお前だけだ」

「空白、ねえ」

ヨツギの視線の焦点が、どこか遠くへ結ばれた。

彼が見ているもの、見てきたものを、ソラも見てみたいと思った。それがヒカリをもっと理解することに繋がると、この時は信じていたからだ。

「あれは俺にとって紛れもなく最高で、紛れもなく取り返しのつかない三年間だった」

そうしてヨツギは、彼自身が心の奥底に封印していた記憶を、紐解きはじめた。

★★★★★

ある晴れた日。季節は冬。全身をむち打たれるような寒さに加え、波は高く、漁師ヨッギはその日の仕事をほぼ諦めかけていた。それでも食っていくために貝や甲殻類を探しに、麻でできた粗末な直垂《ひたたれ》を何枚も着て、ヨッギは足の凍えに耐えながら岩礁へと向かった。

到着してすぐに、持ち船を括り付けてある桟橋の支柱に、虹のように鮮やかな色をしたものが引っかかっていることに気付く。慌てて駆け寄ると、そこには薄紅色の髪の毛を持った女性が、仰向けに浮かんでいた。

ヨッギは急いで彼女を桟橋へ引き上げた。

一体なぜこんな場所に漂着していたのかはわからないが、女の着ているものを見る限り、到底百姓が手に入れられるものとは思えない。かといって宮中の人間がここまで流れつくこともまた、到底考え得ない。高利貸しや商人の娘か何かだろうか。

とにかくこんな寒い中で、濡れた衣服を纏い続けているのは命取りだと考えたヨッギは、まず衣服を脱がそうとした。しかしどういうわけか、布が肌に張り付いて全く剥がれない。濡れていると肌に布が張り付くことがあるが、そういう現象とは違った。

まるで皮膚に直接縫い付けられたように、びくともしない。

突然女の服の袖が、明らんだり暗くなったりを繰り返し始めたのである。それに伴って、鍛冶屋が鋼を打つような大きく鋭い音も響いた。もしかしたら海賊たちが使う、威嚇用の道具なのかと恐る恐る辺りを見回すが、荒れた海には船の影すら見当たらない。音源が服そのものにあるという不可解な結論を、彼は受け入れざるを得なかった。

音を奏で明かりが灯る衣服など、この世のものではないと思ったヨツギは、その妖艶な色の髪も理由に含め、女が、物語などで耳にする『天女』なのではないかと、次第に考え始めるようになった。

けれど女の体温は低下していく一方だった。女が天女であれ何であれ、死なせるわけにはいかない。きっとこれは自分に与えられた運命なのだとヨツギは確信した。

すると、しばらくして目を覚ました女は、自らの袖が音と光を発していることに気付くと、自分を抱いているヨツギを見上げてこう言った。

「寒い」

ヨツギは当たり前だと言い、このままその着物を着ていたら凍え死んでしまう、それを脱いで俺のを羽織ってくれ、と促した。

女は少し考えると、衣服の右袖口辺りを二度、三角形の文様を描くようにしてなぞり「カイ」と一言、空に向かって命じた。

するとカイはたちまち、握った手を放すかのように、無抵抗に女の体を離れた。

ヨツギは考えた。この女が『天女』だとしたら、この着物は『天の羽衣』とでも言うのだろうか。無学なヨツギには、どれほどの価値があるかわからなかったため、ひとまず乾くように家の近くに生えている松の木の枝に引っ掛けておいたのである。

家に運び込んだ女は、二日間眠り続けた。

ヨツギは仕事一筋で色恋を知らなかったが、女には抗い難い魅力があった。

齢二十にしてヨツギは初めて女を知った。眠っている間に、しかも天女を相手に。

それから彼は底なし沼のような情動に飲み込まれていく。

あってはならない経験が、漁師ヨツギの全てを狂わせてしまった。


「それから俺はあいつを何度も抱いた。狂ったように何度もな。あいつも最初はマグロだったけどよう、よがり狂うようになっていきやがった。言葉が通じねえ分、体で理解しあったってわけさ」

「言葉が通じなかったんですか？」

出会った時は会話ができたのに。そうするとやはり、羽衣こそがアームだったのだ。

えも言われぬ美しさに見えたのも、アームの助力ゆえに違いない。

「俺は取り憑かれたかのようにあいつを愛した。天女だということも忘れていた」

「その時、村の人たちは？」

「無関心だったね。はなっから女っ気のねえ俺に嫁いだ変わり者がいる、そんな程度の噂が立ったくらいだ」

ヒカリがプールで溺れかけた時も、装置は激しく発光していた。恐らくアームには、装備者の生命の危機を察知し、それを周囲に伝える機能があるのだ。桟橋に打ち上げられた時点で、天女は瀕死だった。ヨツギにマスクを使うだけで精一杯だったのだ。もっとも彼の言う天女とヒカリが、同様の文明世界からやって来たという仮定が正しければ、の話なのだが。

「司郎さん、そもそも何をもって浅間機関は〈ゲスト〉を認定するんですか？」

ソラはもっと早く訊くべきだったと少し後悔した。

「地球外から持ち込まれたものであることが第一条件だ。加えて、知性またはそれに準ずる情報処理能力を持っていること。さらに人類に対して敵意を持っていないこと。これら三つを満たす存在を指す」

司郎がつらつらと述べた。

確かにその基準に当てはめれば、ヨツギの言う天女は〈ゲスト〉に分類される。

ふとそこで気掛かりになる。人類に対して敵意を持っていないこと？　それはまるで、人類に対して敵意を持った宇宙からの使徒が存在するような言い方ではないか。

「じゃあ、第三条件を満たさない存在を、なんと呼ぶんですか」

「〈リスク〉と呼ぶ」

その呼び名が浅間機関の考え方を代表しているかのようだと思った。たとえ敵意を持たれていても、利用価値があるなら積極的に相対することを望む。危険《リスク》を承知の危うさというか、歪んだ覚悟のようなものだ。

「それは千三百年の歴史の中で、人類が遭遇したことのある存在なんですか？」

ソラが深刻そうに訊くと、司郎は首を横に振った。

「実はそこまでは私も聞かされていないんだ。任務はゲストの保護のみ。我々が知る古文書もその一つのみだ。我々が知らないだけで、実はリスクに関する隠された記録が無数に存在するのかもしれない。地球はすでにリスクとの交戦を始めているのかもね」

などと適当に言って苦笑いする司郎は、本当に知らないようだった。

きっと他国にも浅間機関に似た諜報機関があるに決まっている。冷戦時代、各国がこぞって宇宙開発に乗り出したのは、実はリスクとの接触があったからだとか、人類が初めて月に付けた足跡は実はリスクとの戦いの足跡なのだとか思い浮かべ、ソラはしばし特番のような陰謀論に浸った。

「それにリスクのことをいくら知ったところでソラ君、君には何もできない。私にもだ。浅間機関はゲストがいるからこそ動く」

司郎はヨツギの方を見て言った。

「だからヨツギ。君と彼女の三年間は、歯車が噛み合わないなりに幸せだったということはもうわかった。問題はそれからだ。それからのことを話してやってほしい」

「くはは、リスクについて話さなくてもいいのか？」

千三百年の生き証人が、悪戯っぽく笑う。

司郎は教師のように真面目な声色で、

「ああ、問題はゲストなんだ。美空光なんだ」

と言って、深くお辞儀をした。

「へえ、そんな名前で呼んでやがんのか」

興味深そうに言って、ヨツギの目が一瞬ぎらりと光る。

「そっからは短い話だ。俺は飢饉がきたら売っぱらっちまおうと、羽衣を釜の下に隠しておいたんだがな。三年ほど経ったある時、あいつに見つかっちまって。それを纏った瞬間あいつは言葉を喋った。今までそうらでいてくれてありがとう、と言ったのさ」

古めかしい発音だったが、それは紛れもなくヒカリの言う〈ソーラ〉だった。

羽衣がやはり、アームだった。

彼女らの文明では、共同体への帰属は死活問題だ。その重要なステップが、ある特定の個人と安定した関係を築くこと。性的関係が天女にとってどう認識されたかは問題ではない。彼女がヨツギに愛され、彼女もそれに縋《すが》ることができたという事実が重要だった。

認めたくはないが、一緒だ。ヨツギと天女の関係は、ヒカリとソラの関係の、相似形だった。

「次の日、どういうわけか村人どもが俺の家の前に集まっていた。あいつは言った。共同体をより強固にし、一生の生存基盤とする。俺には意味がわからなかった。ただ、それまで無関心だった村人どもが、こぞってあいつを慕うようになったんだ」

マスクの効果範囲を拡大させ、村全体を自分の住み易い共同体へと改変する。ヒカリはソラという〈コネクター〉のおかげで強引な手段を控えたが、彼女もソラと出会っていなければ、そうやって自分の帝国を作り上げていたかもしれない。

「そしたらよ」ヨツギが皮肉っぽく口元を引きつらせて言った。「離れ村のあるじいとばばあが、あいつは自分らの子だと言い始めたんだ。けったいなことに、竹から生まれたのなんだのと戯《ざ》れ言を並べやがって、ついには俺の手から奪い去った」

「マスクの効果が広がりすぎてしまった……」

「気付けば話は朝廷にまで伝わっていてよ。二人の老人は官位欲しさに、我が子と偽りあいつを入内《じゅだい》させちまった」

ヨツギは、感情を抑えたひょうきんな口調で述べた。しかし時折、わずかにまぶたがピクリと動いた。その頻度は、話を進めるほどに増えていった。

「あいつが連れて行かれた時の顔は、今でもハッキリ思い出せる。混沌に飲まれ、足掻いても虚しく、一寸の光もない闇へと落ちていく。そんな表情だった」

「それは、僕の場合も経験しました。学校中から注目されて、ファンクラブを作られて、あの時は本当に、死を目前にしたような顔をしていました」

「い、い、い、」

「そらクンの場合、ねえ」

ヨツギはにやりと笑う。

彼の話を聞くたびに、ソラは親近感を覚えた。自分とヒカリだけの小さな関係性が、歴史にさえ関与する重大な出来事であると知って、どこか得意になっていた。

「入内してからのあいつの素行を知ったのは、五人の求婚者と帝の寵愛を撥ね除け、あいつを回収しに来者がやって来た、その後だった」

宇宙からの来者、それは宇宙船のことかもしれない。けれど当時そんなイメージはおろか、宇宙という概念すら存在しなかった。だから雲に乗った弥勒菩薩が天女を月へと連れ帰った、というのは、その当時最高の説得力を持つ表現だったに違いない。

「来者については、また今度話すことにしよう」

司郎が口を挟んで、話題を区切った
フーサン・ティーを一口啜り、余韻まで味わった後、ヨツギは続けた。

「帝は天女が自分のものにならないことに絶望し、せっかくあいつからもらった莫大な量の〈不死の薬〉を、この世で一番天に近い山、つまり富士の麓で燃やすことを命じた。その時不死の薬の噂は、あいも変わらず駿河で漁師をやっていた俺の耳元にも届いてよ」

「薬が燃やされる前にそれを飲んだ、ということですか」

ヨツギは何も答えなかった。

「見た目は銀色に光る粉。その実体は医療用の〈ナノマシン〉だ。フジワラたちは〈錦《ニシキ》〉と呼んでいた」

「ナノマシン、錦……」

「飲んだ人間の血中を彷徨《さまよ》って組織を保護し、細胞に浸透してテロメアを修復する。自律的に個体数を維持し、停止コードを打ち込むまで動くことを止めない。だがその効果は人によってまちまちで、単純に歳を取らなくなったやつもいれば、超人的な身体能力を得たやつもいた」

「は？」ソラは再び、気の抜けた声を出した。「というと、あなた以外にも不死者はいるってことですか？」

「腐っても帝の勅諭だ。錦は半分別の容器に移し、減った分は底に砂を詰めてかさ増ししたんだ。フジワラの連中は、その時持ち出した純正の錦をかなり溜め込んでたらしい。俺と親友のシゲキは、壷を富士まで届ける隊列に加わって、夜に牛車の中にしのびこんで壷の中身をこっそり舐めたんだ」

べろんと舌を出し、恍惚とした表情をするヨツギ。

「あの感覚は忘れられねえよ。どんなドラッグよりも強烈だった。大地が割れ、空が落ちる。自分がそこにいながら、自分ではなくなるんだ。天地開闢《かいびゃく》に立ち会うような感覚だ！」

目の焦点がぶれたヨツギは糸を切られた人形のように背骨を曲げ、がくりと頭を机に打ち付ける。それから身震いをして呻くような喘ぎ声をあげ、肩を上下させて荒い呼吸を吐いた。

しかし突如頭を振り上げて、ヨッギは詫びるように言った。

「でもよう、シゲキは死んだ。死んだ……。元寇《げんこう》くらい知ってんだろ？　あの戦争に俺たちは、御家人として従軍した。不死身の俺たちは、最前線で戦った」

錦は、老化を防止するのみならず、傷を治癒する能力があった。彼は完全な不老不死だった。

「だが相手は、俺たちの想像を絶する数と……『テクノロジー』を備えていた」

ヨツギの顔がひどく歪み、歯が擦れて音を立てた。

今のモンゴルに当たる元が使った集団戦術には、毒矢や弩《いしゆみ》、投石機の他に、当時最先端だった火薬が導入されていた。鉄や陶磁器に火薬をつめ、爆発させる、いわば手榴弾のようなものだ。

ヨツギのどす黒い感情は、きっと、未知の技術を持つ来者に天女を奪われた過去に元寇が重なり、テクノロジーに対する敗北感が植え付けられたことに因《よ》る。

「だから仕方なかった。俺はアレを使うしかなかった」

「アレとは？」

「マスクだ」

ヨツギが言った。ソラは、一瞬言葉を失った。

「なぜあなたがマスクを！」

立ち上がったヨツギは、ガウンを脱ぎ去った。長い腕に白い布が巻かれた彼の肉体には、無数の傷跡が刻まれている。不死であるのに一体なぜ——そんなふうに疑問を呈している暇はなった。ソラの目は、ヨツギのある一点に釘付けになった。

「こういうことだ」

左胸からへそにかけて、極彩色の布切れが張り付いている。皮膚と一体化していると言った方が正しいかもしれない。

「それって、まさか」

「これは羽衣の一部。別れる時、あいつが左の袖を切り落としてくれたんだ」

　ヨツギは言った。

「最初は眺めるだけ。胸に当てて温もりを感じるだけだった。だがあいつが消えてから、ある時これを胸に当てたら、剥がれなくなった。皮膚に溶けちまったんだ」

　思い出を繋ぐための適応か、それとも何かの罰なのか。ヨツギの胸に張り付いた布切れは、一番大きく深い傷痕に見える。

「切れ端にも羽衣の機能は残っていたが、範囲を制御するリミッターが欠けていたんだ。十五万の軍勢に向けて、俺は〈マスク〉を使った。だが切れ端にそんなエネルギーが残っているはずもない。だからアームは俺に要求した」

　マスクの起動にどれほどのエネルギーが必要なのかはわからない。が、少なくとも十五万人もの心を動かすために、膨大な力が必要であることは直感的にわかる。

　歴史が孕《はら》む不自然。元寇で日本が勝ったのは、偶然に偶然が重なったから、ともすれば神風が吹いたからだと言われるが、これで合点がいった。

　神風は実在した。その正体はマスクだった。

「羽衣は俺の全細胞の糖と脂肪とタンパク質、すなわち有機化された生命エネルギーを喰らい尽くし、それでも足りない分はナノマシンが持つ電気的エネルギーから徴収した」

ヨツギは右手で銃を作って心臓に向け、撃ち抜く真似をした。

「俺は死んだ」

死。ソラはその語を何度も反芻《はんすう》した。

黒魔術では命を代償にして見返りを得るように、ヨツギも禁忌を行った。この日本の独立維持と引き換えに。

「だが、目を覚ました。体にはところどころ傷が残っていた。再生機能が停止している時につけられた傷だと気付いた。そして隣では……隣では、中身が全部取り去られちまって、骨と皮だけのシゲキが、乾涸《ひから》びた手で、俺の右手首を握っていた。心中する夫婦のように固くな。俺はとっさに気付いた。シゲキは死にかけた俺に、命を与えたのだ。自分の命を犠牲にして、この身を生かしたのだ」

ソラは、ヨツギの言う『命』の意味を瞬時に理解した。

「ナノマシンの受け渡しができる、ということですか」

ヨツギはゆっくりと頷いた。

「今ならわかる。シゲキが体内に蓄えていた生命エネルギーを、ナノマシンに運搬させたんだ」

　そして生命エネルギーを運び出されたシゲキは、ヨッギの代わりに骨と皮になって死に絶えた――。

「俺は考えた。何のため？　国を救って、大義を果たして、御家人としては十分すぎる活躍をした。歴史を創ったんだ。もう満足だ。これ以上、なぜ生きなきゃならない？」

　ヨッギは司郎にこう要求した。ここからはコネクターと二人きりで話したい。少し席を外してくれないか、と。司郎はしばらく考えたあと、それを渋々了承した。

　司郎の目論見はわかっていた。ヨッギと接触させることで、ソラをコネクターとして成長させ、精度を上げること。そうすることで浅間機関にとって、ひいては人類にとって有益な情報が、より容易く入手できると考えたに違いない。

　司郎が出て行く。

　ティーカップを空にするとヨッギは、

「もう一度あいつに出会うため。そう考える他ない。俺はそのために不死の体を与えられ、歴史を跨《また》いできた」

　そう言って、天井を見上げる。

　天女が仮に生きていたとして、何千何万という星がひしめく宇宙でもう一度再会するには、どれほどの年月が必要なのだろう。

それから、ヨツギは視線をソラへと降ろした。

「俺が何度従軍したと思う？　俺は全てを見てきた。歴史の全てを。最愛の友を失った俺に何が残った？　歴史の語り部としての座か？　危険人物として国家に監視され続ける運命か？」

そこで、ヨツギの態度が豹変する。まるでこの時を待っていたと言わんばかりに、彼を制御していた糸が一本ずつ、ぷつりぷつりと切れていく。その度に一段また一段と、表情の歪みは増していく。人ではない。とっくにその姿は、貌《かたち》は、聲《こえ》は、人のものではなかった。

時間という牢獄に囚われた哀れなケモノ。届かぬ想いに身を裂かれた醜い業魔《ごうま》。

「なあ、教えてくれ。お前には俺が何に見える」

「とても苦しんで見えます」

「じゃあお前は何だ。ゲストの何だ」

迷わず答えた。

「ソーラ。彼女の恋人です」

「何度抱いた？」

「下世話な質問ですね」

　ヨツギの目がぎろりと、ソラの首根っこに食らいついた。何が何でも答えろ、という脅迫にも似た圧力が襲いかかる。

「……一度も」

「はぁ？」

　首を捻ったヨツギは立ち上がり、テーブルを跨いでソラに詰め寄った。危機を感じたソラは椅子から跳ね上がると、その場からじりじりと後ずさる。

　大切にしろと言ったはずのティーカップがソーサーから倒れ、薄紫色の液体がテーブルの脚をつたって落ちていく。

「お前がソーラだあ？　笑わせるなよ」

「あなたに責められる憶えはありませんね」

　ヨツギの威圧に押されつつも、ソラはそう言い放った。ヒカリとの関係を、人にとやかく言われる筋合いはない。たとえそれが千三百年生きた仙人であっても。

　だがその態度は、燻《くすぶ》った怒りに火を付けるのに十分だった。

「何も理解しちゃいねえ」

　まるで蛇が獲物に食らいつくように、ヨツギの手がソラの首へ伸びた。

　冷たく大きい掌が、強烈な力でソラをそのまま壁に押し当てる。片手一本にソラは両腕を用いて対抗するが、鋼鉄のさす股に捕らえられたように全く手応えがない。体が軽々と浮き上がり、足先が垂れて床を擦るようになる。

「よせヨツギ。ポルックス、カストル、やつを止めろ！」

窓から様子をうかがっていた司郎は、コードネームで二人に命じる。

巌はすぐに扉に飛びつくが、鍵がかかって開かない。二メートル近くある体をぶつけても、扉はびくともしない。

「電子ロックされています」伊吹が叫んだ。「この家宅は元々要人警護用、人力では突破できません！」

どしん、どしん、と巌が体をぶつける音だけが鈍く響く。

「ヨツギお前、〈リンク〉を使ったのか」

リンク――。ソラは細まっていく呼吸をどうにか保ちつつ、それがアームに隠された三つの機能のうちの一つ、電子系統に自由に出入りし掌握する機能、であると想像した。ヒカリが世界中のあらゆる情報を集めた時に使ったと思われるやつだ。と同時に、ヨツギがオーディオ機器を持たずとも音楽が聴ける理由を理解した。

司郎はドアに何度か体当たりを試みたが、プレハブの壁を揺らしただけだった。そんな中、ヨツギの口から悪魔の笑い声が噴き出し、ビッグボックス全体に響き渡った。

「まんまと引っかかってくれてありがとう、お馬鹿さん」

ヨツギは楽しそうに言った。

「あんたらは意地でも、俺とゲストを会わせようとしないからな。その理由はわかってんだ。アーム所有者同士の接触は、あまりに危険」

ヨッツギの握力がさらに増す。もはやストローほどの気道も残っていない。

「だからこいつを来させるよう誘導したのさ。美空光から少しでも多くの情報を引き出したいあんたらは、必ず俺とコネクターを接触させる。狙いは的中ってわけだ」

「ぼ、僕は……人質って、わけですか」

ソラは声を捻り出す。

「理解が早いねえ。そうさ。ヒカリを連れてこい。さもなければこいつを殺す」

殺す、なんていう言葉、久しぶりに聞いた気がする。中学時代は怒って殺すと叫ぶ連中は多かったが、高校生ともなれば皆そんな野暮ったい言葉は使わなくなる。

しかしソラの首にかけられた手は実際に、人を殺した経験のある手だった。

「俺はリンクを通して、美空光の目を見た時確信した。彼女は間違いなく天女だ。俺が十三世紀も待ちこがれた存在だ！」

「自分で言ってて、可笑しくならないんですか？　それだけの時間が経っていて、同一人物の、はずが」

「黙れ」

彼が腕を振るうとソラの体はたやすく浮き上がり、反対側の壁へと投げ飛ばされる。

「同じなんだよ。俺が待ったのは、天女だ。名前なんて知らねえ。姿なんて関係ねえ。星の輝きを詰め込んだあの目が俺を狂わせる」

尾てい骨と腰骨がその衝撃の大部分を受け止めたことは、不幸中の幸いだった。何とか立つことができるし、息をすることが許されるだけでもだいぶマシだ。自由になった喉を冷たい空気が駆け下りる。

「だから、言ってて、可笑しくならないんですか？」

「ソラ君、それ以上彼を逆上させるな。この壁は我々が何とかする、だからそれまで、もう少しだけ——」

ソラは耳を閉ざす。

ヨツギはどう考えても危険人物だ。考えればわかることだ。『最終的な判断』の際に、国がどちらを選ぶかを。ソラとヨツギを一緒に救うか、ソラとヨツギを一緒に葬るか。それは自明の理だった。だから聞こえない。聞いてはならない。司郎の言葉に期待を持っちゃいけない。

「黙れっつってんだろ、ガキが」

「千三百歳と十六歳。確かにガキですね。でもよほどあなたの方が大人げない」

「次何か喋ったら、左腕をへし折る」

「わかりませんか？　今、あなたは自分から大切なものを捨てようとしている」

「喋ったな」

ヨツギの歩幅は夕日にうつる影のように、驚異的に伸びた。壁と壁の約六メートルの距離をたったの二歩で渡りきり、鞭《むち》のようにしなりながら伸びた腕が、ソラの左手首を掴んだ。

「千三百年も生きてこられたのは、何のためかって訊いてんだよ！」

その腕を払いのけて、なけなしの右ストレート。戦車に弓矢で挑むような喧嘩だとはわかっていたけれど、体は言うことを聞かなかった。

なぜ？　今ならわかる。ヒカリがこんなやつに取られてしまうのが嫌だったから。ごく単純な心理だ。

「だから天女に会うためだ」

ヨツギはソラの拳をはたき落とすと、バレエのように軽やかに足を持ち上げてミドルキックを放った。強烈な衝撃が脇腹に炸裂し吹き飛ぶソラの体を止めたのは、白い木製のドレッサーだった。

「ち、違う」

脇腹を押さえて、よろめきながら立ち上がるソラは、ねじ切れそうな声を吐いた。

「あなたは、あなたの天女に出会うため、生きてきた。そしてこれからも生きていく」

「お前に俺の何がわかる」

地鳴りのように低い声でヨツギが言った。

「あんたにヒカリの何がわかる」

ソラはそう言って、半壊状態のドレッサーに拳を打ち付ける。鈍い音とともに、手の甲に痛烈な痺れが走った。

「あなたがヒカリを手に入れたとしても、何も満足できませんよ。だってヒカリは、あなたが出会った天女じゃない。別人だ。あなたがいくら姿を重ねても、ヒカリはあなたの望むモノにはならない」

「次は本気でいくからな」

ヨツギは拳を握り込んで、冷たく言った。

「いやそれどころか、あなたがヒカリに何かを望めば望むだけ、あなたの天女への愛は変形していく！」

「もういいよ」

「それはあなた自身の過去を否定し、未来さえ奪うことにもなる。あなたが誰よりも一番わかってるはずだ！」

「もう飽きたんだ……」

瞬き一つの間に、ヨツギが目の前まで動いていた。拳はすでに振り上げられ、ソラの顔面に照準を合わせていた。

それでも、怯むことは許されない。

たとえ骨が砕かれ顔がひしゃげようと、ソラには言わねばならないことがある。

「人生は取り返しのつかないものでしょう!?」

ヒカリと出会ってしまったことが、取り消せないように。その事実だけはヨツギにとっても平等なはずだ。

ヨツギの目線がわずかにぶれる。

拳はまっすぐソラの顔面に向かってくる。

接触まであと〇・一秒もない。

しかしその刹那《せつな》、ソラの指先がヨツギの胸に触れる。

突風が吹き抜け、髪を持ち上げる。

距離にして数ミリ。ヨツギの拳の出っ張った中指の第二関節が、ソラの鼻先までほんのわずかな位置で停止した。

「俺は何を見ていたんだろう。長い夢か何かなのか。また出会えると信じて待ち続けたこの千三百年間は、無駄だったのか。そらクン、キミにはわかるのか？」

「わかりませんよ、他人事ですもん」

糸が切れるように脱力し、ヨツギはその場に崩れ落ちる。

「だよな、わかるはずないか」

炊飯器の炊きたてを知らせるアラームみたいな間の抜けた音がして、ドアが開く。

司郎に次いで巌が室内に突入するとヨッツギを組み伏せ、伊吹は地面に押し付けられたヨッツギの禿頭《とくとう》に銃のようなものを突きつける。

司郎は安堵と焦りを滲ませた表情で言った。

「すまなかった。ヨッツギの暴走は、予期すべきだった」

司郎はソラのシャツの裾を捲り上げ、脇腹に指を当て確認する。途中痛みで体がのけぞったが、司郎は折れてはいないようだ、と言って、ため息をついた。

「本当にすまなかった。君をこんな目に遭わすことになるとは」

「いいえ、少し喧嘩しただけです」

それは本心からの言葉だった。

永遠に来ない返事を待ち続けること。それは無意味なことでは決してない。どんなことだって、信じたもの勝ちなのだ。生きる支えになるのなら、信じたものが得をする。それは神様に祈ることと一緒。ない物に縋って生きていけるのなら、でっち上げの神様で何が悪い。

「だから彼に何か罰を課すことは、よしてください。それは、この結論に納得する僕に対する罰にもなります」

司郎が指を鳴らすと、黒服二人はヨツギからさっと距離を取る。

ヨツギも、さっきまでの殺意は影を潜めていて、忘れていた何か大切なことを思い出したような、そんな表情をしていた。

「でもやられっぱなしでちょっと癪です。なので」

ソラは中腰状態でへらへら笑うヨツギの左頬を、思い切り平手ではたいた。我ながらいい音がした。拳を握らなかったのは、それをやったら自分の手の方が痛くなることを確信しているからだ。

「痛え」

「僕の方が何百倍も痛かった。けど忘れるよ」

「いや、そうじゃねえ」

何が可笑しいのか、先ほどから笑いが止まらないヨツギは、顔を上げてこう言った。

「こんなに痛えビンタは何年ぶりだったか、ってな」

そういえば初恋は、思い出すたび胸が痛くなるものらしい。

ビッグボックスを抜け出るため、百三メートルのエレベーターに乗り込んだ時、ソラはふとそう思ったのであった。

想いは日々を重ねるごとに積もっていく。それはソラもヨツギも違いはない。彼の中に積もった膨大な想いは、彼の生きる意味そのものであり、彼の拳の質量だった。ここではないどこかから来た人間と、この地で暮らす人間には、きっと越えられない壁がある。その壁は、地を這うことしかできない人間を、今も千年前も同じように、嗤《わら》い見下していた。

ヨツギは歯向かおうとした。

ソラは思った。まるで自分は衛星だ。

ヒカリでさえ、抗い難い大きなルールのもとで生きている。彼女は太陽の周りを巡る惑星だ。しかしそのさらに外周で、惑星に振り回されながら、惑星を見つめ続けることを運命付けられた存在がある。それが衛星だ。

★★★★★★

地下十二階で軽い手当と何かの予防接種を受けた後、ヒカリと再会し、まだずきずきと痛む脇腹を抱えながら、自分は平気だと伝えた。不思議と、ヒカリはそれ以上詮索してこなかった。公安調査課か、はたまた浅間機関か。誰かがヒカリに入れ知恵したのではなかろうか。

行きは意識を奪われたが、帰りは視覚と聴覚を奪われるにとどまった。仲間に入れと言われたにしては少々扱いが雑な気がするが、しばらく走るとアイマスクとヘッドホンは外してくれた。

どうやら街に着いたようだ。しかし時計はすでに午後十時を回っている。二人とも夕方から何も食べておらず、空腹は絶頂に達していた。

「ここは何でも奢ってやるぞう」

そりゃ当たり前だろ。二人とも気持ちは一致していた。どんな理由であれ、『大人の事情』に付き合わされたのだから、大人が対価を支払って当然だ。

そんな経緯でソラとヒカリと司郎は、東京に本店を持つという豪奢な店構えの中国料理店で夕食をともにすることとなった。

北京ダック、上海蟹、フカヒレのスープ……。お徳用の輸入豚バラ肉を買って冷凍しながらちまちまと使っているソラは、普段の生活水準をだいぶ上回る料理を素直に喜んだ。けれど素材の原形を残した料理が多く出され、ヒカリは辟易《へきえき》し最初は全く手を出さなかった。店の人に食べ方を教わってもなお渋い顔をするので、ソラが半ば無理やり食べさせると、味には満足したようだ。

車は華三荘の前に停められた。司郎は個人的な連絡先を記した名刺をソラに手渡し、何かあればいつでも、と言う。そしてもう盗聴はしないと約束をした。

すでにコネクターを組織に組み込んだため必要なくなったのか、それともソラを納得させるための方便だったのか、それは確かめようのないことだった。

司郎はソラを自宅へ送ることも提案した。

けれどソラは断った。ここから家まで歩いて戻るのは骨が折れるが、一刻も早く国家とか組織とかそういう存在から距離を置きたいというのが、偽らざる本心だった。今日は多くのことを知りすぎた。頭がぐちゃぐちゃになりそうだ。

走り去っていく黒いバンを見送ると、ソラはヒカリの部屋に学生カバンを置いてきたことを思い出す。軋《きし》む鉄の階段を重い足取りで上っていくと、通路の蛍光灯がぼんやりとした青白い光を放っていて、蛾がたかってばちばちと羽音を立てていた。そして三号室の前には依然として敷布団が一枚、明かりを受けながら主人の帰りを待っていた。

「まだ置いてあるよ……」

ソラがゲンナリして言うと、ヒカリは当たり前だろう、という顔をする。

黒々とした足跡が四つほど、幸いにもシーツの上に刻み付けられているのが見て取れた。黒服が突入の際に付けた足跡だろう。

足跡が布団本体に接触しないように慎重に折りたたんで縦向きに抱えると、扉をヒカリに開けさせておいて、ソラは布団と体の両方を狭い玄関の枠に押し込んだ。

「もう外に敷いちゃだめだからね」

シーツを剥がして洗濯機に放り、本体の方はベランダに出て物干し竿に掛けた。振り返るとヒカリが押入れの中に上半身を突っ込んでおり、スペアの敷き布団を取り出しているところだった。

「だから敷きに行くなって」

ソラが叫ぶと、ヒカリは布団をその場に降ろし、

「お前が泊まるのなら、布団がいるだろう」

と言った。後ろを向いているので、ヒカリの表情は窺えない。

ソラの絡み合った頭の中は、ヒカリのその一言によって一刀両断された。泊まっていく。

完全に意識の範囲外だった。ソラはしばし二の句が告げずに立ち尽くした。

そうしているうちにヒカリはシーツを押入れから引っ張り出している。

「ちょ、ちょっと待とう。僕は大丈夫だ、このまま帰るよ」

「もう暗い。それにひどく疲れたという顔をしている。おおかた、司郎の長話に付き合わされたんだろう」

ヒカリは布団の一端を持ち、上下に振り払った。波打たせてシワをなくす術を熟知しているようだった。

そうだけど、とソラは口籠った。

ソラの血走った目が部屋中を高速で移動し、カレンダーの赤い二重丸が打ってある枠へとたどり着く。

「そ、そうだ。明日は待ちに待った天体観測デーだよ！」

「夜の九時からだろう」ヒカリは即座に返した。「時間はまだたっぷりある」

「でも一緒に寝るのはちょっとまずいよ」

ソラが顔を伏せると、ヒカリは言った。

「何がまずいんだ。明日は祝日だぞ。別に寝起きを気にする必要もない」

「わかってるだろ？　僕は男で、君は女の子だ」

「差別的発言だな。私の方だけなぜ『子』を付ける」

ひょうひょうと語るわりにヒカリの頬は、熱病に冒されているかのように赤い。

「話を逸らすなよ。わかってるだろ」

ソラは自分の怯えに気付いている。

ヒカリはもう一度押入れにかがみ込むと、掛け布団の上に枕を載せて戻ってくる。

掛け布団一枚に、枕は二つだ。

「どうして枕が二つなんだい」

ヒカリは黙ったままだった。立ち上がった拍子に笠のついた電球がゆれて、表情がよく見えない。

『何度抱いた？』

図らずもヨッギの言葉が思い出された。想像力と不安定な期待が作用し、制御しようのない生理現象が起こった。でも彼の発言は支配的だった。彼のようにはなりたくない。

ふと窓から空が見えた。今日もまた見事な秋晴れで、雲一つない空には星たちが瞬いている。地球に天井はないということを、ソラに諭すようだった。

ヒカリの火照《ほて》った顔と、真っ黒な空が重なった時、ソラは全身を串刺しにされるような、等しく並ぶもののない恐怖感に襲われた。

「ヒカリ……」

「な、なんだ？」

「お前は、どこかへ行ってしまうの？」

「何を言うんだ、突然」

いてもたってもいられなくなって、ヒカリのしなやかな腰骨に腕を回し、抱き寄せた。突然の出来事に、最初は戸惑うヒカリだったが、抵抗はしなかった。

窓からはずっと、尊大な黒が見えていた。むしろあちら側が、部屋の中を覗き込んでいるのかもしれない。アンタレスの紅い点が、じっとこちらを睨んでいるようだ。

同じ名をした、今やソラにとっての最大の敵——宇宙《そら》。

「帰りたいんだろ、故郷に」

ソラが訊いた。

「帰りたくても帰れない」

「でもやっぱり、帰りたいんだろ」

「だから無理だと言っている。それにこの地で生きていくと決めたんだ」

ヒカリは顔を逸らして言った。

「この地で、君と」

敵はあまりにも巨大で、あまりにも壮大で、あまりにも尊大で、だからこそ惹かれ続けて、うん万円する筒で眺めることしかできなくて。でも今やっと、この温もりを掴み取った。

奪われてたまるものか。

ソラは半ば強引に、ヒカリの唇に自分のそれを押し当てた。宿敵に見せつけるように、月の光を浴びながら彼女の舌を絡めとる。むせ返るような甘いキスの途中、彼女は何度か苦しそうに呻いたが、ソラは止めなかった。ダムが崩れるみたいに、膨大な感情が溢れ出した。

そのままヒカリの方へ加重し、荒い呼吸のまま二人で布団に倒れ込む。シワだらけのセーラー服を纏った体は、完全にソラの意のままだった。

そのか細い両手首をぐっと押さえつける。まるで四肢に楔《くさび》を打って、この地に縛り付けるように。

その行為は感情なしには成り立たない。ヒカリの故郷では罪にあたる行為。

ヒトは罪から逃れられない。

罪を共有した関係が、恋人。

「ごめん、ヒカリ」

「なぜ謝る。私は君を拒まない」

「違う、違うんだ」

嗚呼、君を愛してしまった。今日は見事なほど冴えた、さそり座の夜だった。

心の中で拠り所にしていた、純白の瞬く星がぽつりと消え去ってしまった。

嗚呼、結局そうだ。君の望む全てを恨んでしまった。

あの憎らしいほどに広い空が君を奪い去ってしまうのが、どうしようもなく怖かった。

第四夜　雪の降る夜

見上げた空が、赤かった。

月が血の涙を流し、星々の瞬きを飲み込み、夜空を喰い尽くしてしまったかのようだ。それだけでも十分恐ろしいというのに、その空を割って、得体の知れないものが舞い降りてくる。

それは山よりも大きな体と、長く太い四肢を持ち、頭はあるが顔はなかった。全身の至る所には亀裂が走り、そこから目を焼くような閃光を垂れ流す、異形の巨人だった。

巨人はゆっくりと着地すると、木々をなぎ倒し、家々を踏みにじり、そしてある所で立ち止まる。

隣でその光景を見ていたはずの緑色の髪の女の子は、もうそこにはいない。彼女は一歩先へ踏み出し、石畳の階段を上がっていく。それにつられて、視線は自然と持ち上がった。

目に染みるほど赤く染まった空と、巨人と、それらを背にして立つ女の子。巨人の全身から漏れ出す逆光で、その表情は掻き消されてしまっている。

女の子は自分の胸の右側に右手の握りこぶしを押し付け、左手で覆うようにした。それが何を意味しているのかは、わからなかった。

巨人の手が、女の子に伸びる。すぐそこにいるはずなのに、走っても走っても、女の子には追いつけない。巨人の手が女の子をすっぽりと握り込む。こちらの手は届きそうで届かない。紙一重の距離が星と星の間隔ほどに感じた。それに届いたとしても、何ができるっていうんだ。

行かないでくれと、叫ぶ声がこだまする。まるで世界でたった二人きりになってしまったみたいだ。女の子はどんどん空に吸い寄せられていく。巨人はそして背を向ける。

行かないでくれ。

巨人の一歩は大きすぎて、到底追いつくことはできない。わかっているけど、足は止められない。

頼むから行かないでくれ。

喉が引き千切れるくらい叫ぶ。土を蹴る。手を伸ばす。

それでも——。

「行かないで！」

カーテンの隙間から白い光が斜めに差し込み、枕の上に長い影を落としていた。窓は結露していた。反射的に腕で額を覆い、強すぎる朝日を遮ったが、その時ソラは、袖がびっしょりと濡れていることに気付いた。

額は尋常ではない量の冷や汗でべたついていた。古語で袖を濡らすというと泣くことを意味するそうだが、こんな量の冷や汗は洒落にならない。濡れた服がどんどん体力を奪う。ソラはつき出した腕を布団の中に戻した。

「どこに行くというのだ」

「ひ、ヒカリ……」

はた迷惑な寝起きの道連れとなったヒカリは、ソラのすぐ隣でそう呟いた。ついでにソラが乱暴に動いたものだから、ヒカリの下半身は布団からゴロリとはみ出した。シングルの布団に高校生二人の肉体は、余程慎重に距離を詰めていなければ収まりきらなかった。どちらかが寝返りを強行する度に、片方は布団の上から追いやられることを余儀なくされた。

ただ、そのような愛おしい狭さには、ソラはもう慣れていた。こうして夜を共にすることも珍しいことでもなくなった。しかし何度も繰り返し見るこの夢には、一向に慣れることはなかった。

「私はどこにも行かないぞ」

子供をあやすように、ヒカリはソラの頭をそっと抱いた。汗が染みてしまう、と離れようとしたが、案外ヒカリの腕っ節は強かった。

「君が私に楔を打ったんだ。忘れたのか？」

あの夜のこと。忘れるわけがない。生まれて初めて誰かを愛した瞬間だ。でもそれは、追いつめられてやったことでもあった。ヒカリがどこかへ行ってしまうという強迫観念の助けを借りたことを、ソラは克明に憶えていた。

「そうだったね」

「ああ。君はあの時大きな罪を犯した。それは私も同じだ。これで〈ソーラ〉としてより深い関係性が築かれたということになる」

ヒカリがひとたび口を開けば、ムードも何もなくなってしまう。もちろんそれはそれで新鮮で、彼女と交わる度にソラは、つくづく地球とはちっぽけなもので、火の玉の周りを回っているただの青いボールに過ぎないということを、思い知らされる。

そんなことを考えながらキスするのは無粋だって？　それはまず、異星人とお付き合いするのは、色々大変だってことを踏まえてから言ってほしい。

「実際に私の生活の質は格段に向上した！」

ヒカリは晴れやかに言った。

「朝と晩、バランスの良い食物を摂れているし、部屋も一段と住みやすくなった。学校へ遅刻することも減り、宿題とやらの履修効率も格段に上がっている」

「全部僕が手伝ってるからね……」

布団から這い出ると、ソラは目覚まし時計を切って、そのまま洗面所へ向かった。クラスメイトの女子に相談相手などおらず、仕方なしに、そういうことにめっぽう詳しそうな五人衆の石上に尋ねて何とか揃えたハンドクリームやヘアトリートメントなどが、棚の中に収められているが、中身はあまり減っていなかった。そもそも化粧もしなければアクセサリーの一つもつけないヒカリは、美容に疎《うと》いくせに綺麗で美しい。

同棲しているわけではないが、時折ご飯を作りに来て、その場合大抵泊まっていくのだから、歯ブラシとコップはそれぞれ二つずつ揃えてあった。それにタオルも。名前にちなんで、ソラのは群青色、ヒカリのは黄色だ。

「おい、頭上でスーパーノヴァが起こってるぞ」

洗面所に追って入ってきたヒカリが、ソラの頭を指差して言った。

「そういうヒカリこそ、蔓《つる》植物でも育ててるの？」

振り返って、ソラも言い返す。

二人とも深刻な寝癖を患っていた。櫛《くし》で交互に髪を梳《と》かしながら笑い合った。

ヒカリの好き嫌いは大体把握できている。味ではなく、要は原形を留めているか否かが問題だった。そのため朝食は絶対に目玉焼きではなく、スクランブルエッグ。ベーコンよりコンビーフ。まるで沖縄の朝食のようだ。ちなみに似たような理屈から、果物が丸々描かれた果汁百パーセントより、イラストで覆われた果汁数パーセントのジュースを好んでいた。

「そういえば今日、日直じゃなかったっけ」

「ああ、あの、クラスの主導権《イニシアチブ》を掌握しているのか、ただ単に雑務を押しつけられているだけなのか、よくわからない職務のことだな」

　席が前後の関係にあるソラとヒカリは、日直となると必ずペアになる。

「適切な説明をどうも」

　衣替えとなって久しく、冬服にも慣れた頃だ。男子はシンプルなジャケットにズボンで上から黒一色なのに対し、女子はクリーム色のダブルブレザーに濃緑色のプリーツスカートと、やや色彩感がある。ネクタイは共通で、鮮やかな紅色だ。

「職員室に出席簿を取りに行かなきゃいけないから、早めに出よう」

　そうやって、いつもより二十分ほど早く家を出た。

　通学路が重なる同級生がいるわけでもないが、ヒカリと一緒に坂道を下ったり陸橋を渡ったりしていると、ああこんなところも誰かに見られているんだなあ、とつい思ってしまう。司郎の話を聞いて以来、ソラは少し周囲の視線が気になっていた。

「しかし今日は寒いな。季節とは至極厄介なものだ」

「ヒカリの世界には季節がないんだっけ」

「寒暖差を売りにしたテーマパークみたいなものは存在する。しかしそれが日常的に、かつ広域的に影響を及ぼすことはない。今日が暑くて、明日が寒かったら、面倒くさいだろう？」

「それが地球なんだけど」

どこかの新世紀みたく、夏だけしか存在しないというわけでもなく、荒涼とした冬が永遠に続くわけでもない。ヒカリの世界はすでに、季節という概念を失って数千年。どういう経緯でそうなったかは知らないが、それはそれで寂しい世界だと思う。

「フユというものは、いいことがない。この季節を迎えると、多くの生命は活動を停止するそうじゃないか。全くいいことがない。この、息が白くなって面白いこと以外はな」

そう言って口をすぼめ、息を吹き出すヒカリ。白い煙が目の前で、踊っては消える。

「息が白くなるの、そんなに面白い？」

「凄く面白い」

隣でフーフーとやっているヒカリを見て、半ば呆れながら、半ば微笑ましく思う。

そんな時、ソラは頬に当たる冷たい感触を覚える。次に額に、指先に、とそれは広がっていく。

　ふと空を見た。

　初雪だ。

「隠れろソラ、プラズマ・ストームが発生したんだ」

　喚きながら本気で逃げ惑うヒカリの肩をそっと叩いて、ソラは言った。

「これは雪だよ」

「ユキィ!?」

　変に反り返った声でヒカリが言った。

「知識では知ってるくせに、体験したことがないとこういう反応になるのか」

「じ、人体に害はないのか……？」

　ソラが首を横に振るなりヒカリは、ほっと胸を撫で下ろし、そして、

「綺麗だな。まるで生き物のようだ」

　安らぎの溜め息をこぼしてそう言った。

「ヒカリの世界には――ああ、季節がないのに雪が降るわけないか」

「降っているさ」

「え？」

　ソラは耳を疑った。

「灰が、降っています」

ヒカリは俯いて、自嘲気味に言った。

どういうわけか溢れ出た敬語は、自らの世界を恥じるような響きを纏っていた。たびたびヒカリは地球を地獄のようだと形容するが、同時に多くの人が見逃している、そもそも考えさえしない世界の素晴らしさを口にすることがある。

あまりに発展しすぎた文明と、その過程で失ったもの。ヒカリは時折それに想いを馳せ、地球のあり方と比べ、苦悩しては感動する。それがヒカリの本質なのだと気付いたのは、いつ頃だろう。

「汚染物質を含んだ灰は、プラズマ・ストームの前触れなんだ。自国の天候は制御できても、他の地域から気流に乗って流れてくるものは防ぎようがない。全く迷惑この上ない現象だ」

「その、『他の国の人たち』はそれで迷惑したりしなかったの？」

ソラは尋ねた。

「どうして他国にまで影響を及ぼすような汚染を、自国内で食い止められなかったんだろうね」

日本でもPM2・5が取り沙汰された頃はどうなることかと思ったが、この国が巻き添えを食う汚染など、隣国本土が瀕している環境問題に比べれば、微々たるものに違いない。

　まただ。ヒカリがどこか申し訳なさそうな顔をする。

「『他の国』なんて、ありはしないさ」

「え？」

「惑星に残ったのは、たった一つの国家体のみだ。もとあったと言われている四百三十九の国家は全て、何千年も昔に起こった〈ラストコール〉によって焦土と化してしまったそうだ。まあ、同族たちを本当に滅ぼしたのは、〈珊瑚の目〉だったと言われているがな」

　人類がまだ石の斧や竹の槍で争っていた頃彼らは、最後の審判をすでに経験していたというわけか。しかし、その後に『本当に』同族を滅ぼしたというのは、一体どういうことなのだろう。

「ヒカリの育った国だけが、被害を免れたってこと？」

　ソラは控えめな口調で尋ねた。

「そうだ。なにせ我々の祖先は『最も弱い民族』のレッテルを貼られていたからな。武装していない以上、『光の矢』が落ちてくることもなかった。戦争が終結したあかつきには、どこかの国の一部になるはずだった」

「でも、強国は共倒れしてしまった」

ヒカリは頷いた。

「皮肉なものだ。惑星の九十三パーセントが焼けた後も、争いは続いた。ラストコールに比べれば極めて小規模なものだが、戦争は終わらなかった。我々の先祖はそれを憂い、それ以上同族を失わないように〈珊瑚の目〉を作ったのだそうだ」

彼女と一緒に歩くだけで、通学路は宇宙へと接続する。彼女の世界を知る度に、己が住むこの世界と比べては、無意味な天秤にかけている自分がいる。

知ったところで、考えたところで、世界を変えられるわけでもないのに。ただソラの腕が届く所にヒカリがいさえすれば、それで満足なはずである。

「その〈珊瑚の目〉ってのは、一体どんなものだったんだい？」

「それが、実は私もよく知らないんだ。ポグマ、こっちで言う学校みたいな場所で、私は古代史の授業の時はいつもラーガーをして遊んでいたからな」

「すごい。異星の出来事のはずが、ありありと光景が浮かんでくる」

ソラはふざけて言った。

「〈マスク〉の技術に関連する何かだったとは、憶えているが」

ソラは、そうなんだ、と軽く返事を返す。

何かあったら、と渡された司郎の名刺がふと頭に浮かぶ。今も盗聴していないという確証はないが、ソラは一応今、ヒカリから聞いたことを彼らに伝えるつもりでいる。

協力を拒んで、これ以上プライベートが脅かされるのは、本意ではないからだ。

「はあぁ。しかしそれにしても、今日は寒い」

ヒカリは深いため息を吐き、白い狼煙《のろし》を上げる。

「そうだ」ソラが鞄から取り出したのは、八つ折りにされた朱色のマフラーだった。

「これ巻いてなよ」

「有り難く巻かせてもらう。おお、何だか腹が引き締まる」

「おなかに巻くものじゃないから」

そう言って一度マフラーを没収し、彼女の首もとに二重に巻いてやる。ラベルのところに、値札がついたままだ。時を見計らって渡そうとしていたプレゼントのつもりだったが、今の彼女に必要ならば特に格好を付けて渡すこともない。

「なるほど。呼吸器と襟元に空気の溝を作ることで、その跳ね返りから首周囲に熱を得る仕組みか。野蛮なただの布切れに見えてその効果は実に奥深い……」

「野蛮で悪かったね」

「気に入ったぞ、ありがとう！」

ヒカリは屈託のない笑みを浮かべる。

「しかし首もとを補強されると、今度は指先の寒さが際立ってしまうな」

ああ、しまった。マフラーのついでに、温かい手ぶくろも買ってやるんだった。この辺り、石上ならば完璧にこなすのだろうな、とか思いながら、ソラは即興でこんなことを言ってみる。

「そういう時はこうだ」両手を合わせて、息を吹きかける動作。「それでもだめならこうだ」続いて、両手を頬に当てる動作。

「人類は指先に凍えを感じた時こうするんだ。憶えておきなさい」

ヒカリもソラの真似をして、かじかんだ両手を合わせてみる。そこに息を吹きかけてみると、ぽっと顔が晴れた。続いてそれを頬へ持っていくと、笑顔は驚きの表情へと変化した。

「……まさに人類の知恵だな」

「うん、そこまで偉大な行為ではない」

冬という季節が全人類に等しく与えてくれるものは、息が白くなる魔法と、指先の凍えと、そして誰かと身を寄せ合って歩くための口実だった。

ずっと上着のポケットに突っ込んでいた左手は、わりに温かい。ヒカリの冷えた右手を握って歩くにはちょうど良かった。

★

事件が起こった。

最初はどうってことないと高をくっていた。

しかしそれは重大な判断ミスだった。

事態はみるみるうちに膨れ上がり、可逆点をとっくに超えていた。全てはソラとヒカリの、甘さのせいだった。

どちらかだけでも事の重大さに気付けていたならば、まず、あんなことにはならなかった。

雪の降る夜のこと。

ヒカリが血を流すことには、ならなかったのだ。


季節が移ろいマスクの効果が本格的に消失し始め、美空光の、転校当時のようなカリスマ的人気は影を潜めた。相変わらずファンクラブなるものは存在したが、彼女に集まっていた異常な注目は消え、校内を歩いていても好奇な目に囲まれるということは、滅多になくなったと言える。

それは状況が二人の恋人関係を円滑に成り立たせるのみならず、ヒカリの身の安全を保障するのに一役買った。

二人は安定を享受していたが、その代償に失ったものもあった。

例えば近しい人間との交流だ。

どれほどの数の生徒が二人の関係性を承知しているのかは定かではないが、少なくとも天体観測部の部員たちの間では、暗黙の了解だった。誰かが表立って指摘しようとすると、気利かせの阿藤がその動きに水面下で圧力をかけ、発言を食い止めてきたが、それも限界が近い。最近、木下の対応が素っ気ない。ついこの間、ソラが新作のゲームソフトを貸してとせがんだ時も、ヒカリと遊ぶのだから必要ないだろうと――この遊ぶという部分に含みを持たせるような言い方で――木下は一蹴したのであった。

また、あれ以来石上千次とは顔見知りになったソラだったが、廊下ですれ違うたびに嫌味を言ってくる。今思えば彼は本当に、ヒカリに気があったのかもしれない。

崇拝に近い求心力を失ったヒカリだが、なおもアイドルであることには変わりない。だから時折、具体的に言えば週に一回ほどのペースで、ヒカリの下駄箱にはしおらしい文字で美空さんへと書かれた封筒が入っていることがある。

今日がその日らしい。

「性懲りもなく……なぜこの学校の生徒はたびたび私の下駄箱をポストと間違えるんだ！」

素っ気ない茶封筒を手に取ると、建て付けの悪い下駄箱の扉を音を立てて閉ざした。

「ポストと間違えたわけじゃないからね」

「私を郵便局の職員だとでも思っているのか。まったく」

「思ってないよ。ラブレターだよそれ」

同じ経験を二、三度しているはずだが、ヒカリは釈然としない顔で文句を言った。音声も映像もホログラフも何一つ使用されていないただの『文字列』で私の心を動かせるとでも思っているのか、という辛辣なコメントもいい加減聞き飽きた。

「人類はそこまでされると気味悪がられるからね」

しかし今日に限って、入っているのは『文字列』だけではないらしい。封筒を縦に持つと、下部が膨らんで見えた。大きさはちょうど指輪か、イヤリングほどである。思いを綴った紙切れだけでは足りないということに発想が及び、小物を付けて少しでも気を惹こうという魂胆なのか。

ヒカリは躊躇わずまた嬉々とすることもなく、カップ麺の外包みを剥がすように封筒を開けた。ソラは自分の身になって考えてみるが、仮に恋人がいたとしても、期待や胸騒ぎの一切を排除してそれを行うことは困難に思えた。そういうものだ。

しかし予想外の出来事が起きた。封を切った瞬間、何か緑色の小さなものが飛び出し、しばし視界の範囲内で宙を舞ったのである。鈍い緑色の光沢ある翼の内側で、透けて見える薄羽が忙しなく動いている。一匹の小指ほどの大きさのカナブンだった。

「中から昆虫が出てきたぞ！」

突然のことに驚きを隠さず、すぐに嬉々とした表情で、

「これは今までにないパターンだな。感心を禁じ得ない」

と言った。

カナブンが視界に止まっていたのは一瞬の出来事で、すぐに外光の当たる方へと飛び去っていく。ヒカリは手を振り見送ったが、ソラははしゃぐ彼女の背中を見て何か違和感を感じた。

確かにヒカリは、生き物を尊ぶ気質だ。生物愛に溢れていると言ってもいい。それを狙ったのだとしたら、この送り主は石上以上に下調べを欠かさない、抜け目ないやつということになる。が、それにしては生物のチョイスがなんとも腑に落ちない。

「ソラという存在がなければこの送り主と付き合っていたかもな」

「いや、そういう意味じゃないと思うんだけど」

ヒカリが面白そうにしている以上、それより先は言えなかった。

肝心のメッセージはと言うと、何も書かれていない紙切れが一枚入っているだけだった。便箋でさえなく、折りたたんだB5のコピー用紙である。送り主はもちろん不明。こんなことが、続かなければいいが。

ふとどこからか、視線を感じた。最近周囲を気にしてばかりいるからか、直感が鋭

くなっていた。それは明確な悪意に満ちたもので、ソラが察知したことに気付くと、気配は煙のように消えた。

思えば、この一通から始まった。

あの時その重大さに気付いていれば、ヒカリをもっと上手く守れたのかもしれない。

★★

ある日ソラとヒカリを出迎えたのは、異様な雰囲気に埋まった教室だった。二人を見ることが禁止されてでもいるかのような、重苦しい空気が漂っている。一体どうしたものかと席に着くが早いか、クラスメイトの佐藤が駆け寄ってきて、怒りをあらわにしてソラに詰め寄った。

あれ、どういうことだよ、と佐藤がイラついた口調で言う。

身に覚えのないソラは、ひとまず説明を求めた。すると佐藤はソラの腕を強引に引き、教室を出た。糸で引かれたようにそれを追うヒカリだったが、ソラより彼女の方に視線は集まっていた。

連れて行かれたのは一階廊下の、教室と教室の境にあるなんの変哲もないコルクボードだった。献血を呼びかけるチラシや、青年海外協力隊の募集用紙が張られたボードを指差して、これだよこれ！と唾を飛ばしながら佐藤は言った。見ると、吹奏楽部の定期演奏会の広告の上に、何枚かの鮮明な写真がピンで留められている。いわゆる隠し撮り写真だった。収められていたのは、華三荘の三号室で間違いなかった。開けた扉をソラが支え、今まさに中からヒカリが出てこようとしている瞬間を捉えた写真である。それだけではない。登校途上にある葛折《つづらお》りの坂を手を繋いで歩く様子などは、背後から激写されている。どちらも身に纏っているのは冬服だった。

ソラは精神の昂りを制止し、嗅覚を鋭くさせた。

先日の虫入りラブレターの時も感じた視線を、今も感じる。

そうか、そういうことか。

「くそっ。一難去ってまた一難か」

ソラは舌打ちをした。一方でヒカリは何を思ったのか、うっとりと写真に眺め入っている。

「誰が撮ったかは知らんが、この写真などは絵になっているとは思わないか。これなどは、居間に飾ってもよさそうだな。ところでこれはもらっていいのか？」

「そういう問題じゃなくてさ……」

ソラは苛立ちを抑え込むように言った。

ヒカリは全くもってこの状況をわかっていない。そりゃあ、怒りという感情を持たない世界では、こんな悪辣ことは起こりえないだろう。ヒカリは本質的に、人の悪意に鈍感すぎるのだ。

ソラが佐藤やその他の男子たちから詮索を浴び沈黙する中、ヒカリにも追及は及んだ。同じクラスの黒田だった。彼女は犯罪者を見るような目でヒカリを問い質した。

「美空さん。これはどういうことか説明してもらえるかしら？」

「どういう、とは？　質問に質問で返すようで悪いが、どういう意味だ」

ヒカリは首を傾げて言った。

「だから何で賢木と一緒に家から出てきて一緒に登校してるのか聞いてるの」

「何？　そんなことも推察できないのか。その前日の晩、賢木が私の家に泊まっていったからだ」

今だけはヒカリの口を押さえて、一言も言葉をしゃべれなくしてやりたかった。だがソラはソラで、男子たちの尋問から一歩も抜け出せないでいる。

黒田は早口で捲し立てるように尋ねた。

「はあ？　それって何？　賢木と一緒に寝てるってこと？」

もう余計なことは何も言うな、口を閉じてろ！　ソラは目でそう訴えるが、ヒカリは全く動じずに言った。

「そうだが」

群衆が一気にざわつく。しかしヒカリはまだ、カミングアウトの大きさに気付いていない。

「ふ、不潔よ！」

黒田がそう叫んだ。波紋は恐るべき速度で広がっていく。これはマズい。群衆が共通の大きな声を持とうとしている。今度もまた、パニック状態が来る。

だがソラの予想に反し、ヒカリは凛とした態度を保ち続けた。

「まず私は賢木空の恋人だ。薄々気付いていた者も多いだろう」

ざわめきが、スイッチを切るようにぴたりと止む。それとなく噂が飛び交っていたに違いないが、まさか本人の口から証言が飛び出るとは誰一人として想像だにしていなかっただろう。もちろんソラも含めて。

「なあ黒田。お前には好きな人間がいるか？」

「なによ、そんなこと今関係ないでしょう」

黒田が引きつった笑顔で言うと、ヒカリは左腕を水平に構え、

「二年乙組の広瀬順平、なるほどバスケ部所属か。これはこれは、さぞかし人気がありそうだ。誕生日は十一月二十三日、もうすぐじゃないか」と、興味深そうに頷きながら言った。

黒田は顔を赤くして黙り込む。ヒカリはただ、左手の装置を淡々と操り、国家全土

に存在するありとあらゆる膨大な情報群から黒田の交友関係を洗い出し、彼女の好意の対象を割り出したに過ぎない。

「体育館の監視カメラには、お前がタオルを渡しあぐねている姿が幾度となく映り込んでいるようだ」

ヒカリはアームのモニターを巨大化させ、コルクボードに監視カメラの映像を映してみせた。そこには確かに、体育館前のベンチで、そわそわと誰かを待つ少女の姿が映り込んでいる。

「そ、それは……！」

黒田は狼狽し、両手でコルクボードを忙しなく掻いた。が、映像は彼女の腕の上に投射されていて、いくら動かしても映像を歪ませることしかできない。

「好いているのなら、なぜそれを伝えない。お前は私を不潔と言ったが、ならばお前自身はどうなんだ。不純な感情が渦巻いているのではないか。打算、姦計、保身。好いた人間とより強固な関係性を築くことになぜためらいを覚える。お前の心の方がよほど汚れ散らしているのではないか」

ヒカリはただ矛盾を指摘し、発言の妥当性を疑っただけだった。そこには感情的な起伏もなければ、相手を陥れようという敵意もない。しかし、だからこそ、ヒカリの声はどこまでも冷たかった。

黒田は反論の手立てを失ったばかりか、公衆の面前で返り討ちにあったと感じたようだ。大きく見開かれていた目が眉と一体になって縮み上がり、目元と眉間と口元には無数の亀裂が走った。そしてがっちりと噛み合わせた八重歯の隙間から呻き声を漏らすと、あなたは変よ、という捨て台詞を残し女子トイレへと駆け込んでいった。彼女の退散を皮切りに、集団も四方へと散っていく。

「せっかくだからもらっておこう」

と、ヒカリはピンを丁寧に外して、写真を懐へやる。動機はどうであれ、ひとまず写真を回収するというその行動は正しい。

しかしどうしたものか。

古典的な方法だが、これはヒカリを好意的に思わない誰かがやったことに違いない。そしてその人間は十中八九、黒田ではない。

だとしたら誰が？　予想を付けることはできる。ヒカリはいっとき女王となり、あまつさえ〈五人衆〉を翻弄し、学園に一大ムーブメントを巻き起こした。その頃は男女ともにヒカリのカリスマに惹かれていた。

だがマスクの効果を失った今、ヒカリに残されたのはその優れたルックスと、物怖じしない態度だけである。そうなれば男子からの人気に反比例するように、女子の中から不満の声が上がってくるのは何ら不思議なことではない。

しかし何よりの問題は、ヒカリ自身がそこに介在する悪意を認識できないということだった。

「ヒカリ、気を付けなよ」

ソラは言った。

「マスクの効果が切れた今、君を妬《ねた》む人は多いと思うから」

「妬み、か。私にはよくわからん感情だな」

ヒカリは首を傾げ、からからと笑う。

「だからこそだよ」

ヒカリは最後まで、あまり気にしていないようだった。

その気丈さが美空光の最大の弱点なのだと、あさはかにもこの時のソラは、気付くことができなかったのだ。

★★★

天体観測部の部室に入った瞬間、バックドラフトのような激しい風圧がソラにぶち当たった。壁にもたれ掛かって片足を組む木下が、戦争でも始めんとする面持ちでこちらを睥睨《へいげい》している。

「お手て繋ぎ、恋人宣言、果ては同棲。言いたいこと、わかるよな?」

そう言って、ギリギリと奥歯を擦り合わせる。

ソラは無視して鞄を机に放つ。すると木下は床を踏み鳴らしながら、猛然とこちらへ向かってきた。

「一発殴らせろ」

「二発殴り返すけどいいの?」

有無を言わさず、固く握った拳が飛んだ。

明確な敵意だ。

敵意といえば、あの時のヨツギの動きが頭に染み付いて離れなかった。それに比べれば木下のそれは、大きく振りかぶる予備動作があったことも助け、酷く鈍い動きに見えた。

右手の先で木下の胸を軽く押すと、角度を変えた拳はソラの左耳の脇を通過していく。何も木下の行動すべてを制御下に置いたわけではなかったし、偶然が味方をしたといえばそれまでだが、木下はぽかんとして殺気を鎮めた。

「お前、なんか変わったな」

自分では、変わったつもりなどなかった。しかし事実としてヨツギと出会い、浅間機関に関わり、そしてヒカリを愛してしまった。歴史は教科書の上で語られる空論ではなく、ソラの背中に繋がっていて息遣いをともにしているのだと気付いてしまった。世界が一つではないことを教わり、そして本当に恐ろしいものが何かを知った。

「それ、良い意味で？　それとも悪い意味で？」

眉をひそめてソラは尋ねる。純粋に木下の真意がわからない。

「両方だよ」

木下は気味悪そうに言い、すごすごと椅子に戻った。

「賢木、例のアレの進捗はどうだ？」

部長席に着き、カズオ・イシグロの『わたしを離さないで』を読む阿藤がそう訊いた。

今企画書をまとめている途中です、と答えると、阿藤はそうか、とそれだけ言って読書の世界へと戻っていった。

アレ、つまり冬の天体観測合宿の目当ては、おうし座北流星群としし座流星群だ。例のごとく副部長であるソラが、企画立案を任されていた。

「そういえば、ヒカリ見ませんでした？」

ぴりりと空気が張り詰める。誰も答えない。どうやらその名前に部員一同、食傷気味らしい。

ソラは先ほどまで、張り出された写真のことで職員室に呼び出されていた。その国語教師は神妙な面持ちで「男女七歳にして同衾《どうきん》せず」という諺《ことわざ》の由来から解説を始め、ソラのやっていることがいかに常識を逸したことか諭しにかかった。それに対してソラは、彼女は頼れる身内もおらず食事を作りにたまに家に寄っているだけで、いかがわしいことは決してないと平然と嘯《うそぶ》いてその場を貫き通した。

別れ際にヒカリは先に部室へ行くと言っていたが、もしかしたら警察の個別尋問よろしく別の場所に呼び出しを喰らっているのかもしれない。

「ちょっと見てきます」

そう言い残して、部室を飛び出す。嫌な予感がした。ヒカリがあらぬことを喋ってしまう危惧ではない。何か別の、あってはならない可能性が、頭に浮かんでしまう。ラブレターの時にも、写真を見つけた時にも感じた、同一の視線。

まさかとは思うが……。

職員室へ立ち寄ったが、教員は誰一人ヒカリを見てはいないという。本校舎を一階から四階まで走り回っても見つからない。思い当たる場所はそう多くない。

花壇広場に出ると、決定的なものがソラの意識をさらう。それはとても古典的で、しかし現実に起こり得るとは到底思えなかった光景だった。

「くそっ、何だってこんな……」

広場の中心でオアシスを気取る暗く濁った池の水面に、茶色の学生鞄と、参考書やノートが漂流している。アルミのペンケースは比重が重く、すでに底に沈んでいた。靴の名札欄には異星人らしいミミズみたいな字で、美空光とあった。

「おいこれは誰がやった！　どこのどいつがこんな幼稚なマネを！」

ソラはその場で叫ぶが、歩き行く生徒たちは無視を決め込んでいる。そういえば今は体育祭後の『黎明期』。皆、学校での出来事に慢性的に関心が失せている。

それにしたって……。ソラは手を強く握り込んだ。

どうしてそんなに無関心でいられる。

どうしてそんなに薄情でいられる。

激情を切り裂くように、冷静な思考が頭に落ちた。今はモノより本人だ。ここでヒカリの勉強道具を必死でかき集めて乾かしたって、何の利益になるっていうんだ。滲んだインクはもう元には戻らないし、ふやけた紙は永遠に波打ったままだ。

この愚劣な光景がソラに、先へ行けと命じている。

「ヒカリ！」

きっとこの先に、彼女はいる。そんな気がした。何かがソラを引き寄せる。花壇広場の奥には裏庭があり、技術の授業で出た資源ゴミを置いておく砂場があった。

ふいにヒカリの声が耳に飛び込んだ。

彼女は今、ちょうど校舎がくの字に折れた谷折りの角にいるのだ。

飛び出してはいけない。まずは様子を窺うべきだ。

ヒカリが一人で抜け出せる状況なら、第三者の介入は逆に問題を複雑にする恐れもある。ソラは念のためスマホの動画機能をオンにした。

「全くなんてことをしてくれたんだ」

相変わらず泰然としたヒカリの声は、ソラの心を束の間安堵させる。

「参考書はいくらでも買い直せるが、私がノートに蓄積した情報は失われてしまったぞ」

「まだそんな事言ってんのかよ」

甲高い女の声だ。

「そもそも何の用なんだ、三人がかりで私を呼び出しておいて」

「ウケる」別の女の笑い声だった。「こいつまだわかってねーよ」もう一人が冷笑混じりに言った。

ソラは慎重に頭をずらして視界を繋いだ。

ヒカリを取り囲む三人は、橙色のネクタイから察するに、全員が二年の女子だった。その中でも一人の顔はわかる。確か男子水泳部の石原祐作と双璧を成すと言われている、女子部の金城朋子だ。かねてより二人は付き合っているという噂があったが、ヒカリ争奪戦以後、その関係がどうなったかはソラの知るところではない。

と、その時である。ソラから見て後ろ姿を見せている黒髪セミロングの女が、足下に置いていた青いバケツをヒカリの顔面に向けてぶちまけたのである。

「あらやだ。雨も降ってないのに。濡れちゃって可哀想」

吐き気がするほど甲高い嘲笑が、ヒカリを包囲する。それでもヒカリは、何がしたいんだ？　全く理解できないのだが、と首をかしげ、少し考えたあと閃いたような声を上げた。

「そうか、わかったぞ」

ダメだヒカリ。君は十中八九わかっていない。不安がソラの心を支配する。

「私の体温を下げて、風邪をひかせようとしているな？」

「てめえ馬鹿かよ！」

ついに金城がヒカリの胸倉を掴んだ。濡れた体が勢い余って壁に叩きつけられる。そこでやっとヒカリは理解した。この三人が自分に、『明確な敵意』を持っているということを。一瞬ひどくためらった後、それまでの威勢が嘘のように萎縮に転じる。

「ちょっとチヤホヤされたからって調子付きやがって。立場をわきまえろよ転校生」

「い、いやそれは、私がどうこうできる問題ではなくて」

狼狽気味に言うヒカリの襟首に、金城の筋肉質な腕が伸びる。

「それに何だよこの髪。目立ちたがりかよ。キモいんだよ」

「これは生来の気質だが……」

髪の毛を四方に引っ張られても、その手を振り払うことすらできない。自己防衛のためにアームを使うことも、アンチカニバライザーが働いている今の彼女には不可能だった。

「それに何あの男。賢木空。彼氏？　天体観測部？　キモすぎだっつうの」

茶髪ショートボブの女が言った。

「彼のことを悪く、言わないでほしい」

「だったら態度ってもんがあるでしょう。ねえ、例えば土下座とか」

ショートボブは、金城に媚びるように目配せしながらヒカリに詰め寄る。

「それは……できない。私がここで品位を落とせば、ソラの品位も落とすことになる」

「だからやれっつってんの。だから」

「頼む。もうこの不毛な問答は終わりにしてくれ」

その言葉が金城の怒りの琴線に触れたらしい。人類は明確な敵意を暴力によって表現する。金城は感情にまかせ、手を大きく振り上げる。

が、その掌がヒカリの頬を打つことはなかった。

振りかぶった金城の手首は、ソラの右手によって押さえられた。うろたえる金城だったが、なりふり構わずその手をヒカリの方へと向ける。

「いい加減にしろよ」

ソラは決して力を緩めない。

「彼氏サンのご登場ってか」

金城は強引に腕を捻って、拘束を解いた。ヒカリは初めて触れた他人の明確な敵意に、戸惑い、混乱し、恐怖し、ただ体を石のように硬直させていた。殴られそうになったのに、手で顔を庇うことさえしていない。防衛の仕方がわからないのだ。

危機は去っていない。ソラは思った。たとえ物理的な衝撃が加わらずとも、人の悪意が介在するこの場面そのものが、ヒカリの精神に大きな打撃を与えている。

「僕を馬鹿にしたことは、瑣末な問題さ。けどヒカリをこんな風にした罪は償え」

「償う？」

金城が復唱すると、他の二人から下品な笑いが起きる。

「馬鹿じゃない？　それに私、先輩なんだけど。敬語使えよ下級生」

ふてぶてしく腕を組み、ソラを見下しながら吐き捨てた。

「こんなことする人間が敬意を持って接してもらえると思っているなら、脳内はお花畑だな」

ソラは今までにないほど冷たく言った。自分の口からこれほどまでに他人を軽蔑する言葉が出るとは思ってもみなかった。

「さっきからなんなんだよお前、消えろよ」

しらけたような顔で、黒髪セミロングが空になったバケツを、ソラに向けて放り投げる。ソラはそれを左手で弾くと、ヒカリの手を握って引き寄せ、そのまま無言で立ち去ろうとする。

「おい、ちょっと待てよ、話はまだ終わってない」

「ヒカリがあんたらと話すことなんて何一つない」

そう言って立ち止まると、ソラはおもむろにポケットからスマホを取り出し、

「代わりに水泳部の顧問と話そうと思う」

動画の再生ボタンをタップする。

上級生三人がヒカリを校舎裏に追い詰め、寄ってたかって乱暴している様子が鮮明に映し出される。

「お前、それ渡せ！」

金城が前のめりになって腕を伸ばすが、ソラはスマホを素早くズボンのポケットにねじ込む。

「渡そうと思うよ。顧問の先生にね。女子部エースがいじめ問題か。はあ、これじゃあ残念だけど、春大会は目がなさそうだ」

ぐっと唇を噛みしばし肩を震わせたあと、唸り声を上げて地団駄を踏む金城。

「その動画を……削除しろ」

わずかに傾けた頭の垂れた前髪の隙間から、金城の怨念を纏った視線が垣間見える。

「だったら態度ってもんがあるだろ」

と言いつつ、ジャケットを脱いでヒカリに頭から被せてやる。

「削除して、ください」

「そこの茶髪も言ってたっけ。例えば、何だっけ……」

ソラはヒカリが持たない分の怒りの肩代わりをするように、持てる限り威圧的に金城に詰め寄った。

「忘れちまった」

もはや立場は完全に逆転し、主導権はソラの手にある。それを多少強引にでもいい、なんとかヒカリに理解させせなければならない。

横目で盗み見るヒカリの血色は、少しだけ良くなった気がする。

「重力に従ってそのまま姿勢を下げればいいだけなのに、なんでそんな時間がかかるんだよ」と、ソラは追い討ちをかける。

金城は発達した両足をガクガクと揺らし、煮えたぎる屈辱をたたえながら中腰になり、そこからまた数拍置いてから、今度は奇妙な笑みを浮かべながら両手を地面に付けた。

「僕にじゃない、ヒカリにだ！」

ソラが怒鳴ると、立っている二人は震え上がった。金城は頭を下ろす方向をずらし、悪かった、と絞り出すように言った。

二人は立ち尽くし、校舎裏の湿った苔臭い地面に擦り付けられた女子水泳部部長の頭を、絶句しながら見下ろしている。

それじゃあ、と言ってソラは、ヒカリの手を引き再度その場を立ち去ろうとする。すかさずセミロングの女が、動画は！と叫ぶのでソラは振り返らずにこう言い返してやった。

「消すわけないだろ」

皮肉まじりの冷徹な声が、三人を完全に制した。

「虫入りラブレターも、盗撮も、全部あんたらだよな。次にヒカリに悪意を向けてみろ。ただじゃ済まないぞ」

最後通告だけを残し、保健室へと走った。繋いでいるヒカリの手がだいぶ冷たくなってきている。鞄のことなどこの際どうでもいい。

道すがらヒカリは、体を小さく震わせながら囁いた。

「あんなことを言わせてしまって、すまなかった。私が彼女らの真意に、もう少し早く気付いていれば」

ソラは何も答えず、前を走り続けた。少し経ってからヒカリが付け加える。

「いや、それでも結果は同じだったかな」

彼女が手を握る力は弱い。ソラが力強く握っていないと、離れてしまいそうだった。

「そんなのいいさ。僕だって怒る時は怒る。ヒカリが傷つけられそうなら、恋人である僕が守る」

それが浅間機関と御門司郎との約束であり、ソラが自分自身に課した使命でもある。

たとえどんな敵が現れたとしても、四肢が動かなくなるまでヒカリを守り抜く。

そう、守らなくては——。

★★★

呼び出しは唐突だった。しかしその方法は〈五人衆〉の時のように粗暴で強引ではなく、最高権力者らしい実にしたたかで礼儀に反しないものだった。というのもその通達は始業の礼の直後に、上坂先生の口を通してソラのもとへと伝わったからだ。

『放課後、生徒会室まで来るように』

御門京平の宣旨。

上坂は努《つと》めて淡々としていたが、その目には、なぜいち生徒の小間使いなんかをさせられているのかという不満が滲んでいる。

しかし上坂が伝書鳩を演じている事実が、確かにそこにある。上坂を従わせることができるのは、教務主任か校長のどちらかだ。つまり生徒会長の力は、その域に及んでいるということになる。

ソラは生徒会長の存在を再認識した。と同時に、なぜ今になって接触を図ってきたのかという疑念は消化不良のように残った。

生徒会室に窓はなく、他の一般教室と同じように戸口の真上からプレートが側面に突き出していて、生徒会室という文字が刻まれている。明るい純木製の扉には、太いパイプを折り曲げたような取手が取り付けられている。握ると、妙に重たかった。

引くとほのかに暖かい空気が流れ出て、玉座のような巨大な黒い革製のリクライニングチェアに浅く腰掛ける御門京平が、丸いメタルフレームの眼鏡の奥で、彫りの深い目つきを光らせる。今使ってはいないようだが、チェアには引き出し式のオットマンもついているらしい。

御門京平のヒカリに負けずとも劣らない重厚な態度に目を奪われ、しばし視野が狭まっていたソラだったが、やがて部屋に彼以外の人気《ひとけ》がないことに気付く。

「書記さんや、会計さんは」

ソラが訊くと京平は、今は外してもらっているよ、と答える。そしてソラとヒカリを交互に見てから、「きみたちと話す場を設けるためにね」と言った。

「話って、一体何についてでしょうか」

ソラが恐る恐る尋ねる。

すると、すくりと立ち上がった京平はデスク上に置かれた小ぶりの桐タンスの下段を引き、一枚の薄っぺらい紙を取り出すと、二人を来客用のソファへと誘導した。ソファのそばには、大きな白い植木鉢が置いてあって、そこには何かの多肉植物が無数の紅色の棘をドリルのように尖らせていて目を惹く。しかし土に刺さったプラスチックのプレートに『アロエ』という文字が見え、こんなおどろおどろしい花を咲かせるのかとソラは愕然とした。

ヒカリは純粋にその赤の鮮烈さに見入っている。

京平が差し出した書類を受け取ったソラから、疑問の声が漏れる。

「何ですか、これ」

「見ての通りさ」

京平は静かに、かつ厳かに言った。

「ヒカリ君を、生徒会へ迎えるための書類だよ」

七つある同意欄には全てチェックが入っており、教頭の捺印もすでに押されている状態だった。あとはヒカリが署名するだけという状況。そこまで話を詰めているということだ。

「随分と強引ですね」

「私が推薦することで喜ばない生徒はいなかった」

京平はまるで数学の公式を述べるように言った。

「あなたはヒカリのことをわかっていません」

「きみは少し黙っていたまえ。私は今ヒカリ君に話をしているんだ」

それならばなぜソラをここへ呼んだのか。ただの勧誘ならば、邪魔にしかならないだろうに。

「結構だ」ヒカリが推薦書に目を落とさずに言った。「私には属する共同体がある。そして強固な関係性に基づくパートナーがいる」そう言ってソラに一瞥を投げる。

「それはソーラという関係か」

ソラは耳を疑った。今京平の口から、何という単語が飛び出したのか。『ソラ』という名前が妙な聞こえ方をしただけであれば、一向に構わないのだが。

しかし京平は口元に笑みを浮かべ、はっきりと言い直した。

「略称〈ソーラ〉——人間関係詞〈ソーラ・リム・イリアロン〉。〈クリッパ・リム・ステラロン〉とは一線を画す、罪と罪の共有関係を指す彼《か》の地の言葉」

京平の口から流れ出たのは、ソーラやクリッパだけではなかった。ソラさえ知らない、その正式名称まで、つらつらと述べてみせたのだ。

京平は肘置きにもたれかかって、ソラの懐疑極まった視線を、やたら面白そうに観察している。

ソラには、この男の優越感の正体がハッキリとわかった。深く想う誰かについて、他人よりも少し知っているというだけで勝ち誇った心持ちになる。経験があった。

〈五人衆〉に対してソラが感じてきたことと、全く同じだ。

そしてなぜこの男が未知の情報を握っているのかにも、察しが至る。

彼が御門司郎の息子であるということを忘れていた。いくら機密情報であったとしても、ソラという赤の他人すら利用する司郎が、息子を活用しないわけがない。そのために情報が伝わっていてもおかしくはない。

ソラの勘ぐりを、京平が見抜いた。言っておくが、と前置きした後、咳払いを挟んで彼は言った。

「私は父から指示を受けて動いているわけではない。だが立場上、きみについても少しは知っている。きみが国家戦略におけるどんな役割を果たしているのかも」

丸眼鏡を正すと、京平は言った。

「この私なら、もっと上手くやれると思うのだ」

一呼吸置いて、コネクターをね、と重々しく続ける。

「本命はそのことだったんですか」

ソラは言って、そわそわしながら観葉植物を気にしているヒカリに目をやった。

コネクター。

望んでなったわけではない。半ば押し付けられた役割だ。

けれどそれは今や、ヒカリとの絆の一部を構成していた。誰かに渡すことなど、到底できはしない。

「なあ、ソラ君。君は知っていたか？」

京平は人差し指と中指を出して、他の指を握り込んだ。

静寂にそびえ立つピースサイン。

訝しげなソラの表情をしばらく楽しんだ後、京平は言った。

「彼の地の二万以上の人間関係詞は、おおよそ二つに大別できる。一つはフラット型。両者は対等だ。そしてもう一つはクリフ型。こちらは対等ではない。関係性に支配する側とされる側が存在する。より下位に属する方に〈レイド〉を付けることによって二者を差別化している」

京平は教師のように講説を垂れると、ヒカリを見つめて言った。

「そうだよな、ヒカリ君」

ヒカリは無言で頷いた。彼女の意識はもはや観葉植物に払われることはなく、京平の言葉へと向けられている。

「ラギアナ」

京平が言った。

まるで矢で射抜かれたように、ヒカリがはっとして顔を上げる。

ソラは必死で記憶のページを遡《さかのぼ》り、集中するあまり気付くと爪を噛んでいた。ヒカリと出会ったあの夜、確かにその単語を聞いた気がするが、どういう形でだったか、詳しいことは結局何も思い出せない。

「私はね」

京平がもう一度ヒカリをじっと見た。今度は横目に見るのではなく、照準を覗くような目で。

「君の本当の罪を知っているよ」

そう言うと、京平の顔には海のような慈悲深さが灯る。それはヒカリのみならず、ソラさえ包み込んでしまうような寛大さだった。

「だからこそ私は唯一、君のラギアナになれるんだよ」

ヒカリの本当の罪って？

〈ラギアナ〉って？

知らなかった。わからなかった。しかし今ここでそれをヒカリに問うのは、漫然と負けを認めたことに等しいように思えた。悔しさが腹の底に居座って、内臓を内側から少しずつ啄《ついば》むようだった。

「私は……」

ヒカリは言葉をつまらせた。その目の焦点は、ソラにも京平にも結ばれない。

ヒカリのどっちつかずな態度は、ソラを恐怖させた。ソラは、目の前に座る男の全貌をいま一度見上げた。ソラより一回りも身長が高く、肩と胸の肉付きがよかった。細くて長いしなやかな腕と足は、日本人離れしている。彼の背後には、彼の作り上げた王国たる生徒会室が広がっている。

学校教師でさえあごで使う、この共同体の王。

今、ソラが目にしているのはそういう男だった。

「遠慮させてもらおう」

その言葉を捻り出すのに、どれほどの時間を要しただろう。結局ヒカリは誰とも目を合わさずに言ったのであった。

御門京平が切り返す。

「君は必ず私のもとへ来て、生徒会広報部へ入る。予言しよう」

扉を閉めて三歩半行ったところでソラは我慢の限界を迎え、廊下の支柱の隅に張り付いている消火器を蹴りつけた。ほとんど音は鳴らず、爪先に痺れるような痛みが走る。

「ちくしょう」

ソラはそう吐き捨て、しゃがみ込んだ。それからしばらく、ソラがまともに歩けるようになるまで、ヒカリは石のように黙ったまま傍らで立ち続けた。

その晩ソラは、ヒカリを天体観測へ誘った。

特に何が見頃というわけでもなかった。けれど、昼間のギクシャクした感じを、なんとか緩和したかったのだ。

宇宙を眺めている時のヒカリは寂しそうで、でもどこか嬉しそうで、きっとマインドマトリクスがぐるぐる回転しているに違いない。

ヒカリにはわからないだろう。人間にとって望遠鏡という道具は、何の役にも立たない幻想だけを映し、現実を遥か遠くのどこかへと隠してくれる優れものだ。

でもヒカリにとってその視線の先にあるのは、紛れもない現実そのもの。あの星のどれかが、彼女の故郷なのだ。

★★★★

ある日ソラは、部室で一人残されていることに気付いた。

身震いをする。背中に張り付いたブランケットは、右肩の方がずり落ちていて、端と端を握って背負い直す。今朝は最低気温が初めて十度を割ったそうだ。

十七時ごろまでは確かに、木下と酒井がオセロをやっていたのを憶えている。あの二人はヒカリがいるとラーガーばかりやるが、二人の時は遊び慣れたゲームに興じている。

キーボードの横に置かれたミニボトルのラテに手を伸ばす。ホットと書かれているのに、冷蔵庫から出したみたいに冷えている。持ってみると意外と重く、まだ半分以上残っていた。

阿藤がホットラテを差し入れてくれたのは、十八時すぎだっただろうか。

部室棟の鉄の扉は、寒々しい。扉に付いた細長い窓の外は、完全な闇が覆っている。

冬の天体観測合宿の資料をまとめ終わったソラは、十七枚に及ぶ企画書をホチキスで綴じる。ざく、とコの字型の針が紙を突き破る。長野県の野辺山高原へ向かうイベントには、道の駅での自由散策の時間を設けてある。自然いっぱいの旅路を、ヒカリがはつらつと楽しむ姿を想像する。

今彼女は何をしているんだろう。最近早めに帰宅することが増えている。

彼女がいつどこで、どんな罪を犯したのか。それを彼女自身に尋ねることは、ちっぽけなプライドが許さなかった。彼女も自らその話題について触れようとはしない。

会話が減っていく。

ヒビが増えていく。

ソラは六冊目の企画書に目を落とす。掌に力を込めて、ざく、と針を沈める。

このホチキスに救世主は宿るだろうか。

「僕、何か間違えたかな」

施錠をし、六号室を出る。鍵を職員室へ返却しに行ってから、自販機でミルクティーを買った。手の中で二、三回転がすと指先の遠のいていた感覚が戻ってきて、プルトップに爪を立てる。飲み口から立ち上る湯気の奥に、ヒカリの顔が見えた気がした。

帰ろう。

向かう先のない言葉が、口を衝いて出た。

「ちょっと待ちなよ」

不意の呼びかけに振り返る。

そこに立っていたのは、水泳部のエース、石原祐作だった。

分厚く巻いたマフラーの下に口元を隠し、もともといい体格が起毛したパーカーによってさらに盛り上がって見える。

口元は釣り上がり、逆に目元は下向きに引き延ばされていた。

今この瞬間、最も賢明なのは彼を無視して家に直行することだった。これ以上厄介ごとに巻き込まれるのは、本意であるはずがない。

「何ですか。怖い顔して」

でもその時のソラは、何かが狂っていた。彼のたった一つの強みとも言える冷静な判断力を、欠いてしまっていた。

「付いてきなよ。話したいことがあるんだ、君と二人でね」

思い返せば、馬鹿な話である。なぜこの時、おずおずと石原の後に付いていったのか。その先に何が待っているのか、少し想像すればわかることだ。

二人は無言のまま歩いて、校門を右に曲がる。ヒカリの家へ向かう道から外れたのは、信号を三つほど跨いだ交差点だ。以後しばらくは、閑散とした住宅街を歩いた。

会話はなかった。石原の背中を注視しながら十五分ほど歩くと、南北に広がる堤防に突き当たる。礫《れき》や砂利を固めた見てくれの悪い階段を四段上がって堤防の頂点に足をつけると、幅広で長大な川が視界を左右に裂くように走っているのが見えた。

「よし、ここなら広くて、誰も見ていないだろう」

「で、何の用ですか」

素っ気なく流れる水の音。呼吸のたびに肺を冷やす凍てる空気。憎らしいほど巨大な黒い空。どれ一つをとっても、ソラの味方には思えなかった。

「わかってるでしょ。僕が君を呼んだ理由」

ソラの隣に並び立つ石原が言った。

「さっぱり見当も付きません」

「ちょっとしたお礼がしたくてね」

次の瞬間には石原の右腕が、ソラの腹部に食い込んでいた。ソラの体は投げ出され、堤防の芝生がびっしり生えた法面《のりめん》を転がっていく。激痛とともに礫岩《れきがん》を背中で受け、ソラの体は動きを止める。

クラクラしながら立ち上がろうとするソラの耳は、斜面を削りながら滑ってくる音を捉える。

石原は石ころを蹴飛ばしながらソラに近づくと、その胸倉を掴み上げて立たせる。

「僕のガールフレンドがお世話になったみたいで、さ」

容赦のない平手打ちがソラの顔面を直撃した。

痛みより、聴覚に走った衝撃の方が問題だった。平衡感覚が狂い、めまいを催す。前に進もうと思っても、体は後ろに下がっていく。舗装されていない砂場よりさらに後退していくと、いよいよ水が足下を侵し始める。

「それは、逆恨みってやつですよ。金城朋子が先に手を出した」

「その金城朋子に手を上げたのがソラ君、というわけだ」

石原はぐきぐきと拳を鳴らした。

ソラは、金城に手を上げてなどいない。しかし、情報が彼らに都合のいいように歪《わい》曲《きょく》されてしまうのは、なにか自然の摂理のように思える。

「そもそも君たちは、一年生のくせに出しゃばりすぎだ」

一歩踏み出した石原が、ソラを突き飛ばした。口の中で広がる鉄の味。泥の上に落とされた尻には、水気が染み込んで冷たさが滲む。

ソラはふと思った。なぜ自分はこんな場所にいて、こんなくだらない人間と、こんなにも不毛なやりとりをしているのかと。

「上級生にはさ、面子ってもんがあるでしょ」

面子だって？　なお一層くだらない。

心の中に抱えるならまだしも、それを大っぴらに口に出す。品性に欠ける。ソラには、石原がなぜそんな真剣な目をしていられるのか、わからなかった。

「ちゃんと話を聞け」

石原の怒声が、ソラの冷笑へと撃ち込まれる。

とともに、石原のきつく握った拳が顔面に激突する。

まだだ。

　ソラは全く痛みを感じなかった。いや、実際には痛いのだろうが、それを痛みだと認識する気になれなかった。ソラは自分を信じ込ませる術を弁《わきま》えていた。これは痛みではない。こんなものは苦痛ではない。

　例えば、ヨッギの拳はもっと重かった。歴史が発した声は、もっと深かった。それに比べて何だこれは。質量のない言葉の投擲《とうてき》は。

　茶番にも程がある。

「くだらない」

「なんだと」

　飛んでくる拳を、木下の時のように払いのけようとしたが、体格の差から上手くいかなかった。それでも何とか、三たびの顔面への激突は避けられた。

　また一歩下がると、ついに足首まで完全に水に浸かった。靴下の中が刺すような冷たさで支配される。

「あんた、自分がやってることがどれだけあほらしいことか、わかっているのか？　恋人に泣きつかれたから下級生を殴る。それだけでも幼稚だ。でもあんたの本心は別にある。ヒカリをものにできなかったことへの鬱憤《うっぷん》晴らしさ。彼女に泣きつかれたことを言い訳に、その裏であんたは、自分のちっぽけな欲望を満たしている」

「君は本当に、人を怒らせるのが上手いね」

今度は容赦のない蹴りだった。中学生が取っ組み合いで放つ柔い蹴りとは訳が違った。たとえ凸凹した浅瀬であろうと、強靭な体幹は支えとなる足の揺らぎを徹底的に排除した。しっかりと構えられた土台から放たれる、日頃から水圧と格闘して鍛えられてきた脚力は、並大抵ではなかった。身を捻って避けようとしたソラだったが、左脇腹に衝撃が走る。

両手を投げ出して叫びながら、背中向きに体を倒れさせる。

崩れてゆく視界。

その隅に映り込む二つの人影に、ソラは意識を奪われた。

水しぶきが上がる。ソラが叫ぶ。腰ほどの高さのある水面に、両手が突き刺さる。

「ヒカリ!」

指先を走る血液は、ことごとく熱を奪われる。

石原の視線が、対岸に食らいつく。

「来ていたのかい!」

石原は低く呻くように笑った。

「ちょうどいい。生徒会長とガールフレンドの前で血反吐《ちへど》を吐いて泣きじゃくりなよ」

ヒカリが御門京平と一緒に河原に立っている。

いつからか？　そんなことはわからない。ただ今日に入ったのだ。

どうしてこのタイミングで？　それに石原の言い草はどこか引っかかる。石原が二人がここに来ることを知っていたのだとしたら、それは……。

「よそ見もいい加減にしろよ！」

石原の声は、ソラの意識を冷たい川の水の中に引き戻した。

石原は中腰になって、腕を振り下ろした。子供がプールでやるみたいに、水が撥ね上がる。立ち上がったソラをどつき、蹴りを入れ、殴り飛ばす。水に浸かったらまた立たせて、一連の単純な暴力を繰り返す。

拳は何度か受けたが、蹴りだけは絶対に避けるように神経を尖らせた。

「ソラ！」

遠くで声が聞こえる。

ヒカリが名前を呼んでいる。

だが、すぐに声は京平との対話へと遷移する。ヒカリの声は意識してもしなくても、ソラの耳に流れこんでくるから、彼女の声をしるべにソラは会話に追いつこうとした。

「私は学園の全権者だ。その気になればあの争いも今すぐ止めることができる」

「だったらそうしてくれ。頼む」

「だから言っただろう、君は必ず私のもとへ来る、と」

茶番の立役者が勝ち誇ったような笑みを浮かべている。

そういうことか、御門京平。

「マインドマトリクス最大」

ヒカリがアームを天高く掲げて、声を響かせた。

「石原祐作、それ以上ソラを殴ったらお前は死ぬ！」

一瞬、ぴたりと石原の動作が停止する。

マスクが作用したのだ。

見落としていた。いくら自衛ができない体質とはいえ、ヒカリ自身に敵意が向いていないのであれば、アンチカニバライザーも働かない。マスクを行使できるのだ。

石原がその言葉を信じれば、自己防衛のために暴れるのをやめるはず。

しかし、

「嫌だなヒカリちゃん。僕はこいつのことを、死ぬほど殴りたいんだ」

暴力は再開される。マスクに意識が向いたソラは、受け身を取れずにみぞおちに強烈な打撃を受ける。

石原がマスクを解除した？　何が起こったのかわからなかった。

それを見透かすように、

「一度〈マスク〉を使用されると多少の耐性ができる。君の極端な発言は信頼に欠けるのさ」

　京平はとうとうと語る。

「それに君は、人間の怒りというものを理解していない。本当に死んでも他者を傷つけたいと思うことが、人類にはあるんだよ。マインドマトリクスは人類の怒りの振れ幅に対応することができない」

　万能のテクノロジーの死角、それは、奇しくも平和のために感情の一部を消し去ったこと、故にその扱い方を知らないということだった。京平はそこまでわかった上で、ヒカリをここに連れてきたのだ。

　周到だった。甘く見ていた。さすがは生徒会長。それに御門司郎の息子というだけのことは、あった。

　でも、だとしても、簡単な話だ。

　この喧嘩を終わらせればいいだけの、ごく簡単な話だ。

「要するに、勝てばいいだけの話だろ」

　ソラはこみ上げる吐き気を我慢して、高らかに言った。

「冗談が上手だ、ソラ君」

「下級生に喧嘩で負けたって知られたら、ははは。明日の一面記事だ」

　ソラが言うと、石原の顔つきが明らかに変わった。

「ふざけるなよガキがっ」

冗談でも勝てるなどと思ってはいなかった。体力的にも運動能力的にも、ソラが劣ることは火を見るより明らかだった。でも、これは喧嘩だ。戦争じゃない。相手が満足すれば、それで終わる。

ソラは、この上級生のちょっとしたおふざけに、付き合っているに過ぎない。全身が痛いだけ。歯の一つや二つが欠けるだけ。骨の一本や二本にヒビが入るだけ。耐え続ければ、いつか終わりは来る。

「違うんだソラ。やめてくれ。そうじゃない」

ヒカリの声が遠い。

その声を咀嚼《そしゃく》する暇もなく、石原が己の肉体を弾丸のようにぶつけた。

ソラもカウンターのように拳を放った。

「そうじゃないんだソラ。私は怖いんだ」

二人とも全身が水に浸かる形で、川底へと倒れこんだ。そこで気付く。地の利という観点からしても、川の中というのは最悪の戦場だ。

その上、長く水に浸かっている両足先は、すでに痛みを感じなくなってきている。

「君に戦ってほしくない」

ヒカリから発せられた言葉が、胸を貫いた。そのわずかな隙が石原に、さらなる凶行の余地を与えた。立ち上がろうとするソラを、石原が押し倒した。ソラの頭は川底に押し付けられ、空気の道は断たれる。その後も、石原は執拗に肩を押さえつけた。水面までわずか五センチなのに、息ができない。口から溢れる空気の粒が、すぐ頭上の水面で弾けていく。

死、という言葉を思い出す。

頭を思考で満たそうとするも、恐怖が勝ってパニックに陥る。

両手両足をばたつかせて、なんとかあと五センチ頭を浮上させようとするが、叶わない。

水面を裏側から見る目が、鈍く閉じられる。

「だから私は、今から君の期待に背く」

「何を言っているのかな、美空光。もはや君にできることなど、何もないのだよ」

「いや、ある」

ヒカリが何か言った。

よく聞こえない。

窒息寸前で呼吸を許されたソラは、咳き込む暇もなく髪の毛を掴まれ、そのまま浅瀬へと引きずられていく。

背中の肉が、細かな砂利や投棄されたガラス片によって削り取られていく。

痛い。苦しい。辛い。寒い。けれど体の中は熱い。

ソラにとっての敗北、すなわち弱気と諦めが、脊椎を伝って這い上がってくる。

その時だった。

朦朧とする意識の中で、ソラは見た。堤防の上に高らかに立ち、月光を浴びるヒカリの姿を。

右手に持つ切っ先が、青白い月の光を強烈に反射する。それはカッターナイフだった。段ボールも裁断できる、業務用の大きめのやつだ。

それを貸してくれるってのか？　それじゃあこっちが犯罪者になっちゃうよ。

「マインドマトリクス最大」

アームに映し出された半円が輝き始めると、誰もが彼女を注視した。

ヒカリはカッターナイフを、己の首筋に向けて斬り下ろした。飛び散った赤く輝く液体が、火花のように夜の闇に溶けた。

そしてヒカリは叫ぶ、夜を支配する何者かに訴えかけるように。

「私に同情しろ、石原祐作」

★★★★★

夜の河川敷に、ヒカリの声が響き渡った。

彼女はカッターを投げ出し、その場に膝を崩し、やがてゆっくりと倒れていく。しなやかで華奢な首筋に走る赤い線は、彼女の髪の緑色さえ忘れさせた。飛び散った血液が宙に描く軌道がくっきりと目に焼き付き、その色彩だけがソラの見る世界を席巻《せっけん》した。その一瞬、世界から赤以外の色が抹殺された。

ヒカリの捨て身の計略によって、石原祐作の意識はソラから取り上げられる。

石原は手を止め、しばらく茫然と立ち尽くした。

両足にまとわりつく刺すような冷たさが彼の意識に呼びかける。先ほどまで嬉々として振るっていた拳を開き、青紫色になって沈み込んだ爪の跡に目を落とす。五指の第二関節にくすぶるじんとした痛みが、罪の意識を呼び寄せた。

「あ、ああ……」

かすかに嗚咽を漏らし、月光が照らす堤防の上を見据えると、石原は歩き始める。足かせの先に鉄の玉が繋がっているような重い歩みが早足へ変わり、最後にはばしゃばしゃと水を撒き散らしながら走っていき、法面を転びながらも駆け上がった。

「み、美空光……だ、大丈夫なのか？　どうして、どうしてこんなことを」

石原に抱き起こされたヒカリは、震える声で囁いた。

「私が原因の争いだ。私が死ねば、事は収まる」

石原は、白い首に走った切り込みを注視した。傷は深く、流れ出ている血も、血のりなどではなく、紛れもない人体の熱を持っている。

「ひどい出血だ。まさか頸動脈を。なんてことだ」

石原は左手でヒカリの首元を押さえながら、右手でポケットを弄《まさぐ》りスマホを抜き出した。が、どのボタンを押しても画面は暗いままだったようだ。緊急連絡機能さえ使用不可。

その間にも顎下にできたほんの数ミリの裂け目から、熱い液体が染み出してくる。頸動脈を切った人間を前にして、自分一人ではどうにもならないことぐらい、石原も理解していた。彼はヒカリをそっと膝の上から降ろすと、助けを呼んでくると言い残して、堤防を駆け下りひたすらに走り去った。

石原より一拍遅れて駆け寄ったソラは、ヒカリの背中に手を回して静かに抱き起こす。

鉄の匂いと、藻の匂いが混じり合って、腐臭に変わるようだった。

ヒカリの体は細く、しかしまだ温かい。

襟元は赤々とした血が滲んでいる。

「馬鹿かよヒカリ。なんでこんなことしたんだ。僕は大丈夫だった。僕が殴られて、あの短気野郎の気が済めば、それで良かっただけの話じゃないか」

どんどん血が溢れて……、あれ？

必死で押さえていた首筋からの流血は、もう止まっていた。

「違う。君は間違えている」

むくりと起き上がって、首を押さえるソラの手をそっとどけるヒカリ。

頸動脈を切ったんじゃないのか？

「私が耐えられなかったのは、君が戦士になってしまうことだ。もちろん君がいたぶられている様は見るに耐えない。だがそれ以上に、君が怒りに支配されてしまうのが、怖かったんだ」

「でも、体の方は、その、大丈夫なの？」

ソラが恐る恐る問うと、ヒカリはけろりと笑って、

「頸動脈？　私の体のそれに当たる血管はもっと下の方にある」

そう言って、傷の位置から五センチほど下の、肩と首の付け根あたりを指差す。

「だから死ぬ気などさらさらない。あれはハッタリというやつだ」

舌を出して、ははは、と大胆に笑った。

どうやら臓器の配置が、少し地球人とは異なるらしい。

そんなこと知るかよ！

「良かった、本当に」

今も他人事のようにせせらぎを聞かせる川の隅で、ヒカリを渾身の力で抱き締めた。やはり温かかった。ヒカリの肌の温もりが、生きているという事実をこれでもかとばかりに伝えている。とく、とく、と心臓の刻むひそやかな音が、ソラの目元から涙を引き出した。

一人取り残された御門京平は、その様を見下ろしながら叫んだ。

「いいのか。私は〈ラギアナ〉となり、君の罪を〈赦す〉ことのできる唯一の存在なのだぞ」

京平は自分を見よとばかりに手を広げる。

ヒカリは頭をもたげ、上目遣いで京平を見る。

「もういいんだ」

淀みなく、落ち着いた声だった。

「私は赦されるつもりなどない。もう、ラギアナも必要としない」

「背負い続けるというのか。あれほど大きな罪を！」

京平は契約を反故にされたかのように、荒ぶった声で叫んだ。

「ああ」ヒカリは何度か静かに頷いて言った。「そのためにこの星へ来たのだから」

ソラは足の爪先から脳にかけて、驚きと緊張が駆け上がるのを感じた。

今、なんと言った。

迷子になったのではなかったのか。

困惑に振り回されるソラを諭すように、その目を覗き込んでヒカリは言った。

「今夜全てを話すよ、ソラ」

その瞳には、確かな覚悟が灯っている。それは己のためらいと引け目に打ち勝った時の、知性の煌めきだ。

「私がこの星に来た理由をな」

わかり合えないことが、唯一の救いだった。

まるで素性を知らない者同士で行う共同犯罪。相手の人生に踏み込まず、得たいものだけを得る。

それが今日、終わりを告げる。

★★★★★★

その日ソラは、ヒカリの家に泊まった。夕食はピザをとって、サラダなんて食べずに、ひたすらペパロニとチーズたっぷりのハンドトス生地を頬張り続けた。コーラを飲んで、アクション物の洋画も見た。弾丸が飛び交って自動車が宙を舞って、主人公が絶対に死なないようなやつだ。

ソラはただ待った。一言も急《せ》かしはしなかった。ヒカリの口から話が出るのを、ただじっと待った。

映画が終わってスタッフクレジットも見終わって、DVDのパッケージに描かれた待ち受け画面に戻った後も、しばらく画面を見続けていた。スネアとタムを打ち鳴らす軍歌的なBGMが四巡ほどすると、さすがにテレビを切った。静寂から逃れるように二人とも歯磨きに行って、前もって敷いてあった布団の中に潜り込んだ。

ソラは左半身を布団と体の間に挟み、右腕だけ布団から出してヒカリの背中へ回していた。ヒカリはその逆で、小さく丸めた左手をソラの顎の下に置いている。狭いので互いの呼吸が絶えず顔にかかった。

電気を消して三分が経った。ソラは時計の針が進む音を数えていたから、それが正確に三分だとわかった。

ついにヒカリは口を開いた。

「私の世界では三日に一回、〈ボカノフスク〉が開催される。十六歳を超えた人間なら誰であろうと参加自由。もちろん不参加も自由だ」

「ボカノフスクって何?」

ソラが訊いた。

「国家が指定した情事日、つまり性交渉の場だ。地域ごとの登録者がランダムに選別され、一日限りの夫婦が提案される。完全避妊しても良いが、お互いの合意があれば子供を作ることもできる。出産後すぐに子供はポグマと呼ばれる場所に預けられ、地域住民が代わる代わる親となって彼らを育てるのだ」

「ヒカリの世界には家族ってものが存在しないの？」

ソラが驚いて訊くと、ヒカリは布団の中でもぞもぞと頭を動かして頷いた。

「その代わりに、共同体が巨大なレイスの……この星の言葉で言うと、カゾクの役割を果たしているのだ」

共同体に属している以上、家庭を持てないという不安もなければ恋愛格差も存在しない、極めて平等なシステムというわけだ。

セックスに伴う心理状態の変化は著しい。心の平静を保つことが義務付けられた社会であれば、その行為が国事として厳重に管理されているのは自然だ。

「私はちょうど十六になった時に星を追い出された。だからあの夜とても痛がっただろう？」

ヒカリは悪戯っぽく言った。ソラは、赤面してしばし押し黙る。

しかし聞き逃しはしない。今彼女は、追い出されたと言った。

「私は、迷子になってここへ来たのではない」

ヒカリはそう言って、ごろりと転がって頭の向きを正反対に変えた。

「流刑に遭い、この地に落とされた。大きな罪の代償としてな」

ヒカリの背中が、膨らんでは縮む。ソラは肩にそっと手を置き、そのまま腕を下っていって彼女の指先に指を絡めた。

「その罪とは一体どんなものなんだい？」

「君には想像もつかないほど、取り返しのつかないことだ」

ヒカリは苦く熱いためらいを飲み下したあと、噛み締めるようにこう言った。

「街一つを滅ぼした。人口二百万人の街だ」

ソラは驚きが指先から伝わらないように、自らの呼吸に細心の注意を払った。返す言葉がない。

聞き留めること以外、何もできはしない。慰めの言葉をかけることすら、茶化してやることすらできない。

「詳しく、話そう」

ヒカリはそう言って体を起こすと、静かに語り始めた。


ヒカリが人口二百万ほどのプロキシオル38という区画で生まれた時、取り上げた助産機が記録した数値は、体重、知能指数、血液濃度、どれをとっても普通だったという。艶のあるモスグリーンの髪に大きな丸くて青い目は、プロキシオル38が属する国家体〈シュトラの皮膚〉ではごくありふれた容貌だった。

共同教育施設ポグマで同年代の子供たちと幼少期を過ごすにつれ、彼女には人一倍強い好奇心が表れ始める。

ポグマでは主として、精神教養と人類史を学ぶ。もちろんこの人類史とは、ヒカリの世界におけるものだ。戦争と支配の歴史。どの文明にも起こる幼年期の終わり。そして記録される最後の戦争〈ラストコール〉。十二歳を迎えるまでプロキシオル38でごく平均的な非戦と共栄の思想を身につけたヒカリは、ポグマからポグシーへの進学が決定される。

精神教養の土台を築いた者にのみ、知識教養を修学することが許されるのだ。

ヒカリの特異性が顕在化し始めたのは、まさにこの頃だったという。

プロキシオル38では誰もが、というより〈シュトラの皮膚〉では誰もが、マスクを使って自らの感情を意識的に選んでいた。アームを購入できないような貧困者の中には稀にそうでない者もいたが、それでも他人が使うマスクの影響から完全に逃れられる人間などいなかった。

毎年新しい人間関係詞が信じられない速度で発明され、同時に死語も多量に破棄された。人間関係詞は人の輪から外れようとする者をどこまでも追っていって、社会の中に連れ戻した。

人は隣人を愛し、同時に憎みもする。相反する二つの感情を葛藤させず、同時に持つことを許す。それを意識的に行うことで、〈シュトラの皮膚〉に住む人々は、感情を統制下に置いていた。

しかしヒカリには自然と湧き上がる感情があった。

それは『好き』という気持ち。

その他の全員にとって『好き』とは、概念なり物なり人なりを目の当たりにした時、無数にある感情の中から任意で選び取るものの一つだった。その判断基準は無数にある。肉体が命ずるがままの欲求だとか、社会的地位への活路だとか、隣人同士の繊細な政治的判断だとか。何をもって好きとするか、あるいは嫌いとするか、人々はまず理路整然とした思考回路を組み、次にその思考に最も適する感情を、あたかも最初から持っていたかのように口には出さずこっそりと選び取るのだ。

だがヒカリは違った。ヒカリには『好き』という気持ちが確かにあった。それは言葉では到底説明できない、内面から湧き上がる正のエネルギーだった。

例えばヒカリは、水飲み容器の回すと取れる蓋が好きだった。飲み終えると誰もが容器と一緒に捨てる中で、彼女はそれをいそいそと集めて自室に飾っていたほどだった。しかしほどなくして彼女の興味は静物から動物へと移ろう。

ほとんどの部屋には、ルーマーという鳥類が備え付けられている。この鳥類は鳴きもしないし、体内に備わったエネルギーだけで五年は生きる。大きさや色はまちまちで、大抵は天井に張り付けた逆さ向きのドームの中にちょこんと入れてあるのだが、これは室内に汚染物質が入り込んでいないかどうかを検知するためにだけ存在する家具生物だった。

しかしヒカリはある日ルーマーのことがたまらなく愛しくなった。ドームを取り外して手の上に乗せてやると、ゴマ粒ほどの目でヒカリを見上げるのである。直後、彼女の自室があった寮全域の除染装置が作動して、同級生たちが白い粉にまみれてしまうという事件に繋がった。

ヒカリは何の意味もないものを好きになった。理由なく何かを愛した。

ポグシーの教師はヒカリの異常を見抜き、医師のもとに通わせた。下された診断は、高度感受性障害。それは百万人に一人と言われる奇病。発達しすぎた感受性と創造性から、幻覚や幻聴をきたすという悲惨な病だった。

しかし当のヒカリには、それが病であるという自覚が一切なかった。

ヒカリが街を歩けば無尽蔵に好意を振りまいた。それはマスクによって呼び起こされる機能的な感情ではなくて純粋な生《なま》の感情であるから、持つエネルギーも桁違いだった。

いつの間にかヒカリは、街の有名人になっていた。彼女が何かを愛する時、必然、大衆の注目がそこに集まった。それは企業が、マスクがなかった頃の原始的感情を喚起するために〈シュトラの皮膚〉の原風景をポスターに描くように、星そのものの持つ輝きが彼女の中に秘められているということを意味した。

企業がそれに目をつけ、彼女を広告塔に欲したことは言うまでもない。

彼女はスターになった。人々は彼女に熱狂した。

しかし心穏やかなる世界は、ヒカリという存在によってかき乱されていく。心の安定を基盤に成り立つ社会において、それはあってはならないことだった。

ある時、終焉が訪れる。

プロキシオル38には宗教教育は存在しなかった。〈シュトラの皮膚〉では、宗教とは原始世界で発生する、制御不可能な集団催眠の一種だと考えられていた。

だが熱狂が閾値《いきち》を超えた時、宗教が生まれた。

後の学者が記述するところの、〈集団的ヒエロファニー〉が起こったのだ。

プロキシオル38の、ヒカリが住むナバ市を中心に、個人の中に全く独立した宗教が発生していった。ヒカリと会話する市内の人間が最も重篤に侵され、次にポグシーの周辺でヒカリを目にしたことのある人間、さらにヒカリが写った広告を目にした人物へ被害は波及した。

『ヒカリという宗教』は、流行病のように爆発的に広がった。宗教に侵された人間が抱く原始的感情は、マスクでは制御不能だった。テクニカル・セラピストによる治療が間に合わず、『患者』はどんどん増えていく。けれどヒカリには、悪を働いている自覚はなかった。それどころか崇められていることさえ、知らなかった。

そして街は、最高レベルの心理汚染区域に指定される。汚染拡大を防ぐために〈シュトラの皮膚〉の共和議会は、プロキシオル38全域を固体化気体グラファトンによって永久凍結することを決定する。無論、避難命令は出されなかった。

定期健康診断における異常を名目にヒカリを護送車に乗せたその深夜、グラファトンの薄緑色の霧が街に満ち、翌朝には半径五十キロの巨大な深緑色の半球が、プロキシオル38を覆った。

集団的ヒエロファニーは千三百年前に一度発生したきりだったという。

ヒカリは罪人になった。

罪名は存在犯罪。

ヒカリの社会には、裁判制度がなかった。悪意が存在しなければ、起こる犯罪は全て過失だ。過失は処理手続きが決まっているから、共同体内で、さらに言えば人間関係の内部で自己解決することが求められるからだ。

しかし現代社会は、二百万人もの犠牲を出した人間の裁き方を知らなかった。だから共和議会はある男を〈ラギアナ〉に起用した。

ラギアナとは罪を負った存在と、それを赦す存在を指す人間関係詞だ。半宗教的語で、千年以上昔に死語認定されていたが、議会は古典の中から引っ張り出してきたのだ。

ヒカリのラギアナとなったある男は、存在犯罪を裁くことの難しさを悟った。もしヒカリを裁けば神性が生まれ、それによって二次的な汚染を起こす可能性があった。だからラギアナは、ヒカリが十六になったちょうどその日、星から追放することを決めた。

だがラギアナは旅先でもヒカリが生存できるように、過去の文献と天文図を照らし合わせた。そして千三百年前にも似た事件を起こした人物が送られた――幸いにも大気の状態や重力や気温もそれほど変わりなく、ある程度の文明社会を持った――DH32を発見する。

ヒカリは一人乗りの宇宙船で、片道分の燃料だけで旅に出た。誰にも見送られることなく、たった一人で。

いつの間にか、窓の外は雪だった。ヒカリは布団から出て、部屋をぐるぐると歩き回っている。

「これが私の罪。これが私の全てだ」

そう締めくくるヒカリは布団の方へと戻ってきて、袖を目元に当てがいながら掛布団の上にしゃがみ込む。

布団の上にぽつ、と水滴が落ちる。

ソラも掛け布団の上に出てきて、ヒカリと肩をぴたりとくっつけている。

二人の間に、それ以上の言葉が飛び交わない。

しばらく声がでなかった。本当に喉がこわばって、何か言葉を放とうとしても胃の方に押し戻された。もうこのまま一生何も話せなくなるんじゃないかと思えた。

ヒカリは大量虐殺者？

それとも哀れな社会不適合者？

ソラにはその答えがわからなくなった。

「どうだ、さすがに失望しただろう」

ヒカリの声が、二十三時の静寂に響いた。

「わかっていたさ、ただ君にだけは、話さずにはいられなかった」

ヒカリは背を向けるでもなく、かといって向き合うでもなく、ソラと同じ方角を向いて、折り曲げた両足を両手で束ねている。

どんな風に声をかけたところで、考えれば考えるほどそれらは裏目に出るような気がしてならなかった。

わかる、と言っていいはずがない。

ソラにわかることなど、ヒカリが蒲鉾《かまぼこ》好きということと、国語嫌いということぐらいだった。

お前に何ができる？　窓から覗く夜空が言う。

たとえ理解したと言っても、その理解はヒカリが望む領域には程遠く、気休めにすらならないことは明らかだ。

いや？　待てよ、とソラは眉間にシワを寄せる。

たった一つだけ方法がある。

でもそれは、ヒカリを傷つけてしまうかもしれない。

横目でヒカリを盗み見る。まぶたを閉じる回数が多い。まつ毛は朝露を浴びた苔のように湿っている。肩から震えが伝わってくる。彼女の絶叫が頭の内側に直接響く。

賭けだ。

それ以外に方法がない。

これは一世一代の賭けなんだ。だがもう、それしか方法が思いつかない。

「ヒカリは、どこにも行かないって言ったよね」

ヒカリは力なく頷いた。

「だったらその罪はもう背負う必要はないよ」

ヒカリは頭を動かさない。ソラの方を見ない。

ソラは思った。気休めの論理なら、口に出さない方がマシだ。

今必要なのは、巧妙な感情の操作。星の羅列を星座にするような、美しい嘘。

僕自身がマスクになるんだ。

「だって君は地球人になったんだ。この星では、君のような人間も僕のような人間も一括りにできる便利な言葉がある」

ヒカリを完全にこの星の住人にしてしまうこと。過去との関係を断ち、同時に罪を罪ではなかったことにする。強引で勝手な手段だけど、ソラにできることはこれしかなかった。

「それは『個性』だ」

ヒカリは目を丸くして、こせい、と復唱した。

やっぱり。彼女は個性という単語を知らない。

「誰かの個性を素晴らしいって思うことを、心の汚染だと捉える文明は間違ってる」

「それは私の故郷を否定することになる」

ヒカリは膝と膝の間に言葉を吐いて、かぶりを振った。

「だから否定するんだよ！」

ソラはやや強引にヒカリの両肩に腕を回し、がっちり掴んでそう叫んだ。

「君を追い出した世界も、君を追いやったラギアナも、全部忘れてしまえばいい。全部忘れて、いちから始めるんだ。この星で、美空光として、君の人生を」

「今の私は過去の私の連続体に過ぎない。過去を否定することは今を否定することになる！」

ヒカリは肩をよじってソラの腕を振り解いた。

「いいや違う！　一つの恒星が滅んでも僕たちはその光を見続ける。君が前に進んだ分だけ過去は遠ざかる。今の君が選んだことに、過去の君は反論できない！」

ソラはそう言って再び、ヒカリの肩を押さえつけた。ヒカリは拒む。けれどソラは繰り返しヒカリを抱きしめた。何度だってやった。逃げ出そうとするヒカリの腕を掴んだ。しまいにはヒカリはなすがままになった。ソラの腕はついに、ヒカリの背中を征服した。

二百万人の犠牲はヒカリのせいじゃない。文明のせいだ。じゃあもし地球で同じケースが起こったら、同じ言い逃れができるかって？　それはできない。地球人は地球人によって裁かれる。

だがヒカリは異星人だ。彼女の文明をどう理解しようが、それは人類の勝手というもの。ソラの勝手というものだ。

「君は大量虐殺者を、愛せるか」

ソラの右肩に載った頭が、顎をもぞもぞと動かした。

「君が背負わされたのは文明の弱さだ。その十字架を君が大量虐殺者と呼ぶのなら、それでも君を愛そう」

千三百年に一度、そんなごくわずかな頻度で発生する、エラー。ヒカリは完璧主義な世界からはじき出されてしまった哀れな少女だ。だがこの星は、そんなエラーも気にしない。ヒカリがちょっと変わった女の子だからって、たった一人で宇宙に放り出したりはしない。

ここはそういう場所なんだよ。

だらりと下がったヒカリの腕が、ソラの腰を這い登ってくる。そしてがっちりと背中で繋がれる。

「参ったな。この地では罪を捨てることができるだなんて。ラギアナも驚くぞ」

「それを見越してラギアナは、君をここへ送ったんじゃないかい？」

ソラがそう言うと、ヒカリは両腕の力を緩めて顔を突き合わせ、やや面食らったように笑った。

「そうかもな。もはやどうでもいいことだが」

緑色の髪の毛からは、優しいシャンプーの匂いが香ってくる。左の首筋には膨らみのある少し高価な絆創膏が貼られている。パジャマのすべすべした肌触り。

彼女はもう、地球人だ。

「君となら、生きていける気がする」

ヒカリは小さくも確かに言う。

「本当に、ずっと一緒だからね」

ソラはそう言って小指を差し出す。首を傾げるヒカリ。お決まりのパターンだ。

「指切りげんまんだ」

するとヒカリは、五本の指全部を差し出した。

「ほらやっぱりわかってない」ソラは呆れたように言った。「小指だけだよ」

「小指に全てを押し付けるのはやめてやろう。私は掌で、君と指切りをするよ」

ヒカリは負け惜しみのように言う。

「それじゃただの握手だ」

「いいじゃないか、握手」

結局ヒカリは最後まで小指だけを出すことはなかった。だから仕方なく、二人は全部の指で指切りをした。

「これで普通の契約の五倍は効力があるということだ」

「単純計算だとね」

でも、握手でどうやら良かったみたいだ。その方がヒカリの温もりを、もっとよく感じられた。ヒカリがここにいて、これからもこの地球で生きていくのだということを、実感できる。

これからは二人で生きていくんだ。雪の降る夜、ソラはヒカリと百回目のキスを交わす。

その時ヒカリの左手の装置が、ぴこーんと鳴った。

★★★★★★★

御門京平は、十畳弱の自室で目を覚ます。八歳の頃から使っている勉強机の上で、小学校卒業時に撮った母親との最後の写真が、朝日を浴びて光っていた。

リビングへと降りていくと、キッチンカウンターの上にかけられたアナログ時計の針を、ぼやける目で読み解いた。そして灰色の眩しい朝日が舞い込む窓際に目を移すと、カーテンを閉めにいく。

それから陶器の深皿を一枚持つと、カウンターの上に置かれたシリアルのディスペンサーの前に立って、アルミのコックを捻った。大粒の雨が打つような音がして、皿の中に褐色と黄土色の交ざったチップが溜まっていく。そこへ冷蔵庫から出した牛乳を注いで、棚からスプーンを取り、テーブルに向かう。

ほどなくして、玄関の施錠が解かれる音が後方で鳴った。彼は行儀良く、寒々とした器の水面と口とで、スプーンを行き来させている。

足音がして、内扉が開けられるのを待ってから、お帰りなさい父さん、と言う。

その呼びかけにまともな返事をせず、よろめきながらソファに直行する中年の男。疲労こんぱいといった様子でネクタイを緩めながら、京平の方を見ずに言った。

「今から学校だな」

はい、と京平ははっきりと言って、頷く。

「少し仮眠を取る。徹夜続きでな」

「ゲストの件ですか」

京平がスプーンを止めてそう言うと、男の重たそうなまぶたに沈み込んでいた虚ろな目が、カッと見開いた。

「お前がそんな風に呼ぶんじゃない。美空光さんだ」

男は叱責するようにそう言って立ち上がると、冷蔵庫から二リットルのミネラルウォーターを取り出して、何か悪いものでも飲み下すように一気に喉に流した。

「あまり首を突っ込むんじゃない。彼女から情報を引き出すアクターは、すでに彼によって果たされている。お前は学業に専念しなさい」

男はそう言い切ってから、上着のポケットから電子タバコを出すと、カートリッジを挿して口に運んだ。

男が最後に家で紙タバコを吸ったのは、京平の母親の通夜があったその翌日だった。それ以来男は禁煙外来に通ったり、ニコチン代替薬を口にしたりしたこともあったが、ここ数年は電子タバコに落ち着いていた。

「それと、ああ、何だったか、生徒会長だったかね」

一本吸い終わった男が、他人行儀に言った。

京平はしばらく口をつぐんだ。京平には男が『彼』という言葉で守った学生の名前と顔が、頭に浮かんでいた。所属する学年とクラス、出席番号や生年月日、住所、緊急連絡先、家族構成などがつぶさに思い出されていた。

男はソファに戻ると、肘置きに足を置いて、両手で頭を抱えるように寝そべる。

京平はその男の前では、苛立ちを隠すことに長けていた。ふやけてどろどろになったシリアルをすすって、そのままスプーンに歯を立てると血の味がした。

「父さんの力になりたいんだ」

京平は勇気を振り絞り、素直に言った。

「俺にもチャンスを」

「お前に浅間機関のリストを見せたのは何も、協力してほしかったからではない。逆だ。むしろゲストと距離を置き、真っ当で平穏な学生生活を送ってもらうためだ」

男は突き放すように言って深いため息を吐くと、しばらく部屋には、秒針のこち、こち、という音が浸透した。

「京平、そろそろ行きなさい。『生徒会長』が遅刻だなんて、笑えない話だろ」

男が思い出したように言った。

そうだね、と言って席を立つ。流しに置き去りにした皿には、まだ半分以上中身が残っている。そしてすり足でリビングへ戻ると、目を閉じた男を見下ろし、京平はしばらく待った。やがて男の薄い胸板が上下し、がなるようないびきが聴こえ始めると、京平は男の上着のポケットに手を入れた。指先が電子タバコのケースを避け平べったい鍵をつかむと、そっと引き抜いて自分のポケットへと移す。

「行ってきます」

その家に、京平の声を聞く者はいなかった。

第五夜　瞬く星に向けて餞《はなむけ》を

その日帰ると玄関口に祖母が立っていて、珍しく心配そうな顔をしてもじもじしているので理由を尋ねると、お友達が来ているみたいよ、とのことだ。

その不安げな表情からして、顔馴染みのヒカリのことではないだろう。そもそも祖母がソラの交友関係を心配するなんて、初めてのことだった。

一体誰が。よもや石原が復讐しに来たのではあるまいか。

確かにあの後、助けを呼びに行って戻ってこない石原を待たず、ヒカリの家に向かったという事実はあるが。

部屋で待たせてあるからと言う。

ソラは思った。おばあちゃん、不安ならなぜ部屋に上げたんだい……。

すり足で廊下を進み、恐る恐る自室のドアに手を掛けた、その時だった。ドアが内側から勢いよく開け放たれ、ソラの額を強打した。

「ヨシ子ちゃん！」

威勢のいい声が飛ぶ。

「今度千利休直伝のお茶の点《た》て方を、教えてあげるからね」

祖母の名は、賢木よし子である。

祖母は勝手口から襖をちょっとだけ開けて、均一に白くなった頭をちょこんと出して会釈すると、そのまますぐ姿を引っ込めた。

この声。まさかとは思うが——。

「よう、遅かったじゃねえか」

部屋からくぐり出るよう体を折って出てきたのは、光沢を持った頭皮だった。眉毛もまつ毛もない、彫りの深い顔立ちの不気味な顔面の男。これは祖母じゃなくても心配する。

「ヨツギさん、あなたがなぜここに！」

「俺が毎日あの部屋で過ごしてるとでも思ってんのか？」

ヨツギはそう言って、頭を部屋に戻した。

「い、いえ」

ソラは狼狽しながら部屋に入るなりベッドの端に腰を下ろし、ヨツギはソラの勉強机の椅子にどっかりと座った。

「でもヒカリとの接触の件は……」

ソラがそう言うとヨツギは親指を立て、くっと窓の外を指した。ソラが目を向けると、庭の柿の木に姿を重ねていた人影が、すかさず後ろに潜む。

浅間機関か。

ソラは慣れたふうに、なるほど、と言って頷く。

問題はそんなことではない。

「祖母を十代の感覚で呼ぶのは止めてもらえますか」

「なんでだよ。彼女はたかだか八十の少女だろ」

ドアの向こうで、かちゃんと音がする。ドアが開いてうなぎパイと湯呑みを載せたお盆を持った祖母が、ばつの悪そうな顔をして立っている。

ヨツギは晴れやかな笑顔を向けると、祖母はよりいっそう肩身が狭そうにお盆をローテーブルに下ろし、迅速に撤退していった。

普段の顔こそおぞましいが、ヨツギの笑顔は美形と言う他なかった。そこに仙人じみた妖艶さが加わっている。ことに革ジャンとジーンズを身に纏っていることもあって、遠目に見れば好青年なのだ。

「で、何の用ですか」

そう言いながら部屋を見回す。一見してどこかを荒らされている様子もない。

本当にただ話をしに来ただけなのだろうか。

大人しく椅子に座ってくるくる回っている彼を見ると、一瞬は気の抜けたような安心感に見舞われる。

「あの時とはまるで逆だな。俺がお前に何の用だと問うたが、今はその真逆だ」

しかしヨツギの声が頭に染み込むと、あの時の記憶が背筋を這い上がってくる。

そんな怖い顔するなよ、とヨツギは言ったが、あんたより怖くはなれないよ、というのがソラの心の声だった。けれど彼の口調からは敵意が一切消え去っているようだった。

「最近何か変わった事なかったか？」

ヨツギが言った。

変わったこと。思い当たることは……強いて言うならば、雪の降るあの夜、アームが聞き慣れない音を放ったことだ。あれ以来ヒカリは、度々アームのことを気にしているようで、もしかしたらどこか故障でもしたのかもしれない。

「俺は感じたんだ」

そう言って左胸の辺りをぐっと押さえるヨツギ。片方の手で天上を指さしてこう言った。

「何かがやって来る」

縦五メートル横十メートルの画面には、電波望遠鏡とエーテルウエーブ感受装置によって合成された太陽系の正確無比な立体図が、二十四時間三百六十五日休むことなく表示されている。

高さ五メートルほどの位置にあるデッキからは、画面が一番よく見渡せるようになっていた。また、監督席に供えられた手元モニターは画面に繋がっていて、デッキの下の無数の長机で作業をする観測士たちと、瞬時に情報が共有できるようになっていた。また観測士たちは長机に置いたパソコンで、惑星外から大気圏内に侵入してくるあらゆるものを、宇宙ゴミ《デブリ》一つに至るまで正確に監視することが求められた。

ここは浅間機関が有する対外惑星国土防衛司令本部〈タワー〉、その中央司令室。

観測士が冥王星付近で大きな重力変動を発見したのが、三日前のことだった。そのちょうど同時刻に、タワーの地下七階に安置されたヒカリの宇宙船が救難ビーコンを発信した。当該機体は浅間機関によって接収されたその時から、エーテルウエーブ化されたSOSシグナルを発し続けてきたが、ここにきてそれは電波化され、内容もより詳細かつ複雑になった。

銀河の反対側まで届くエーテルウエーブとは違い、受信範囲に限度がある電波に信号が変換されたということ。突如として観測された重力変動。浅間機関はケースC33

した。

の発動を覚悟していた。

「御門副長！　出ました。たった今指令が来ました！」

一人の観測士の女性がパソコンを見たまま、デッキの監督席に座る司郎へ声を飛ばした。

「Ｃ33が発令されたか」

司郎は画面を見ながら、声と共に転送されてきた電子書類を眺め、重々しく言った。

「そうか、やつら〈ロングスピア〉を使うことも視野に……」司郎は画面を穴が空くほど睨みながら、悔しさを噛み殺して言った。「あんなものを使ったら日本は世界中から狙われるぞ」

間髪を入れず、今度は男の観測士が副長、と叫ぶ。

「緊急連絡が入りました。上層会議は、宇宙空間での標的撃破は容認できずとの考えに至ったようです。よって会議はタワーに本件の一任を決定。やりましたね、副長」

その観測士の言葉によって、タワー全体がうおおと沸いた。

司郎も笑顔とまではいかないが安堵の表情を浮かべ、

「よし、全てはここからだ。本腰を入れろ」

と言った。しかしその時である。

また別の観測士が、のぶとい声で司郎を呼んだ。

「エーテルウエーブにて暗号文を受信、発信元……特定できません」

「今すぐ〈ＧＵＲｓ《普遍文法遡考システム》〉に繋げ。解読急げ！」

司郎がマイクを通して、全体に言った。

メイン画面の左下枠内で、ＧＵＲｓが立ち上がる。メッセージは二十秒おきに反復して送られてきている。ＧＵＲｓは暗号化されたメッセージを一文字ずつ解読、ピックアップして画面中央に表示していく。

紡ぎ上がった文章は、タワーを騒然とさせる。

『古き　同胞　を　回収　する。原住民　には　アボック　を　期待　する』

「システムの限界です。アボックが何か訳されていません」

ある女性観測士が、さも自分の力不足であるかのように嘆いたが、慰めの言葉をくれてやることもなく司郎は言った。

「ついに来たか」

後・飛鳥浄御原文書には、ゲストが朝廷と接触してから帰ってゆくまでの記録が克明に記されている。文書が勅語としていまだに意味を成すのなら、今日この国家に課されている任務とは即ち二つ。

国家戦略に役立つものからそうでないものまで、ゲストから可能な限りの情報を引き出すこと。そしてもう一つは、ゲストに害をなすもの、またはゲストを国外へ連れ去ろうとするものを突き止め、確実に迎撃すること。

時の帝が、その全権をもってしても〈来者〉による〈ゲスト〉の回収を止められなかったという執念の結晶。それこそが浅間機関が産声を挙げた理由。

司郎は画面を睨みながら言った。

「のこのことやって来るが良い。千三百年費やした人類の進歩を、その目で確かめるためにな」


ヒカリはその音が、アームの故障音でもなければ、バッテリー切れの音でもないことを知っていた。これが鳴っているということは、あの夜、組織が回収していった小型宇宙船も同じ音を発しているはずだ。組織は今、大騒ぎしているところだろう。

「しかし今更、なぜ……」

ヒカリはもう、この地で生きていくことを固く胸に誓ったのだ。今更心揺るがすものなど、何もないはずだった。しかしまだ『空』の寛大さに期待を抱いてしまう自分を認めている。

「迎えが来るはず、ない」

ヒカリの故郷の星で唯一残った国家は、ヒカリの存在を許容できなかった。その事実だけは揺るがない。だからこの希望のように見える音と光が、まやかしなのだと知っている。

故郷には絶対に帰れない。この救難ビーコンの受信音はヒカリとは無関係の文明が築いた船団が、たまたま受け取ったSOS信号に返事をくれたということに過ぎない。

「通り過ぎていってくれて、構わないのにな」

これ以上無意味な希望を持たせないでほしい。

ヒカリは勝手極まると知りながらそう思っていた。


ヨツギが去った夜。ソラはまたあの夢を見た。何度も何度も繰り返されるあの夢の中で、いつしかソラは手を伸ばすことを諦め、空に抗うことを忘れてしまった。ヒカリが暮らしていた世界、惑星、その星はもう、心のレンズで覗いても見えないものだと決めつけていた。

五本指の指切りと五倍の約束を交わしてなお、ソラはヒカリの根源的な望みを許容できなかった。天がヒカリを盗み去ってしまうのが、どうしようもなく怖かった。

「迎えが来るって、いうのか……？」

ヨツギはあの後、詳しくは語らなかった。語れなかったのだ。羽衣、もといアームの破片が何かを感受したことは間違いないが、それが一体何なのかはわからないと言った。

顔のない化け物とすれ違うような恐怖。それはソラを苦しめる夢そのものではないか。

もしも仮に夢が現実になったとしたら、ソラは、あの大きい方の空をどんな風に眺めるだろうか。

十二月八日、日曜日。それは起こった。

★

ソラは珍しく佐藤からカラオケへ行かないかと誘われ、かなり迷ったが断った。ヒカリがいるために、同級の男子から避けられがちだったソラがやっと昔の関係を取り戻し始めた時期だったので、結構な痛手だ。でもソラはその日どうしてもヒカリに会いたくなって、デートに誘ってしまった。

かねてよりヒカリを連れて行きたい場所があった。ペンギンのパレードで有名な水族館だ。アクセスは意外と良く、最寄りの駅——ただしソラの家からだとそこまでが遠い——から三駅移動するだけである。日本最大の巨大水槽に、頭上をサメやイルカが舞うトンネル、そして日に六回行われるペンギンショーは根強い人気があり、ヒカリが喜ぶことは間違いないと踏んでいたのだ。

「水族館と聞いて何を思い浮かべる？」

「超国家機密」

「今日はそこに行きたいと思います」

「本当か！　嬉しい、かつてないほど嬉しいぞ、ソラー！」

ヒカリは本当に光っているのではないかというほど目を輝かせた。

ソラは鼻が高くなった。水族館なんて、デートスポットの代名詞みたいなものだ。でもヒカリの場合、遊園地に行ってジェットコースターに乗っても、「何だこの上がったり下がったりするだけの仕掛けは、意味がわからん」とか言いそうだ。そう考えると、水族館と動物園ほどの格好の場所はないように思われる。

ペンギンの餌やりを体験させてもらったらどんな反応をするかな、そんなことを考えながら横断歩道を渡ってヒカリとの待ち合わせ場所へ。

駅前の時計台は、午前十時十五分を示している。

師走の週末ということで、並大抵の人の数ではなかった。

ヒカリは大丈夫だろうか。

二脚しかないベンチは満席で、時計台を囲むように作られた花壇の石垣にも腰を下ろす人がいて、その周囲に環状の人の層ができていた。こういう人が多い場所でも絶対に見失わないのが緑頭の良いところではある。

集団から少し離れた場所に鮮やかなグリーンを見つけた。相変わらずの制服に紺色のダッフルコートを着ており、荷物は一切なく、でんと腕を組んで仁王立ちし、涼しい顔をしている。

手を振って名前を呼ぶと、彼女も気付いたらしい。明るい笑顔を灯して、右手を高らかに掲げた。

まさにその時であった。

けたたましいクラクションが轟き、人々は振り返る。タクシーが二、三台控えるロータリーを曲がらず、直線的に走り抜けてくる黒いバンが横断歩道を横切り、縁石に乗り上げてソラとヒカリの間に割り込んだ。

駅前は騒然とする。駅付きの交番の扉がガラッと開いて、警察官が走ってくる。バンの両側のドアが開き、向こうにヒカリの顔が垣間見える。そして呼び声が響く。

「二人とも、早く乗って！」

ソラが微動だにせずにいると、追撃のように、急いで！という声が飛ぶ。

乗り込むと運転席には見覚えのある黒服の女性が、黒いレザーグローブをした両手でハンドルを握っている。無線ではポルックスと呼ばれているけれど、本名は伊吹という女性だ。

ソラは助手席の方を見る前から、そこに誰が座っているのか見当がついた。

「二人ともすまない、しかし緊急事態だ」

低い声とともに両側のドアが自動で閉まると、車はバックで急発進し、ロータリーから外れて最短距離で大通りへと出る。

「司郎さん、ひどいですよ。今からせっかく」

超国家機密に、とヒカリが言う。

「ではなく水族館に行こうとしていたところなのに」

ソラはそう言ってから、少し後悔する。

後部座席から見える司郎の横顔には、いつにない真剣さと焦りがあった。

「状況を詳しく教えてください」

「私の口から何か話すより、空を見ていた方が早いと思うがな」

司郎の言う通り、ソラとヒカリはリアウインドを覗き込んだ。スモークガラスのため鮮明には見えなかったが、その光景は彩度を落としても十分な説得力を持っていた。

「空から何かが……」

雲にねじれるような穴が空き、そこから何かが降ってきている。それは赫々《あかあか》と輝く光の玉だった。隕石には見えなかった。どこかリアリティに欠けているのだ。速度も恐ろしいほどゆっくりで、まるで自らの存在を地上の人々に見せつけるようである。

直後、金槌で叩き割ったかのように玉は砕け、光は無数に枝分かれした軌跡へと姿を変えていく。まるで大樹が枝を伸ばすようだった。

「このままD58から〈ルート〉に入って〈ビッグボックス〉に直行します。少なくとも『効果範囲』からは抜けられるはずです」

伊吹が言った。彼女はすでに二回以上の信号無視を働いている。

やがて空全体が赤く染まっていく。

嗚呼、何てことだ。ソラは思った。これじゃあ夢のまさにその通りじゃないか。

「何なんですかあれは！」

車は、一般道に突如として現れた、道をくり抜いたような地下トンネルへと沈んでいく。車が入ると、入り口はすぐに閉まり、しばらくヘッドライト以外ほぼ完全な闇が車内を支配した。

そのうちにオレンジ色の蛍光灯にぼんやり照らされたD58という数字が側壁に現れ、それが57、56という具合で進むごとに数が減っていくことに気付く。政府要人や保護対象を、秘密裏に保護施設へと送り届けるために設計された秘密ルートに違いない。

もう空は見えないが、あの光景が目に焼き付いて離れない。

ヒカリがぼそっと呟いた。

「〈珊瑚《さんご》の木〉だ」

「何だって？」

　ソラが訊き返す。

「さっきの赤い光だ。あれは珊瑚の木と呼ばれる、宇宙船の安全着陸工程の一部だ」

　赤い光線を降らすことのどこが安全着陸に繋がるのか、ソラには想像できなかった。

「未開の惑星への着陸は、原住民や原生生物に襲われる危険を伴う。だから平均的な宇宙船には、着陸先一帯に生息する生命体を、鎮静させるシステムが備わっている」

「宇宙船規模の〈マスク〉ってこと？」

　ソラが言うと、ヒカリは頷いた。

　しかし彼女の言う平均とは、一体どういうスケールでの話なのだろうか。地球を未開の惑星と呼ぶからには、それ以上の高度な文明における常識、という意味なのだろうか。

　いや、問題はそんなことじゃない。考えろ。浅間機関にソラとヒカリの居場所がわかったのは、結局のところアームのおかげだとして、一体なぜこのタイミングで珊瑚の木とやらが落ちるとわかった？　なぜソラとヒカリを『保護』した？　そもそも宇宙船って何だ、一体何のために地球へやって来た！

「まさかヒカリを連れ戻しに」

ソラは、自分の口からそんな言葉が出たことが信じられなかった。

「ソラ、それは有り得ないと言ったはずだ。私は超を付けても足りないほどの危険人物として、惑星から追放された身なのだ。今更連れ戻すなど……」

ヒカリは自嘲気味にかぶりを振った。目の奥にうつろうサファイア色をした絶対的孤独が、ヒカリの本意を証明している。

「我々はメッセージを受信した。恐らくは君と思しき存在のことを、〈古き同胞〉と呼んでいた」

司郎の言葉に、ヒカリは押し黙った。

仮に連れ戻しに来たのでなければ、目的は何か。珊瑚の木というテクノロジーを披露している以上、アームが目当てとは思えない。かと言って宇宙船を操る者が、ヒカリ以外のことを同胞と呼んでいるとも考えにくい。

「古き同胞を回収すると言っていたが、そんなことはさせない。そのための古文書、そのための浅間機関、そしてそのためのビッグボックスなのだから」

司郎が力強く言う。

D0という数字が見えると急激に道幅が広がって、ドライブスルーのような場所で一時停止した。司郎が受付の人間にIDを見せると、黒いバンがずらりと並ぶ車庫に誘導される。中には分厚い装甲を持った車や、戦車のような巨体も見て取れる。

大きく白でD区と刻印された扉をIDで開くと、長い通路があって、その先のエレベーターで地下十二階まで降りる。そこからさらに百三メートル。エレベーターの前で司郎とは別れ、そこからは岩壁のような大男、巌が同伴した。ヒカリの部屋でソラを組み伏せた男だ。

相変わらず遠近感覚に喧嘩を売るような広さだが、以前降りた時のようにプレハブ小屋が一軒忽然と存在するだけではなかった。いくつかのテントが見え、少なくはない人の姿も見えた。ソラたちが集団に加わると、ちらりとだけ見て、あとはなるべく干渉を避けるように目を逸らした。ほとんどが私服姿だ。ソラは浅間機関関係者やその親類が避難してきているのだろうと漠然と考えた。なんという私的濫用か。消費税が上がって、国民はこんなにも苦しんでいるっていうのに！

「ソラ、あんたどこにいたの」

聞き慣れた声がして、ソラは憤りを封じられる。迷彩柄のレジャーシートの上でペットボトルを枕にして眠っている祖父の隣で、足を崩して座っていた祖母は、はたとした顔で歩み寄ってくる。

思えばソラもまた、『浅間機関関係者』なのであった。

「ところで、ここは一体どこなのかしら。広くて迷子になりそうだわ」

祖母が呑気に言う。

「地下十二階のさらにその百三メートル下の、要するにもの凄い地下だ」

ヒカリがそう言うと、祖母はぱっと顔を明るくさせて、

「あらまあヒカリちゃんまで！　二人とも無事でなにより」

と言ってヒカリに軽くハグをした。

しばらく二人の無事を噛み締めていた祖母だが、ソラに向き直ると、ソラ、といつになく真剣な目になって言った。

「今何が起こっているかは、私にはよくわからないけどね、これだけはしっかり守るんだよ」

皮が分厚くなって大きなごつごつした祖母の手が、ソラの両手を包み込む。

「おばあちゃん？」

「ヒカリちゃんのことに決まってるでしょ。私にはそれしか言えないけどね」

祖母はソラの背中に拳をぶつけて、男の子でしょ、と叫んだ。その衝撃はソラに、どうしてかヨツギに打たれた時を思い出させた。

そうか、時代が違えば守るべき人を国に残し、自分は戦争に行っていたのか。

いつ頃だったか、祖父は戦争でできたという銃創を見せてくれたことがあった。右肩と脇の間の皮膚がぽっこりと丸く窪んでいて、周りの皮膚を引きつらせていた。肩を動かすたび引っ張られて、様々な形に変形するのだ。

祖父がかつてそうしたように、いや、どの時代の男子にも等しく、戦わねばならない時が来る。

ただそれがヒカリを巻き込まない形であってほしいと、ソラは心から願いを馳せた。


赤い空を見上げながら、御門司郎は違反ギリギリのスピードで走っていた。カーナビには通話中という文字が出ている。司郎がイヤホンを通して相対しているのは、浅間上層部の男だった。

司郎が、ゲストおよびコネクターの保護成功の旨を伝えると、イヤホンの奥でしゃがれた声が、順調でなにより、と言った。

それから男は司郎をねぎらうような言葉を何度かかけた後「〈レシーバー〉は……」と言いかけて「京平はどうだね」と言い直した。

「ええ、うちのせがれも、ええ、使わせて頂き、誠に恐縮です」

司郎が国家の安泰を守ることは、息子の安泰を守ることだった。上層部の男はそれを知ってか、京平の身を案じるようなことも二、三付け加えた。

順風満帆な会話に、着信音が割り込む。

タワーからの連絡だ。

「ああ、こっちは無事だ」

まずは安否確認が飛び交うのは、あの毒々しく赤い空を見ればやむをえないことだ。〈珊瑚の木〉拡散のピーク時には地下九階で試験運用中だった隔離室にいた司郎は、正気を保っている自信があった。無論、そこから百メートル以上も深く掘った穴に隠された人々も無事である確信がある。

「そっちは順調か？」

司郎はイヤホンと一体化したスピーカーに問いを投げた。

タワーが地上から突き出たものだったら、そんな聞き方にはなっていないだろうし、そもそも連絡がくるはずもない。タワーとは一種の皮肉でかつ的を射た表現だった。

地下を抉り穿つ塔。タワーとは、地下五十階相当の深さに存在する、隠された司令塔だった。

女性観測士は勇んだ声で、大丈夫です、と言う。

「よし」

司郎はアクセルを踏み込む。

やはり、百三メートルまで掘ったのは正解だった、と司郎は安堵した。

「引き続き、衛星軌道上に隈なく網を張ってくれ。こちらは手はず通り、Ｆ３地点に救難信号の発信源となっている小型宇宙船を配置、周囲をやつらに囲ませる」

司郎の声に少し勇気付けられた観測士は、わかりました、となお力強く言った。

「あの男に会わねば。切り札になるかもしれん」

通信を切った司郎は、赤く染まった空を見上げながら呟いた。

★★

単《ひとえ》の似合う最初の妻。若狭の浜に散った同胞。

四度守った祖国。広島で暮らした最後の娘子。

それらは全て忘却の彼方だ。

しかしどうしても忘れることができないたった一つの記憶があった。

あの日の空を埋め尽くした赤色は、今では大宅世継《おおやけのよつぎ》の脳裏に焼き付いて、決して剥がれることはない。衛兵たちだけではない。殿上人とやかましい貴女《きじょ》たち、せわしない侍女たち、駆けつけた野次馬たちは皆等しく、生命の灯火をかき消されたかのようにその場に伏していた。

来者の乗った船は、天女を乗せて去っていった。

残されたのは、完膚なきまでの静寂だった。

街を歩くと、千三百年も費やした人類の発展が、いかに馬鹿げたつまらないものだったかを思い知る。

視界に入るほとんどの人間が所構わず眠りについている。変わったことと言えば握っているものが扇から、スマホになったということぐらいだ。いや……。

ヨツギは目を大きく見開いて、視野を広げた。

自動車は玉突き事故を起こし、ところどころで黒い煙を上げている。商店やコンビニエンスストアに突っ込んで停止しているものもある。車通りが絶えた中で、信号機だけが忠実に自らの役目を果たしている。

何を目指すわけでもなくふらつき歩く人も見当たるが、認知機能が十分でない今、いっそ眠ってしまった方が安全で幸せだと思える。完全な覚醒を保った人は今のところ見かけないが、すでにＳＮＳに赤い空の写真がアップロードされていることを考えれば、この街のどこかにはそういう者もいるということになろう。

ヨツギは足まである黒いコートに身を包み、ニット帽を被って街を闊歩していた。羽衣によって脳とインターネットを繋いでいるヨツギには、十二月八日の午前十時十九分を境に、三竹ヶ原近郊に位置情報記録があるＳＮＳの投稿が一斉に更新をやめたことが、瞬時に伝わったのだ。

時折、左胸の羽衣の切れ端がぴりぴりと疼《うず》く。それがどういう意味なのか、ヨツギにはわかっていた。

「お前たちにはきっと、永遠にわからないんだろう。宇宙《そら》からやって来る、お前たちにはな」

赤い空を睨みながら、ヨツギは静かに言った。

この感情は、地を這う人間にしかわからない。ひょっこりと宇宙からやって来て、こんにちは、と当たり前のように挨拶をする。宇宙に住まう者にとって、地球は郊外の煤《すす》けたドライブスルーか何かなのだ。だが地球に住まう者にとって、地球は唯一無二の故郷。そして空から来た者との出会いがどれだけ大きな意味を持ち、どれほど人生を変えてしまうものなのか。

決して、わかるはずがない。ヨツギは舌打ちを飛ばす。

「だからお前らは、人類の逆鱗に触れちまったんだよ」

ヨツギは西の丘を見上げた。あの夜ソラの家に寄ったのは、言ってみればついでのことだった。本命は浅間機関の動きを見ること。機関はすでに、見晴らしのいい丘に小型宇宙船を設置する作業を進めていた。

さて、この後どうするか。

浅間機関に協力する義理もないが、黙っているのもつまらない。

そんなことを考えながらぶらぶらと歩いていると、覚醒者が三人がかりで、ひっくり返った乗用車を起こそうとしている様が目に入る。

逆さになった車の中には女性と子供が取り残されていて、エアバッグに顔を埋めて気を失っている。ガラスは割れていたが、窓枠は凹の字に変形してとても人が通れるほどの広さがない。

人間が三人ぽっち。全員ウエイトリフティングの選手でもない限り、車が持ち上がるはずがない。その上、ガソリンの臭いが漂っていた。

覚醒者の一人の男がヨツギに気付き、ちょっと！と声を上げる。関わるのはごめんだ。ヨツギはそのそばを通り過ぎようとした。

ふいに左頬に痛みが走る。賢木空に打たれたところと同じ場所である。記憶を掘り起こしたのではなく、本当に痛みが走ったのだ。手を当ててみると、赤く腫れて熱を持っている。しかし外部から衝撃が加わった形跡はない。

「くそが」

耳鳴りを感じた。頭の中に訴える声があった。

「シゲキ、てめえ」

ヨツギは鬱陶しそうに言った。

「俺を善人にしようったってそうは……」

『君は善人だよ』

今度は肉声が聞こえ、ヨツギは振り返った。が、そこには誰もいない。

間違いなくシゲキの声だった。ヨツギは額に拳を押し当てる。

シゲキのナノマシンが頬を内側から打ち、鼓膜を直接震わせたのだ。

「そうかよ」

ヨツギはそう言って、そのまま歩き去ろうとした。

が、どういうわけか足が勝手に車へ向いた。「おい、やめろ」ヨツギは抵抗するが、体は勝手に車の前で立ち止まった。「わかったよ!」

根負けしたヨツギは一言、どけ、と言った。

三人はきょとんとして、車から離れる。

ヨツギは車を蹴り上げた。逆さになった車のボンネットにつまさきが当たって、鈍い音が響く。車は大きく倒立した後、そのまま反対側に倒れる形で天地を入れ替えた。

唖然とする三人に向けて、後は頼むと一言残してヨツギはその場を去った。

これ以上『善人』でいることが、堪え難かった。

愛国心は、頭髪とともに跡形もなく抜け落ちた。いや、たとえ八月六日にあの爆心地にいなかったとしても、ヨツギが日本を見放すのは時間の問題だった。

誰かのために命を費やすなど……。

「シゲキ、お前だったらどうする。街を救って英雄にでもなるか」

答えはない。

体の中をめぐるシゲキは、ヨッギが尋ねると必ず不在だ。

「なんで答えてくれねえかな」

かつて祖国を命を賭《と》して救わんとし、最愛の友を失った。同じだったんだ。ヨツギも、シゲキも。誰かのためにこの命を使おうと、誰かのためなら死ぬことができるのだと、心の底ではわかっていたのだ。不老不死の呪縛から逃れるたった一つの方法は、自分のために何かをするのではなく、誰かのために全てを捧げることの他にはないのだと、二人ともわかっていた。

ヨツギは頭を上げる。その目に映るものは、あまりに巨大な、敵。

気付けばヨツギの進路を阻むように、目の前に一台の黒いバンが停まっていた。

★★★

ソラは賢木家に割り当てられたレジャーシートに座り、ヒカリと一緒にスマホで地元局のネット配信を食い入るように見ていた。

静岡TVの中継車が到着したのは、珊瑚の木投下の約二時間後。

きっかけは無数に枝分かれする光が雲を切り裂いている赤い空を、鉄道の車窓から写した写真が『赫夜』という題でSNSに投稿されたことだった（投稿者はフォロワーから読み方を尋ねられて、かくやと答えている）。当初は合成写真だと理解され、関心の度合いも小さかったが、別アングルから捉えた同様の写真が投稿され続けたことで、ＳＮＳでは一時間足らずで、『赫夜』『三竹ヶ原』が沸騰キーワードに指定される。

マスコミが動くのに更に一時間を要したのは、その情報があまりに荒唐無稽で現実離れしているからであったが、元々三竹ヶ原の老舗茶屋へ取材に出ていた記者が音信不通になったのを皮切りに、報道機関の関心は跳ね上がった。

ここは地下百数十メートル。一本のエレベーターを除き外界との物理的繋がりはないが、いくつものルーターを経由することで電波だけは届いていた。

「ヒカリ、これ見て」

ソラは画面を指差す。女性リポーターが電柱にもたれかかるように眠るスーツ姿の男性を発見すると、カメラに大声で捲し立てて、新種の生き物でも発見したみたいに駆け寄っていく。しばらく話しかけていると、男性は肩をびくりとさせたあと、首を押さえてふらつきながら身を起こす。そこへリポーターが、甲高い声で寝ていた理由を尋ねると、男性はあーとあくびのように口を開けたまましばらく答えず、眉間に安っぽいシワを寄せて、あの赤い空を見ていたら眠くなっちゃって、と答える。

「何かおかしくない？」

ソラが言うと、ヒカリはしばし眉をひそめた後、見ていると気持ちが悪い、と言って視線を画面から逸らした。

気持ち悪い。彼女の感性は正しい。ソラには、このニュースがやらせだとひと目でわかる。そもそも番組の作り方が、ニュースというよりバラエティや心霊番組のそれだった。案の定、画面が解説席に移り、専門家を名乗る無精髭の男が、怪現象について解説を始める。

浅間機関は、珊瑚の木を単なるオカルトとして処理するつもりなのだ。

「ソラ、ここは広いようでいて狭い場所だな」

体育座りになって、だるまのように体を揺らしているヒカリが呟いた。

言い得て妙だ、とソラは思った。これだけ広大な空間なのだから、街中の人々を収容できたはずだ。しかしここに集まっているのは『関係者』のみ。そんな六十人ほどの集団を囲むように、四名の黒服が立っている。

黒服は自動小銃こそ持っていないものの、スーツの上にポケットのたくさんついたミリタリーベストを着ていて、腰にはホルスターを提げている。

黒服の中には巌も見当たった。目が合った時にこりと笑ってやるのが、彼に対する最善の意趣返しであった。

「でもここにいれば安全だ。ちょっとの我慢だよ」

何の根拠もない言葉が、ソラの口から自然と滑り出た。その慰めは、きっとソラ自身に向けたものだった。

ソラの手に、ヒカリがそっと手を重ねる。

とその時、昇降機の駆動音が聞こえた。間もなくして扉が開き、黒服が数人がかりで、無数の段ボール箱を運び入れる。その列に次いで伊吹が、見知った顔の男を連れて歩いてくる。伊吹はいっとう護衛らしく、その男にかしずいている。

ソラは思わず叫んだ。「石上！」

石上の顔はただちにソラの方を向くと、一瞬驚きを宿した後、すぐに平素の表情に戻った。そして伊吹に軽く会釈すると、レジャーシートの合間をすうっと歩いてきて、ソラのシートの前に立った。

「どうして賢木がここに？」

石上が言った。

「僕も同じことを言おうとした」

ソラも立ち上がって応ずる。

「どうしてって、ここは石上建設が造ったからさ」

石上は空間全体をぐるりと見回して言うと、視線をソラへと戻した。

「僕は、なんていうか……」

石上の視線が、一瞬ヒカリを盗み見る。

そこに黒服が立ち入ってきて、ボトル入りのミネラルウォーターとチョコミルク味のカロリーバー、即席麵などを手渡す。いつの間にか、時計は十九時を回っていた。

「国の事業だって聞いていたけど、どうやらそうじゃないみたいだね」

石上が言った。重苦しい感じではなかった。

伊吹が手を挙げて、ここへどうぞ、と言った。石上は再び会釈を返し、ありがとうございます、と言う。

「ちょっとここに座ってもいいでしょうか」石上は、ソラの祖父母に尋ねた。「家族はこの街にいないもので」

祖母が、ええもちろん、と言って手を差し伸べる。

石上ははにかんで腰を下ろしソラと向かい合うと、カロリーバーを開け、口元を空いた手で隠しながら上品に食べ始めた。

「僕は」

そう言いかけたソラの声を、石上が阻む。

「いや、いいよ」

今度はごく普通な感じで、ソラとヒカリを代わる代わる見て言った。

「無理に話さなくてもいい。とりあえず食べようぜ」

三人で顔を寄せ合ってソラのスマホを見る。映された空は昼間と違い、黒と赤のコントラストがよりいっそう不気味に渦巻いている。あれから八時間以上。司郎からの音信はない。

この大きな箱の中にあるのは盲目の平和だと、ソラは気付いている。

突然ノイズとともに、画面が解説席ではなく上空からの映像に切り替わった。先ほどまでの生中継放送とは、どこか様子が違った。画面左上に浮き出ていた静岡ＴＶのロゴが消えており、画質も多少荒くなっていた。

そしてソラは気付く。今、上空から撮影されているのは間違いない、ソラの秘密の場所——あの『薙ぎ立つ丘』であるということに。

ノイズの原因を作ったのは、司郎が走らせるバンに乗った不死の男、ヨツギだった。窓から突き出した右腕が風を受けながらヘリコプターに狙いを定めると、〈リンク〉が発動された。羽衣の力を使ったハッキングである。

瞬時に撮影用機材の電気的なコントロールを奪ったヨツギは、送信される電波を繋ぎ変え、静岡ＴＶ本部との接続をシャットアウトし、代わりにビッグボックスへの通信回路を開いた。

ヨツギは浅間機関に義理立てするつもりなどなかったが、協力関係を維持した方がわずかでも勝算が上がることを知っていた。

相手は地球全体を覆うあの空そのもの。

空に住む人々のテクノロジーが持つ威圧感が、胸の布切れをひりりと蝕む。

「よし、ヨツギ。このまま彼らには、我々とソラ君たちの目になってもらおう」

何らかの理由で中継が切断されたことを知ってなお、ヘリコプターは滑空を続けている。録画でも何でもして、今から起ころうとしている一大事を何とかフィルムに収める気でいる。その強情さは、かえって好都合だった。いや、強情な人間だからこそ、珊瑚の木がひしめく下で、覚醒を保って飛んでいられるとも言える。

「このままF3地点へ向かう。ヨツギ、本当に覚悟は決まっているんだろうな」

「誰に向かって口利いてんだよ、ぼうや」

それでいい、と司郎はハンドルを握る力をよりいっそう強めた。

もう全ての準備は整っているのだから。

★★★★

一体あれは何なのでしょうか！

リポーターが指す先には草原が広がっていて、道路脇に一台の大型トラックが停車している。トラックは分厚い装甲に包まれていて、タイヤも規格外の大きさだった。そしてトラックの背後に、黒いシートで覆われた何かが身をひそめている。運転席と助手席から降りてきた軍服姿の二人が息を合わせてシートを剥ぎ取ると、中からは直径二、三メートルほどの巨大なじゃがいものような準球体が姿を見せたのである。

「あれって、まさか！」

ソラはそう言って、あたりをきょろきょろと見回す。お手洗いへ行くと言った石上が戻ってきてやしないか、気が気でなかった。

「浅間機関に預けていた私の小型宇宙船だな。もっともエンジンなどが大気圏で燃えたあとに残った、使い物にはならないガラクタだがな。しかしなぜあれを今更地上へ持ち出したのだろう」

ヒカリが興味深そうに言った。

どうりで、あの夜のあと捜しても見当たらなかったわけだ。しかし隕石についてもっと深く知っていれば、あるいはあの夜の時点でもっと調べていれば、ヒカリにもっと早く近づけていただろうに。

その時またしてもヒカリの左腕の装置が、ぴこーんと鳴った。ほんの少しの誤差はあったが、同調するように、スマホの中で小型船も発光した。

はっとした顔でヒカリはアームに指をやり、腕の上に浮き上がった画面をしばらく覗き込むと、なるほど、と言って深々と頷く。

「どうやらあのガラクタが発したＳＯＳ信号を頼りに、宇宙船は着陸を行おうとしているらしい」

ソラは愕然とした。あの『薙ぎ立つ丘』は、この街で最も見晴らしの良い観測地点の一つで、なによりソラと父親との大切な約束の場所だった。

しかし考えてみれば、それだからこそヒカリの宇宙船が降り立ったわけだし、それだからこそ宇宙船の着陸場所に持ってこいなのだ。

「着陸には三つの工程が存在する。三つ全てをクリアしていなければならない」

私の常識が通用する相手であればな、とヒカリは付け加える。

三つの工程。

それは第一に、訪問の目的を言語化し、提示すること。

第二に、原住民、原生生物との衝突を軽減するために〈珊瑚の木〉を投下し、安全を確保すること。

「じゃあ第三の工程って？」

「〈ドール〉と呼ばれる使者を送り、惑星に『挨拶』をすることだ」

しかし今のところ宇宙船はおろか使者すら見当たらない。

「おかしい」

ヒカリが言った。

「ならばなぜ、宇宙船は着陸工程に入っている？　必ず三つ必要なんだ。ドールはまだ姿も現してはいないのだぞ！」

その表情には、共同体を渇望していた頃とは別種の焦りと不安が滲む。

「どうしたんだい」

と、戻ってきたらしい石上がきょとんとした顔をする。それから探るような視線を二人に這わせた後、お手洗いすごく広くて綺麗だったよ、と無邪気そうに言った。

その時、

「なぜだと思う、美空光」

不意に、厳かな声が三人の意識を捉えた。聞き覚えのある声なのだが、どこか記憶の中のそれとは食い違うようだった。

「一体〈ドール〉はどこにいるんだろうね」

六十人の人混みの中から、異質な存在感を伴いむくりと立ち上がる男がいた。フードのついたダウンジャケットを脱ぎ捨て、隠されていた顔があらわになった。

「あ、生徒会長！　あれ、コンタクトにされたんですか」

石上が目を丸くして言った。

御門京平。

考えてみれば当然のことか。組織に深く関わる御門司郎の息子なのだ。司郎が京平にヒカリのことやアームのことを話したことからもわかるが、彼は息子を守るために組織を利用している。

「その様子だと、驚いているわけでもなさそうだ」

京平の視線は初めからずっと、ソラを向いている。

「まあ、司郎さんの性格を考えれば」

ソラは警戒を弱めなかった。一度はヒカリを奪おうと画策してきた存在。それにひとたび学校へ戻れば、その権力は並ぶ者がいない文字通りの帝王だ。

「そうそう。父の権限のおかげで私は宇宙船を見ること、触れることができた」

「お前、あのガラクタに触れたのか？　素手で!?」

京平が誇らしそうに頷くと、ヒカリの態度が急変した。石上はそんなヒカリの態度の変化と、さっきから会話に入り込んでいた聴き慣れない単語とを、頭の中で結びつけたようだった。一歩、二歩と、京平やソラから後ずさった。

「体に変調は来《きた》していないか？　急に咳き込んだり、指先に痺れを感じたりしたことは？　何か自分が自分でなくなるような感覚を味わったことは！」

ヒカリが矢継ぎ早に訊いた。

「あの小型宇宙船には、医療用のナノマシンが搭載されている。傷付いた者が触れると、接触面を介して自動的に体内にナノマシンを送り込む。もちろん昆虫や動物が触れても発動はしない。しかし我々とほぼ同じ遺伝子を持つこの星の原住民は治療の対象と認識してしまう」

「どうだろうね」

ヒカリの意図が、だんだんと見えてきた。ヒカリの種族と地球人類の肉体には、臓器の位置が若干異なるといったズレがある。そしてもちろん、ナノマシンはヒカリの体に合うように設定されているはずだ。

するとどうだろう。本来あるべき位置に臓器がないことを、何らかの『疾患』と判断してしまったとしたら。逆になにもないはずの場所にある臓器を、『異物』と認識してしまったとしたら。それは京平の体内でナノマシンが、治療という名の破壊と創造を繰り返すことを意味する。

京平はしれっとした顔で、血管を浮き立たせた右手を開いたり閉じたりしながら、

「その点については問題なかったみたいだ。この目と同じように、頭の中は驚くほどクリアだ」

と言って、石上を一瞥した。その後髪をたくし上げてヒカリを見ると、

「リンクを通して、人類の人体構造をナノマシンが学習したんじゃあないかなぁ」

と小首を傾げて茶化すように言って、口が裂けるぐらい口角を吊り上げる。

なぜ道化じみた態度を取るのか。

なぜ眼鏡を取ったのか。

ソラは次のように解釈した。すでに京平の体内には、ヨツギと同じようにナノマシンが巡っている。

「ところで、〈ドール〉は一体どこにいると思う」

京平はやけにその言葉にこだわった。ドール、つまりは人形だ。

「ドールの役割はエスコートだ。宇宙船が惑星に着陸するために必要な場を整えるために、珊瑚の木の次に送られる使者、いや調停者だ」

「そんなドールがこの大きな箱の中にいたりしたら、それこそ一大事だね」

ヒカリの言葉に、京平は自分の言葉を重ねる。

ソラは、なんとなく違和感を感じていた。だがもはやこの場合、目の前に立つ男を以前と同様の京平であると認識すること自体が間違っている。

そう気付いた時には、遅かった。

京平は笑顔のまま黒服の一人に近づいていき、お手洗いはどこですかと、尋ねる。

黒服があちらに、と言って笑顔で返事をする善意の隙を見て、腕を掴み、捻り上げ、ホルスターから拳銃を抜き取り、別の黒服に向ける。

ほんの呼吸一回分の時間だ。

ほとんどの人間は、あまりの唐突さに事態を認識さえできていなかった。対応の速さは、事態への関心度を如実に反映した。ヒカリの表情が鋭くなると、それに呼応してソラは、庇うようにヒカリの前に立った。巌と伊吹も、とっさに拳銃を構えた。わずかに遅れてもう一人も銃を取る。が、三つの銃口が京平に向いた時にはすでに撃鉄は下ろされていた。そして石上がソラたちの反応から事態の深刻さを察したのは、銃声が鳴り響いたのと大差ない頃だった。

黒服の脇腹が血を噴き、細長い体がぐらりと傾く。

背中に回した右手にヒカリのひんやりした指先が触れ、ソラは強く握り返す。

悲鳴と硝煙の匂いが広がる。

たった一発の銃声で、空気が震え上がった。

三つの銃口は、どれも役立たずだった。京平は黒服の一人を盾にしていたからだ。

やがて京平は大きく振りかぶった。すると六十人の頭上を、何か黒い影が飛翔した。

黒服が文字通り、投げられたのであった。

男は、濡れたタオルをぶん投げたときのように滑空し、別の黒服にぶつかった。黒い塊になった二人は、ごろごろと転がって空き段ボールの山に激突した。

人間の腕力ではない。明らかにナノマシンが作用している。

残された二人は奇しくも顔見知りの、伊吹と巌だけとなった。

二人を脅えさせる要素はいくつもあった。要人を一カ所に集わせ同時に守ることは容易いが、襲撃者にとっても良質な人質が集まっているということになる。そもそもテロリストがビッグボックス内に侵入する確率は極めて低いと踏んだ上で、最後の保険として残された最低限の五人なのだ。今や、半分以上がいとも容易く倒されてしまった。しかも相手は、あろうことか御門司郎の息子。

伊吹は腕ほどの太さのある電話で通信を試みたが、京平はそれを許さなかった。ヨツギのような人間離れした歩幅で接近すると、そのまま移動のエネルギーを掌底に乗せて伊吹の左腕に向けて放つ。

電話は手を離れ、床に落ちた。しかし伊吹は左半身を脱力させ、力を逃して踏みとどまった。右腕はまだ生きている。伊吹は手刀を作って、銃を持つ京平の手に振り下ろした。

手刀は確かに京平の手首に当たっていた。が、万力のような力で握られた銃は、決して彼の手を離れない。伊吹は間髪を入れずミドルに蹴りを入れた。それが悪かった。

京平は踊るようにして避けたあと、まだ浮いている足首を掴むと、ハンマー投げのように一回転した。京平の手から離れた伊吹の体は数メートル宙を飛び、地面に叩き付けられて一切の動きを止めた。

ダンッ。

二度目の銃声が響き渡る。

巌の放った弾丸が、京平の左肩に命中していた。

「どうして私は高校生なんかに銃を向けているのか。司郎さんのご子息と知りながら。どうしてこんなことに……」

巌は銃を構える姿勢を保ちながら、顔を歪めて言った。

京平の白いカッターシャツが赤く染まっていく。

「我々にはここにいる全員を守る義務がある。処分は後にどうにでも。しかしこれ以上、あなたを暴れさせるわけにはいかない！」

巌は強い意志を灯した口調で言った。

一方で京平は、弾丸を撃ち込まれたというのに顔色一つ変えない。恐怖という感情をはなから持たないようだった。

銃を左から右へと持ち替え、躊躇なく巌へ向ける。

三度目の銃声。しかし弾丸は、巌の足をかすめて床にヒビを作った。拳銃を握る手の甲を見つめながら、京平は不思議そうな顔で言った。

「利き手じゃないとこんなに差が出るのか、使い物にならないな」

「そうです。もう無駄な抵抗はよして、大人しくしていなさい。左肩の応急手当もしてあげます」

「その必要はない」

京平は左肩に空いた穴に人差し指を捩じ込み、肩を力ませながら中をほじくった。すると枝豆が皮から出るみたいにぴょんと黒い塊が飛び出て、血も噴き出した。

悲鳴が再燃する。

取り出した弾丸を掌の上で転がしているうちに出血は治まり、京平は肩をぐるぐると回して調子を確かめた。

いよいよ巌の手は震え始める。

「そろそろドールがどこにいるか、わかったかな賢木ソラ君」

京平の色彩を失った目が、ソラに向けられる。

銃の発砲を三度見た。人が撃たれる瞬間を二度見た。これでも冷静でいろと？

逃げ出したくてたまらない。でもヒカリが手を握っているんだ。それだけで、ソラは首の皮一枚で、この現実と向き合うことから逃げずに済んだ。

だからソラは、全力を賭《と》して考えた。

ヒカリはナノマシンは医療用だと言ったが、不死の薬はヨツギの体に超人的能力をもたらした。きっとどこまでが治療でどこからが肉体改造なのか、という線引きが曖昧なのだ。そしてシゲキがヨツギを生かした話を聞く限り、ナノマシンは保持者の意思によって、ある程度の操作が可能だ。

「頼む。頼むから手を上げて大人しく、その場に伏せてください。俺は司郎さんの息子を……殺したくはない！」

ナノマシンは保有者の感情と、ひいては神経と結びつきを持っている。そしてナノマシンは独自に学習し、自己複製を繰り返す。それはつまり、自分の中にもう一人の自分を宿しているような状態なのではないか？

「それは無理な頼みだ。逆にあなたがその場に伏せてくれると助かる。俺たちがここを出て行ったあと、誰かが生き残って……この場を仕切らねばなるまい」

今の京平は、明らかに以前の彼とは異なる。そもそも撃たれて立っていられるなんて、同じ人間とは言い難い。そして問題のナノマシンは、SOS信号を発信した小型船に搭載されていたものだ。もしも小型船を介して、京平の体内のナノマシンが、今地球に降り立とうとしている宇宙船と繋がっているとしたら。

「あなたが〈ドール〉なんですね、生徒会長」

京平はトリガーガードに親指をかけて銃を宙吊りにし、空いた手の腹でぱちぱちぱちと満足げに手を打った。

「我々は着陸地点に明確な敵意を感知した場合、時折こうやって、原住民にドールの役目を務めてもらうのだ」

　他人事のように言う。

「さしずめこの男は、特定の人物に対しての信奉と、自尊心が極めて高く、意識を支配下に置くには、とても適した人材だったと言える」

　京平の口を使って、京平の言葉を使って、ソラは今まさに来者と対話している。

　京平の背中に巨大な宇宙の広がりが見えると、ソラは全身がすくみ上がりそうになった。

「さて、そろそろ行こう。私は『目標物』を回収地点まで届けねばならない」

　京平は厳の牽制を無視して、ヒカリとソラのもとへと歩き出した。これ以上避難者たちを巻き込めないという弱みに加え、京平が銃口をソラの首筋に当てたが最後、厳にできることは、医者を呼ぶ間被弾した仲間に応急手当を施すことと、騒然とした六十人を落ち着かせることだけになった。

　京平を操っている者は狡猾だった。ヒカリではなくソラに銃を突きつけた。京平が武器で脅して歩かせれば、自ずとヒカリも付いてくることを読んでいるのだ。

「御門京平、やめてくれ、その危険物を下ろしてはくれないか。生徒会には入るよ、だから」

「ヒカリ、もうそんなレベルの話じゃない。彼がドールなんだ。そして目標物とは恐らく君のこと。回収地点に至っては、僕の……」

ソラは振り返って、詫びるような目で京平を見るヒカリの背中とうなじに手を回し、柔らかく抱いて、きっと大丈夫だよと囁く。それ以外にできることが、今のソラにはなかった。

少し離れた位置で見ていた石上が、ソラに不安そうな一瞥をくれる。ソラはほんのわずかに笑って、大丈夫だよ、という顔をする。

何が大丈夫なのか、自分でもよくわからない。でも石上に心配させておくのも、癪だと思ったのだ。

「今は従うしかないよ。きっとこの状況も着陸工程の一部に組み込まれているんだ。それに、銃で脅されていてはね」

ソラはさっぱりとそう言って、両手を挙げて降参のポーズを作った。

「明晰な判断で助かるよ」

御門京平が、こんなに愛らしい笑みを浮かべるなんて。

冷徹な結果主義、完全主義の生徒会長として、鋼鉄の仮面を被り続けてきた男が、その頑なな心を利用され、哀れ宇宙人の操り人形か。本当に同情が絶えない。

だが人を哀れむならばまずはこの身を、そしてその半身であるヒカリを、生かす。

石上にかけた大丈夫を、自分にもかける。

ソラはまだ、何一つ諦めてなどいなかった。

★★★★★

戦闘服を着た三十名ほどの隊員が、木々の間に潜んでいた。

自衛隊特殊作戦群の中隊には、作戦の明確な目的が知らされていなかった。指揮系統が普段とは異なり、皆少なからず違和感を抱いていた。彼らが現在従っている命令は待機。ただし自らの身を守るために最小限の行動をすること。彼らは危険を及ぼす何かを常に警戒しながら、神経をすり減らさねばならなかった。

司郎の狙いはまさにそこにある。

相手が完璧な鎧でもってこちらの攻撃を歯牙にも掛けないとしたら、人類の勝機は、『明確な敵意』をぶつけることでアンチカニバライザーを発動させることである。しかしもし任務が機械的にこなされるとしたら、そこに感情はなく、アンチカニバライザーに触れることもままならない。

自衛隊とは本来、戦闘行為を禁止された集団だ。

それならば、常に敵の影に怯えさせておく。詳細を語らずに、強大な敵の存在をほのめかしておいて、不安を蓄積させる。そうなれば、ひとたび殲滅対象が現れれば明確な敵意が湧き上がり、天人たちの澄んだ心を穿つだろう。

〈来者〉は珊瑚の木によって不安要素を全て排除したと思い込んでいる。

しかし珊瑚の木には効果範囲があることを、そして投下からしばらくの間着陸ができないことを、浅間機関は突き止めていた。その六時間ほどの時差を利用して、適切な場所に兵力を配置する。千三百年前にはできなかった帝の悲願が、今やっと、成ろうとしている。

司郎とヨツギは草原の見える道路脇に黒いバンを停め、ぽつんと配置された巨大なじゃがいものような小型船の、黄色やら赤やらの警告灯が交ざって輝くのを眺めていた。

「さて、そろそろお出ましかな」

背もたれをめいっぱい倒し、ダッシュボードの上に組んだ足を載せながら、半分閉じた目でヨツギが言った。

「しかしタワーからの報告はまだない。重力変動もあれから確認されてはいない」

司郎が言った。

ヨツギの体は、脳内に流れる音楽に従ってリズムを刻んでいる。

「古文書に描かれていたのは、人が乗る雲だ。それがやつらの正体さ」

「ああ、まさに雲を掴むような話だな」

司郎は苛立ちを押し殺すように言った。

ヨツギはまだ音楽を聴いている。

司郎は車内にべったりとした空気が居座っていると感じ、窓を全開にした。凍てる風が入り込んできて、生温かい空気を中和した。

そしてなんとなしに首を出して、司郎は空を眺めた。無論、宇宙船の姿はない。

雲を掴むような話――。

司郎は目を細める。

「おかしい。今日は相当風があるのにあの雲は……」

司郎は車から飛び出し、目を凝らした。雲が動いていない。他の雲はわずかながら移動しているのに、あの雲はずっと同じ位置に居座っている。

不自然な浮き雲は司郎が見つめると、動き始めた。ただし、天空の画面を左右に動くのではない。徐々に高度を落としてきたのだ。まるで見えない糸を引いて凧を手繰り寄せるように。

くう、と海鳥の鳴き声のような音が響いて、雲が真っ二つに割れた。

「波の呼び声だな」

舟。

それも鋼鉄製の軍艦や、蒸気船などではない。日本の歴史を思わせる木造の帆船だった。一枚帆を悠々と揺らしながら無数の車櫂《オール》をムカデの脚のように忙しく動かし、浮き舟はどんどん高度を落としてくる。いかにも『空』を『航海』していると言わんばかりに。

「そうだ。そうやって化けて、やつらは心に付け入る隙を作る」

これも原住民を落ち着かせるための配慮だというのか。

違う。これは冒涜《ぼうとく》だ。司郎は思った。彼らは利己的に、人類がそれで屈すると決めてかかっている。ふざけるな。そんな見えすいた偽物をこしらえて、人類がありがたがるとでも思っているのか。

冗談じゃない。

ヨツギはドアを蹴り開けて車の前に立つと、右手を宙に差し向けて浮き舟に狙いを定める。

「化けの皮を剥がしてやる――〈リンク〉」

ヨツギが目を閉じると彼の意識は、胸の羽衣と溶け合って一つの暗号化された情報になった。彼自身の意識がある種のウイルスとなって、舟目掛けて射出された。

乗組員は慌てふためいたことだろう。未開の惑星だと高を括っていながら、セキュリティに侵入を許したのだ。高度に発展した技術は魔法と区別が付かないというが、それならヨツギは魔術師の域に達しようとしていた。

意識を情報化し、体一つでハッキングを行う。千三百年で培った未知のテクノロジーに対する、ささやかな反逆。

浮き舟の表層に亀裂が入ると、前方正面からジクソーパズルをばらばらにするかのように化けの皮が剥がれ落ちていく。

右腕をだらんとさせ、ヨツギは膝を折って崩れ落ちた。呼吸は荒く、しかし口元には爽快な笑みを浮かべる。

「見なよ。あれが正体だ」

司郎が見上げると、そこには巨大な青黒い二等辺三角形があった。全長は三十メートル近くあるだろうか。宇宙船というよりは、宙に浮かぶ前衛アートだ。

主翼もなければ尾翼もなく、エンジンに相当する部分さえも見分けがつかない。底面から突き出たオレンジ色の三つの三角錐が、ジェット機でいう着陸脚のように見える。降下するのに従って、船全体にちゃんと厚みがあって、のっぺりとした三角錐であることがわかってくる。

まるで巨人が指でつまんで動かしているかのように、およそリアリティのない三角錐は降下を続けた。不思議なことにそこには斥力《せきりょく》もなければ、上空から感じる風圧もない。

そしてその脚が地面に音もなく触れる。

『随分な歓迎だ』

声が聞こえた。流暢な日本語を操る男性だった。

「こちらの声が聞こえているなら返事をしたまえ。貴君は同艦の艦長か！」

司郎は拡声器に言葉を放った。

『貴君の声のみならず共同体の隅々まで、我々の耳は、声という声を捉える。本艦は主船団に配備された着陸艇の一艇。私は本艦の艦長ではなく、主船団の艦長だ』

司郎はとっさにタワーとメールをやり取りしたが、いまだ主船団らしきものは観測できないそうだ。しかしこれは好都合だ。男は自ら船団のリーダーだと名乗った。彼を引きずり下ろせば、即ち船団の全てを手に入れることができる！

『貴君に問う。古き同胞を渡されるか』

拡声器を置いて車から降りた司郎は、覚悟に満ちた面持ちで船の方に向かっていくと、低い声色で「拒否する」と言った。

『我々には追求する意思がある。貴君らは我々との対峙を望まれるか』

司郎は沈黙した。こうした言葉の選び方も、全ては相手のアンチカニバライザーを確実に発動させるため。王手だった。

『だが回収は必然の事象となる。よって対峙には及ばない』

司郎の指示で、一斉に木々の間から飛び出した隊員たち。重火器を構える腕は震えていた。圧倒的な未知を前にして、彼らの精神的重圧はここに極まった。

「これでもか」

振り下ろされるゴーサイン、不安と怒りの解放、人類を勝利へ導く第一歩。

しかしそのためにソラが愛する秘密の場所は、今まさに支配と暴力によって蹂躙《じゅうりん》されんとしていた。


京平は投げ飛ばした黒服から奪ったキーで黒のメルセデスを盗み、助手席にソラを、後部座席にヒカリを押し込んだ。そして自らハンドルを握り、地下十二階からエレベーターシャフトを通って薄明かりの灯る〈ルート〉をしばらく走っていた。車線変更も速度の維持も、走りは実に滑らかだった。たとえ京平が車を運転した経験がなくとも、ドールとなった彼には、それができるのだ。

「始まったみたいだ」

京平は言った。ちょうどこの時、車は緩やかな傾斜を上り、地下パーキングに偽装した出口から一般道へ出た。

「何が始まったって言うんですか」

ソラが訊くと京平は、

「君たちには聞こえないか。あれは」と言うと、少し沈黙を挟み「なるほど。自衛隊の特殊部隊のようだ。我々との……銃撃戦、と言うのかね。もっとも撃っているのは君たち側のみで、我々は何もしていないんだがね」と愉快そうに言った。

「でも、そんな明確な敵意を示されたんじゃ、アンチカニバライザーが働いて、あなたを操ってる人たちは一方的にやられてしまうんじゃ」

ソラはそう言って、人間というものがそら恐ろしくなる。あるいはヒカリの種族が総じて脆すぎるのか。

しかしソラの考えと真っ向から対峙するように、ヒカリは言った。

「そもそも、戦闘にはならないだろうな。〈タスク〉がある以上な」

一般道に出てから数分。街灯に照らされた部分だけが丸く切り抜かれた街には、きっと見えているよりもずっと多くの被害者が潜んでいる。

京平はむざむざと乗り捨てられた車を何台擦ってきたことか。彼の運転はなかなかだったが、それ以上に進むこと以外に何の頓着もなく、車と車がバリケードのようになってふさがった小路では、アクセルをふかして突破することもしばしばあった。

空の紅さが和らいだように見える。今見えているものはさながら、打ち終わった麻酔のシリンジのようなものだ。

商店街を抜けて郊外に入ると次第に緑が増え、あたりはいっそう闇に包まれる。垣根に囲まれた道をしばらく行くと、葛折りの山道に入った。

車はソラの家の裏口とは反対の方面から、薙ぎ立つ丘へ上ろうとしていた。

おびただしい銃声が鳴り響いていた。

短機関銃、突撃銃、スナイパーライフルによる船首への狙撃、手榴弾。迫撃砲が宙を舞い、頭上からも砲火が降り注いだ。対戦車ミサイルも放たれた。隊員が持てるあらゆる兵器が用いられた。

それなのに船には傷一つ付いてはいない。あまねく弾丸は船の表面を滑り、虚空に飲まれた。まるで達人が相手の剣をいなすように。

〈タスク〉がある以上、と言ったヒカリは、車中で次のように続けた。

「タスクは宇宙船に備わった、隕石や宇宙ゴミ《デブリ》を自動回避するプログラムのことだ。微小な障害物があっても進路変更しないで済むように、機体周囲の空間の密度を上下させることで、標的物との衝突を避ける仕組みだ」

周囲の空間をねじ曲げて攻撃を受け流すというのは、原理は理解できなくともなんとなく想像はついた。もっとも隊員たちの半分は、船体が異常に滑らかな素材でできていて弾丸が滑っていくのだと考えた。もっともこちらも、その原理については目を瞑っていたようである。

その戦火がわずかに及ばぬ裏山に、京平は車を停めた。目の前には赤く錆びたフェンスが一面にあって、『立入禁止』『落石危険』と書かれた立て札が刺してある。視線を持ち上げると、微かに明かりが灯っては消え、灯っては消えを繰り返していた。重火器がかき鳴らす騒音は、すでにソラたちの耳にも入ってきた。

京平は一人車を降りてフェンスの前に立つと、拳を一発打ち付けた。面白いほど呆気なく貫通して出来上がった穴をビニールの袋を裂くように両手で広げると、その裂け目にソラとヒカリを招待する。

その時ふと、ソラは気付く。

まだ微かに、尻と腰に振動を感じている。左隣の運転席を盗み見る。キーは挿さったままだ、エンジンはまだ動いている。

どうする！　今ここでハンドルを握って、アクセル全開で振り切れば、京平から逃げられるかもしれない。いくら超人的な身体能力を持っていようと、この五メートルは決定的な差になり得ないか。

どうだ、やるなら今しか――。

ソラの思惑を砕いたのは、京平の牽制ではなくヒカリの華奢な手だった。

彼女はそっとソラの手を引いた。もうこれ以上、誰も危険な目に遭わせたくない。

その表情からは言葉なき主張が汲み取れた。

行くしかないというわけか、あの場所に。

その頃丘では、部隊はさすがに攻撃の手応えのなさに気付き始めていた。そのため武力による正面突破をほとんど諦め、宇宙船が張る防御系統の突破のために三方向に散開していた。

アルファは正面にて威嚇射撃を続行。ベータは機体後方に回りこんで内部への侵入経路を探索、ガンマはベータの援護。

それぞれに均一にマンパワーは割かれ、十人ほどが正面に残った。残された火力を全て投じた、船首への集中砲火。その間にベータは機体の陰に身を隠し、砲火から身を守りつつ、後方に格納庫への入り口や排熱口がないかと探ったが、彼らの唯一の発見は、武器を持たない状態でなら宇宙船に触れられる、ということだけだった。

紺色の金属は継ぎ目がなく、ビロードのような手触りでほのかに温かい。無防備に見えて、結局素手で殴ろうとしても拳が自壊するだけで、それは宇宙船が人体そのものが持つ力を回避に値しないと捉えているだけであった。ついには機体の下部に潜り込んで隈なく見たが、延々と平坦な金属が広がるだけで成果はなかった。

「我々を中に入れろ。抵抗はできないはずだ」

それでも、中に入れる活路を見いだせればそれで勝ち。鉄壁の要塞に篭城《ろうじょう》するつもりなら、彼らの食料が尽きるまで包囲を解かなければいいだけの話。アンチカニバライザーは完璧に作用しているはずだった。

が、返ってきた答えは司郎の思惑を根底から破壊した。

『騒がしいおもちゃを地面に置いて、泣け』

来者の一言で、三十名の精鋭部隊は一瞬にして武器を取り落とし、地に伏して慟哭《どうこく》を始める。赤子のように泣きじゃくる者もいれば、虚空を見つめて静かに涙する者もいる。波の如く訪れた悲しみはおそらく日本で最も戦闘に長けた屈強な三十人を飲み込み、作戦遂行の意識を彼らの頭の中からことごとく流し去った。

司郎も気付けば、左目からこぼれ落ちる涙を止められずにいた。悲しいと感じた時の思い出が次々と甦っていく。両親との決別、浅間機関との契約、妻の死、そして京平の哀れな顔――来者は、人間の心の最も弱い部分を串刺しにした。

一体どうして、こんなことに。

そんな司郎の背中を、ヨツギの骨張った拳がずんと打った。

「俺のマスクで中和してもこれが限界か、おい、正気に戻れ」

悲しみの海に溺れかけていた司郎は、投げ入れられた助け舟を諸手で掴んだ。そして我に返る。涙を流すなど何年ぶりだろうか。ご無沙汰すぎて慣れない感覚だ。

いや、今はそれどころではないか。

「なぜ、マスクが使えるんだ……アンチカニバライザーは働いているはずだろう」

『同族が獲得した愚鈍の叡智を、貴君らはそう呼んでいるのか。実に滑稽な響きだ』

来者は笑っていた。

一つの国家を永遠に等しい繁栄へと導いた叡智であるはずなのに、来者の声は侮蔑と憎悪に満ちていた。ヒカリの故郷に、明確な悪意を抱いている……？

いや、問題はそこじゃない。この船の中にはアンチカニバライザーを持たず、かつアームを扱える人間がいるということだ。

『さて、目標物も到着したようだ。この惑星の生態系には非常に興味をそそられるが、我々は急いでいる。船出の時間だ』

司郎は耳を疑った。目標物が到着しただと？　有り得ない。彼女は地底深くのゆりかごの中だ。来者がどうあがこうと、彼女をここまで連れてくるなど不可能な――。

「そんなまさか」

思考が途切れ、叫び声が口をついて出た。

「なぜ君たちがここにいるんだ！」

司郎とヨツギ、そしてソラとヒカリ。それぞれの視線が交わった。

司郎は驚愕し、ヨツギは興味深そうな目をした。一方でソラとヒカリは、目の前に姿を現した巨大な三角錐の構造物に、完全に意識を奪われていた。

『ドールが目標物を導いた。目的は達成された』

来者の声が猛々しく響く。

「京平、なぜお前がここに……それに何てものを持っているんだ」

ヨツギはすでに感づいていたが、あえて黙っていた。

司郎は息子が銃を持っている理由と、絶対保護対象がこの場にいる理由をどうやっても結びつけることができない。見かねたソラは何とか理由を説明しようとしたが、上手くまとまらなかった。ヒカリの補足があってやっと、司郎に意図が伝わった。

逆に司郎からも、現状が知らされた。巨大な三角錐が宇宙船であること、ヒカリを回収に来た〈来者〉であること。

『古き同胞を、今こそ迎え入れよう』

来者の一言により、どこにも見当たらなかった搭乗口があらわになった。

すうっとナイフを入れたように、船首を真っ二つに裂くような線が、船の頭頂部と両側面、計三カ所に浮き出る。その線は二メートルほど船体を走ると、やがて蛹《さなぎ》の表皮が割れるように船首が上下左右四方向に広がって、内側の空間がはだけていく。それはまるで、菩薩が手を広げるかのような神秘だった。

そしていとも容易く、操縦席が完全に露出する形となった。

遮るものは一切ない。広大な三角形の空間に、規則的に置かれたいくつもの操縦席が見当たった。床に敷き詰められたタイルのような部品も全てが三角形で、計器やモニターに至るあらゆる表示物が、およそ正三角の枠に収まっている。そして乗組員たちの髪の色は、皆一様に深い蒼色だった。古い同族と言うだけに、緑色の髪のヒカリとは遺伝的に近くとも遠からずなのかもしれない、とソラは思った。

それらの多くは泣き叫ぶ隊員たちなどには目もくれず、船外からは見えないが船内にはなぜだかある窓から、森林を貪るように眺め、感動の表情を浮かべているのだ。中にはスケッチを始める者や、カメラに似た装置を取り出す者、着座しながら光線を放って何かを調べようとする者もいた。その反応は地球にやって来たばかりのヒカリと酷似していた。

そして二等辺三角形の中心線上に置かれた、他より二段も三段も高い位置にある操縦席に座る男がすくっと立ち上がり、階段を降りてくる。長身、腰まで届く長髪で、肩や腰、爪先などに金属系の装飾を施したワンピースのようなものを身につけ、首には虹色の首飾りを提げ、右目の下に他の乗組員にはない逆三角形のタトゥーを入れている。

「恐らくは彼が艦長だろ」

ヒカリが言った。

「あの刺青はシュトラの古語で『絶対的支配者』を表す。しかし支配者という関係性そのものは、とっくの昔に滅びた概念のはずだが……」

ヒカリが口添えせずとも彼の纏う威厳と風格から、その立場が他の乗組員たちとは一線を画しているのだとよくわかる。一歩ごとに、星を砕くほどの重圧がある。

「古き同胞よ。名は何だ」

来者が言った。

「美空光だ」

「それはこの星での仮の名だろう。カフィ・ベンヴァーに授かりし真名を答えよ」

「そんなものは、星を追われた時に捨てた。今の私は美空光だ。その他の何者でもない」

ヒカリがそう言いのけても、来者は顔色一つ変えない。しばらくゆったりとそこら中に視線を這わせ、「ドール」と叫んだ。

ソラの後頭部に銃を添えていた男が、その手を降ろし、忠犬のように彼の方へ歩いていく。途中、何か見えない壁のようなものに触れたかと思うと、一瞬魚眼レンズを通して見たように京平の体が歪んだ。内部を露出させている今なお、タスクが張り巡らされているのだ。

「京平、何をしているやめなさい！」

父の声は届かない。

京平は来者のもとへ行くと、女王に跪《ひざまず》く騎士のように右手を差し出した。来者も同じように右手を差し向け、掌と掌を合わせ、その隙間からわずかな光が漏れた。

「あいつ、あんたのガキからヒカリの情報を引き出してやがるのか」

ナノマシンに蓄えられた情報の共有。ヨッギの推測は当たっていた。

「なるほどこれが、DH32での、古き同胞の姿か。そしてそこの君がソーラ……。なかなかどうして、野蛮な惑星でも健闘したようだ。強固な関係性が形成され、共同体にも所属できている」

来者がヒカリとソラの過ごした三ヶ月と三週間を知るのに、五秒とかからなかった。次に、かしずく京平を見下ろし、

「まあそして、ドールはそこの敵意の塊のような男の、子孫ときたか。ならば今しばらく、イニシアチブは剥奪したままにしておこう。この国家体の言うところの、ヒトジチ、というヤツかな」

そう言ってけらけらと笑った。

怒りに身を任せ、銃口を男に向けた司郎の手を、ヨッギが掴む。

「よせ、弾丸はあの見えない壁に弾かれるし反抗すればお前のガキはナノマシンの〈終止コード〉を打ち込まれて自己崩壊させられるぞ」

「だが、しかし、やつらにはアンチカニバライザーが……！」

「たかが四十五十のガキが。いいかげん希望的観測は捨てろ」

冷静なのはヨツギ、彼ただ一人だった。

「貴君にはわかるようだな」来者の目が、ぎょろりとヨツギを向く。「私のたがは外れている。先祖が受けた屈辱、愚鈍の叡智《アンチカニバライザー》を凌駕し、同胞たちの語りえぬ哀しみと船団の指揮をこの身に引き受けた」

来者はヒカリを指差し、支配的な笑顔を浮かべて言った。

「帰りましょう、ミソラヒカリ」

ナノマシンを取り込み、アームを自在に操り、そしてアンチカニバライザーが機能しない人類の天敵《リスク》。

立ちはだかる壁はあまりに高く、見上げることすら叶わない。

★★★★★

ソラはヒカリにどこへも行ってほしくないと思った。

心からそう願った。

けれど気付いていた。ヒカリが星を眺める時、そこにはずっと故郷への思いが居座っている。口ではここで生きていくと言いながら、どこか母星に対する思いを残している。当然のことだ。一生かかっても心の一部分を占拠し続ける郷愁を、いわんやほんの四ヶ月に満たない期間で忘れられようもない。

ソラはヒカリの本当の願いに賛同することを拒んだ。ソラの利己性がそれを許さなかった。最も大切な人の最も大切な願いを一緒に叶えることができない。

だからこそヒカリが帰ることができないという事実は、本心ではソラを喜ばせた。彼女の絶望は、彼の希望だった。宇宙が遠すぎることが、ソラには救いだった。星々が地べたを這いつくばる人間どもに見向きもしないことが、ソラには許しだった。

けれど来者が現れた。

ヒカリを連れて帰るらしい。

ソラは自分自身との戦いに、やっと勝利したのだ。今は晴れやかな気分だった。もう、思い悩む必要はない。ヒカリは帰っていく。彼女の望みは果たされる。

彼女を地上に繋ぎ止めておくものは、ソラを除いて他にない。ソラが手を引けば、全てが終わる。丸くおさまるのだ。

大人にならなきゃいけない。

鉛のように重たい沈黙を突き破ったのは、ソラの言葉だった。

「どうして連れて行こうとするんですか」

わかっている。その答えは『SOS信号が出ていたから』だ。

それでも、答えが聞きたかった。せめて彼らがどんな人間なのか。ヒカリの同胞たちは、一体どんな目でヒカリを見ているのか。それだけでも知りたかった。

来者はついに防御域から足を踏み出し、直に草を踏む。

「貴君がソーラか。これはこれは」

来者の声が直接鼓膜に達すると、びりびりと全身を電気が駆け上る。ヒカリと出会ったあの日に感じた緊張感と似ているが、重圧は桁違いだった。

向き合ってみると精神的な威圧感だけでなく、来者の身長がかなり高いということに気付かされる。ヨツギと同等か、それ以上にある。

「なぜそんなことを訊く」

吹き替え映画のように、来者の口元は実際に音として伝わる言葉とは、全く無関係に動いた。思えばヒカリもそうだったが、長く話すうちに慣れきっていたらしい。

「ヒカリはこの星の人間になりました」

「そうだ、私はこの地で生きていくと決めた。もういいんだ。わざわざ来させてしまって、すまなかったな」

加勢したように言うヒカリを見て、ソラは複雑な気持ちになった。ソラにとってその質問は本意ではなく、試金石だった。結婚相手を探す親のように、彼女の幸せを願うために、彼女の幸せから最も遠そうなことを言う。

それもこれも、全てはソラ自身を納得させるため。

ヒカリを屈託ない笑顔で送り出すため。

浅間機関は天に住まう人を地に引きずり下ろし、その技術を骨身まで貪《むさぼ》ることが望みだ。だがソラにとって、そんなことはどうでもよかった。世界がソラとヒカリに、二人で手を繋いでいることを許してくれさえすれば。

「確かにこの惑星の生物多様性は興味深い。星間ピクニックにはもってこいだ」

そう言ってぐるりと周りを見回した後、来者は不可解そうに首を捻った。

「だがそれは本心か？　このような薄汚れた社会構造で成り立つ、精神的飢餓に満ちた世界で、本当に生きていきたいと思うのか？」

ヒカリの脳裏を過《よぎ》ったであろう数々の試練。そしてこれからも訪れるであろう数多《あまた》の艱難《かんなん》。ヒカリが人類と同じスピードで歳を取るなら、数年後、社会に出ることは免れない。学校という固定的な共同体から開放されたあかつきには、社会という名の不安定で巨大な共同体が、ヒカリを待ち受けているのだ。

そこには当然のように裏切りと嘘、嫉妬と絶望が、のさばっている。

彼女が社会に喰い殺されるくらいなら、いっそのことあの空に――。

「ああ、生きていきたい。だって私は、彼となら」

ヒカリが言った。

そして、あらゆる闇を塗りつぶす輝かしい笑顔をソラに向ける。

ああ、そうか。

僕がばかだった。

ソラは思った。思い知らされた。

僕はヒカリのことが、これほどまでに好きだったんだ。何があっても絶対に、一緒にいたいと思っているんだ。ヒカリの本当の望みなんて知るもんか。

ソラはヒカリの手を取り固く握り合うと、来者を睨み付ける。

来者は表情を変え、右目を開き、左目を細め、口元を平たく伸ばし、

「勘違いがあるようなので正しておこう」

と、おどろおどろしい口調で言った。

「船団は古き同胞を回収した後、シュトラの皮膚へと向かう」

「わ、私を故郷に連れて行くと、いうことか……？」

「船団の名は〈シュトラの骨〉。〈皮膚〉によって燼滅《じんめつ》され、散り散りになって星を逃げ延びた、最後の連合国家！」

——惑星の九十三パーセントが焼けた後も——戦争は終わらなかった——先祖はそれを憂い——〈珊瑚の目〉を作った——。

ヒカリは確かにそう言っていた。

最後に残った国が皮膚で、彼らが理想郷を作るために滅ぼした残党が……骨。

「君は我々が成す反逆の、駒となるのだ」

来者の声は夜の森に響き渡った。

その場にいる誰もが息を呑んだ。

「哀れ〈皮膚〉から追放された女。君は平穏な世界に湧いた癌だ。だが集団的ヒエロファニーを引き起こせる君ならば、どんな光子爆弾よりも確実に、我らを悲願に導いてくれよう」

めまいがした。

胃液が逆流して咽頭の裏側を突いた。

全身の血液が沸騰して、体が蒸発してしまいそうだった。

今まで生きてきた中でこれほどまでに明確で、純粋な怒りを感じたことがあっただろうか。深く握りこんだ爪が掌に突き刺さって血が出ていた。

「ヒカリを、兵器として扱うって、ことですか」

ソラが震える声で訊くと、来者はそうだと頷いた。

「あんた、自分が何言ってるかわかってんのか」

「滑稽な質問だな」

来者はゆっくりと歩いてソラの周りを回った。

「理解せずにどうやって会話を――」

自分の体ではなくただの石になってしまった拳を、来者の顔面に向けて放った。

善でも悪でもない何かが、耳元でこう囁く。こいつだけは絶対に許しちゃいけないんだって。

「くそっ」

来者は彫刻のごとく倒れず、よろめいたのはソラの方だった。

「ヒカリは……！　ずっと、ずっと待っていた、迎えが来ることを。それが永遠に来ないとわかった時、彼女はこの地で生きていくと言った。だけどその瞳の奥には、確かに故郷の景色が見えたんだ」

吐き出すように言った。

来者が足を止め、腕をこまねいている。

「僕はヒカリの恋人でありながら、彼女のことを一番に思いながら、彼女が一番に望むことをずっと恨み続けてきたんだ。ヒカリの本当の願いを、僕は許すことができなかった。だからこの星で生きると言ってくれて、どんなに嬉しかったか」

手を繋いで歩いている時も、くだらない雑談に興じている時も、一夜をともにした時も、ヒカリの目の奥にはいつだって宇宙が広がっていた。

「でもそんな希望をひっくり返して迎えが来るって知った時、僕は思ったんだ。本当に愛しているなら、その人の願いを叶えてやるべきなんだ。彼女がそう願うなら、彼女を地上に縛り付けておいちゃだめなんだ」

「ソラ！　勝手な関係解消を私は望まないぞ」

「僕は勝てないことを知っていた」

ソラは顔を伏せ、地面に声を放った。

同じ名前をした怪物。ちっぽけなソラと、壮大な宇宙《そら》とでは、釣り合いなんか取れるはずがなかった。

「だからもう一度ヒカリが宇宙に戻れるなら、僕は背中を押そうと思った。たとえヒカリがそれをためらっても、ずっとそばで見てきた僕は、ヒカリの本心の在処《ありか》を知っているから」

ソラは視界を歪ませる水滴を振り払った。

「でも、あんたは……あんたは」

もはや体がバラバラに散ってしまっても構わなかった。

ソラは渾身の力を拳に込めた。

「ヒカリの『罪』を冒涜したんだ!!」

しかし、届かない。ラッキーパンチに二度目はない。

来者の左手はソラの手首を掴むと、いとも容易く一六七センチのちっぽけな肉体ともども引き寄せ、空いている方の手で顔面を完全に掴み、地面に叩き伏せた。

その一撃は、少年の意識を奪うには十分だった。

だから少年は、その後に放り投げられて数メートル空を飛んだという得難い経験を、残念ながら記憶の中に残していない。

――そして少年が気絶から目覚めた時見たものは、右腕を失ってみっともなく喚き散らしている来者と、地に伏したまま息をしないヨツギの枯れ果てた姿だった。

遡ること約七分。少年賢木空が後に御門司郎から語られることになる、不死者の最期をここに記述しよう。

★★★★★★

少年の声が消えた。

天女は草の上に伏す少年のそばに寄り、ぐったりと開かれた掌を後生大事に握っている。返事のない問いかけが何度も交わされてはいるが、それにしても随分と静かになった、とヨツギはそう思った。

しかし、だから何だというのだ。

天女がいくら泣こうが、知ったことではない。

あの高校生の生死など、なおさら知ったことではない。

ただ――。

またか、と思うのである。運命は繰り返される。唐突に宇宙からやって来た者は、唐突に宇宙へと帰っていく。人類の都合など、微塵も気に留めることなく。

「貴君は、私に何もしようとしないな」

蒼髪の来者が、こちらを指して言った。

「最も強い敵意を感じる割には、とても静かだ」

「俺をそこらのガキたちと一緒にするんじゃねえよ」

来者は興味深そうな顔をした。

ヨツギは尻を黒いバンのボンネットに預け、両手をコートのポケットに隠したまま動かない。

「お前をどうにかしたところで、俺が待ってるモノは届きゃしない。そこら中にうじゃうじゃいる星間船団の一個が、たまたまこの辺境の星に立ち寄っただけの話だ。別に驚かねえさ」

「利口だな」

来者は笑みを浮かべた。

「その通りだ。ナノマシンという技術を持ちながらも、我々は種族として不死を選択するほど愚かではなかった。貴君が遠い昔に別れた同胞は、今やどこかの船団の環境循環装置の一部になり、大気となり、土となり、水となって船を巡っているはずだ」

だろうな、とヨッツギは素直に了解した。

わかっていた、そんなこと、言われずとも。それでもいつかまた会えると、どこかでそう信じることで、千三百年もの間、生きてこられたんだ。

いい人生だった。世界を渡り歩き、人が見られないものをたくさん見ることができた。祖国の安寧《あんねい》を見届け、子供たちが生きる未来を創ることができた。

いや――。

そんな幸せな夢ばかり思い出して、忘れちまったのか？　最愛の人を連れ去ったのは誰だ。親友を殺したのは誰だ。いつだって同じだったろう。千三百年を支えてきたのは、決して無垢な希望だけじゃない。お前には戦う相手がいるんじゃないのか？

「一人でぼそぼそと、気色が悪いな」

「いやあ、俺の中のシゲキが、あろうことか俺をヘタレ扱いしやがるんだよ」

ヨッツギはそう言って車から離れ、げらげら笑いながら千鳥足になった。そうかと思えば苦しそうに頭を上下に振って、胸の羽衣ごと皮膚を掻き毟《むし》った。

「やい、シゲキめ。馬鹿にするのはまだ早いぜ。俺は終わっちゃいねえ。甲冑を脱いじゃいねえ。返歌は必ず返す。そうだろ。またジャック・ド・モレーやオリヴァー・クロムウェルと一緒に戦おうぜ」

再びヨツギの顔に別人のような笑みが宿る。来者にも御門司郎にも、理解の及ばない領域——これは他の誰でもない、ヨツギの物語だ。

「だから俺は、仕方がないから、お前を倒すことに決めた」

来者は腹を抱えて笑っている。「何を言い出すかと思えば面妖《めんよう》な！」しかしその瞬間に、ヨツギの左腕が彼の首もとへと伸びていた。さすがにぎょっとする来者の意識を、ヨツギの右の拳が穿った。

衝撃。

来者の全身の骨格を震わせる。

のみならず二、三歩後退せしめ、唇に赤い血を滴らせる。

「バージョン3・0でここまでの威力が出せるとは、伊達に長生きしているわけではなさそうだ」

しかし来者の動きは、目で捉えることができなかった。ヨツギの目をもってしても、いつ地面を蹴ったのかすら確認ができなかったのだ。

「私はバージョン91・4だ」

体のどの部位に何をぶつけられたのかすらわからないまま、ヨツギの体は砲弾のように吹っ飛んでいた。そして数秒風を切った後、彼の体を受け止めた大樹は、折れてばっさりと倒れた。

たかが数字の違いでこんなに力の差が出るなんてな。まるでゲームのレベルアップ勝負じゃねえか。

絶望的な力の差は、確かに感じた。だが、なぜだか急にあほらしくなってきて、笑いがこみ上げてくる。

「痛え。痛え。痛え……だけかよ」

破壊された木片が矢尻のように突き刺さった肩からは、とめどなく血が溢れていた。傷口からは十六世紀以前の野性じみた戦争の香りがした。

礫茂左衛門《はりつけもざえもん》はごめんだ！

と無理矢理引き抜くと、血は前にも後ろにも飛び散った。引き抜いたそばから貫通した両面に皮膜が張り、傷を塞いでいく。出血はすぐに治まるが、体内にしばらく残る空洞は、引き裂くような痛みを生み出し続ける。

けれどヨツギは一度として、ナノマシンに痛みを消してくれと願ったことはない。痛みは重要なセンサーだ。そしてまた、ヨツギが人間であることを思い出させる数少ないきっかけだった。

「人間、ねえ」

あまり口に出すのは禁物だ。ヨッギが知る人間は、いつだって彼を置いていく存在だった。去っていく者は、残される者の気持ちをついぞ推し量ることはない。

嫌な生き物だ、人間なんて。

でもそういえば、最近ヨツギを人間として認めた男がいたっけ。さもそれが当然であるかのように、食ってかかってきたやつがいたっけ。

あそこで倒れている、そうだ、あのガキだ。

「笑っちまうぜ」

天女をはべらせて、戦場で居眠りか。いいご身分だ。ヨツギはその少年を見ていると、昔の自分を見るようだった。甘ったれで貧弱、そのくせ言うことだけは大きい。天女を心から愛し、彼女のためなら全てを投げ打っても構いやしないと思っている。

そうか――。

少年に打たれた左頬の痛みが、ヨツギに思い出させた。

いつの間にか、自分が何であるかを忘れていた。その後、長い間どう生きるべきか、何になるべきか考え続けてきた。しかしヨツギにも確かにあったのだ。彼の最初を形作った真っすぐな姿勢《スタンス》が。天女を助けた時の淡い恋の気持ちが。

ぐらりと足先が地面に達すると、ヨツギはすっとしゃがんで左足に巻かれたホルダーからダガーナイフを引き抜いた。第二次世界大戦中に、お互いを好敵手だと認め合った米軍の兵士から形見としてもらったものだ。ヨツギは一日としてこれを磨ぐことを忘れず、今でも変わらぬ切れ味を保っている。

全身が武器のような相手に、よもや卑怯などとは思わない。ヨツギは渾身の力で地面を蹴った。顔に張り付く空気が重い。一歩ごとに信じられないほど大きな負荷が脊髄を駆け抜ける。

ヨツギは夜の深緑の中で、一本の銀色の線になった。

そして銀色の線は、まっすぐ来者に向かって伸びた。

次の瞬間には、ヨツギの頭は来者の真横を通過していた。左足を前に出し、右足が地面を蹴っている。移動の全工程の中で、最も速度が乗った瞬間だ。ヨツギの左腕は背中より後ろにあり、今から前方に動かそうとしている。

その軌道上に来者の左腕がある。

取った。左腕を落とした。

そう確信したヨツギの刃は、きん、と鳴って何か硬いものに弾かれ、手元に痺れだけを残した。

「我々が武器を持たない理由が、わかっただろう」

振り返ったヨツギは、来者の左手を見て愕然とする。

「そんなんアリかよ……」

来者の左手は、指先にいくに従って薄く引き伸ばされて、やがて統合され、光沢を持った金属質の刃へと変容していた。刀身は真っ白い皮膚と違って薄い灰色を帯び、赤い月の光を浴びてギラリと輝く。

「長生きしている割に、ナノマシンのこういう使い方を思いつかなかったようだ」

「いけねえ、忘れてた」

今度は来者が踏み込んだ。文字通りの手刀がヨッギの頬を掠《かす》める。

ヨッギの腕が手刀を根本で捉え、とっさに身を翻して背負い投げを放った。が、投げられている最中、来者は自分の体が一番高くまで上がった時に、その遠心力を利用してヨッギから飛び退いた。手刀は掴んでいた手を切り裂いていき、ヨッギの右手の小指と薬指はぽとりと地面に落ちた。

傷が歪《いびつ》に塞がれつつある右手を見て、ヨッギは思った。

これで何度目だろうか。

どれだけ剣の技を磨いても、長篠の戦いでは無力だった。比類なき命中精度を誇る狙撃手としていくら恐れられても、たった二発の爆弾によって信じていたものは全て奪い去られた。

そんな時、いつもヨッギの心中で囁く声があった。

それでいいのか？　せめて一太刀だろ。お前、負けず嫌いだったよなあ？

「せめて一太刀。それさえ刻めりゃ、勝ちだ。そうだよなシゲキ」

来者が斬りかかると、ヨッギは受け流すことで手一杯になった。

型もへったくれもない、乱打、乱撃、乱舞。しかしその一つ一つが空気を揺らし、触れていずとも皮膚を削るほどの威力があった。

追い詰められているはずなのに、ヨツギの口からは言葉が漏れた。

「なあ、聞いてくれよ」

来者の剣をナイフで左右にいなしながら、ヨツギは言った。

「俺には親友がいてさ。夏山繁樹《なつやまのしげき》ってぇやつなんだけど、そいつも死ねなくなっちまったもんだから、お互いに考えたことがあったんだ。いつかもし、生きていくことに耐えられなくなったら、体の中にある不死の薬の助けを借りて、命を終わらせてもらおうってさ」

「それだけ長く生きれば方法を教わらずとも、自ずとナノマシンとの無意識的なコミュニケーションを取ることができる。貴君のような考えに至ったのも納得だ」

「でも自害するのは怖い。だから互いが互いの終わりの呪文を、憶えておこう」

「終わりの呪文？　停止コードのことか？」

それは翻訳機能の齟齬《そご》なのか、単に知らない単語なのか、それともヨツギがあえて訳のわからないことを言ったのか。ヨツギの言葉を心情的にではなく、意味としてのみ解釈していた来者は、そこに、ほんのわずかに通常以上の思考を割いた。

その一瞬の隙を、ヨツギは待っていた。

来者は無尽蔵の力で、一秒も休むことなく攻め続けている。彼の体は今戦闘のレールに乗っていて、切っ先となった左手と、全身の筋肉とが渾然一体になっている。

しかし、右手は違った。意識から切り離された右手は、鶏のトサカのようにフラフラと宙を漂っている。そこへヨツギの右手が重なって、絡み合った。

それは何てことはないただの握手だった。戦いには似つかわしくないし、相手の間合いに無闇に入り込んでいくような愚かな行為だった。

「何のつもりだ。この国家体のジェスチャーは大方理解している。仲直りでもしようというのか」

「だとしたらどうする？」

「我々は貴君のような特殊因子を歓迎する。四肢の自由を奪い、船団の研究室で過ごしてもらうことになるが」

「何だ、その気になれば乗せてくれたのかよ！」

ヨツギは悔しそうに言った。

「でもよ、もう遅い。もう遅いんだよ」

そうして一度宇宙《そら》を見て、次にその視線を車の後ろでこっそり覗き見ている司郎に回し、ヨツギは言った。

「御門司郎、さよならだ。俺はこいつと一緒に沈む」

司郎はわずかに車の陰から出て、あっと口を開けて何かを言わんとした。

来者が剣を振るった。それが脇腹に突き刺さることを、ヨツギは厭わなかった。

ダガーナイフはとっくに地面に落ちていた。ヨツギの顔は、しかし笑っていた。

そしてその飄々とした口が、終わりの呪文を告げる。

「終止コード！」

ヨツギは目を閉じ心の中に、春の夕陽にくれる富士を背にした駿河湾を描く。

「見渡せば　山もと霞む　水無瀬川　夕べは秋と　なにおもひけむ」

言い終えたその一瞬、ヨツギと来者の右手の接触面が眩く発光した。そして二人とも右手からまるでジクソーパズルを崩すかのように、ぼろぼろと壊れ落ちてゆく！

「う、うああ何だ、何だこれは！」

来者は思わず絶叫した。

「あんた、バージョンがどうとか言ってたよな。あれはいいヒントだったぜ」

来者の血走った目がヨツギを捉える。

「俺のナノマシンだってバージョンアップする。その情報源はあんたにしかない。ってことは、触れたら自動で同期を始めるはずだ。その同期中に俺は、自己消滅の終止コードを入力した。あんたのナノマシンも、その命令に従ってるだけさ」

手を繋ぐことでナノマシンの受け渡しができるなら、情報の受け渡しだってできるはず。シゲキが起こしてくれた奇跡は、繋いでくれた命は、無駄ではなかった。

ヨツギがとうとうと語る間にも、崩壊は止まらない。

「ふざけるな、ふざけるな。そんな命令、私は下してない。ああ、もう肘まで——」

「止めたければ止めればいい。停止コードを打ち込んでな。ただしその時にはもうあんたは、ただの人間か、それ以下の存在に成り下がっている」

ヨツギは血と雨露で湿った草の絨毯に、ばったりと倒れこんだ。

右腕はすでになく、崩壊は肩から胴体に及んでいた。砕けた体は石ころのような大きさから、さらに風化して砂のようになって、草の上にさらさらと降り注いだ。

命が消えていく感覚をゆったりと味わいながら、あの大きな宇宙に向けて、やってやった、と心では叫んでいた。意識は薄れていく。決してこれが満足な結果だとは思わない。でも、せめて一太刀……負けず嫌いなシゲキの口癖だった。

『お前も負けず嫌いだっただろ』

また、声が聞こえた気がした。

長生きした割には、走馬灯はコンパクトなものだ。

そして色覚を失っていく瞳に映るのは、あいつの姿だけ。なんだ、やっと目を覚ましやがったのか、遅せえんだよ。

でもまあ、こっからのことは、お前に、一任ってことで、俺は少し眠る――。

☆☆☆☆★☆☆☆

目を開けると、そこにはヒカリの不安そうな顔があって、垂れた緑の髪が鼻先に入ってこしょぐったかった。

何が起こったのか、まるでわからない。

上体だけ起こすと、二十歩ほどの距離にヨツギが倒れているのが見えた。顔からは血の気が引いていて右半身が白く変わり、ひび割れた皮膚からきめ細やかな砂のようなものがこぼれ出している。

来者も右腕をほとんど肩あたりまで失っていて、左手も何だか尖ったいびつな形にさせている。ソラが意識を失う前のような冷静さを欠いていて、母星語で何か意味のわからない言葉を叫びながら、地面を踏み鳴らし怒りを噴出させている。

「司郎さん」

ソラが呼ぶと、車内で何かを探していた司郎が駆け寄ってきて、

「ああ、どうやらヨツギは相手のナノマシンの機能を停止させたようだ」

と言ってソラの背中を支える。

それは形勢逆転を示す、喜ぶべきことなのではないかと思ったが、司郎の声は意外なほど重い。

「自分の命と引き換えに、な」

生気が抜けたように座り込む京平の姿が見えた。その口からぼそぼそとした声で、意味のわからない言葉が垂れ流されていた。自分が誰だかもわからないらしかった。

司郎の肩を借りて立ち上がろうとすると、金属バットで殴られたような頭痛が走った。しかし、そうしないわけにはいかなかった。ヒカリはソラの袖を引っ張って、もっと安静にしていろと言って再び寝かせようとする。その誘惑を振り払い、次第に司郎の介助からも離れ、ソラは歩く。一歩ごとに一発、後ろから殴られるような感覚がべったりと付きまとうけれど、この身を案ずるよりも足が動く。痛みでは止められない。この心は、そんなものでは屈しない。

「随分と、忙しそうじゃないですか」

「死に損ないのガキが。貴様ごときに、何ができるというんだ」

来者の口調が荒々しくなった。

「そうだ。もうそいつには超人的な能力はない。じきに到着するドローンに乗せて、ビッグボックスに隔離する。それまでマスクの中和に、手を貸してもらうぞ、美空光！」

司郎は脂ぎった頭をハンカチで拭いて、勝ち誇ったように叫んだ。

彼の勝利宣言は、即ち人類の勝利宣言でもある。しかしソラには納得がいかなかった。この結末は、きっとヨツギが望んでいたものではない。それがわかった。

「司郎さん、それを貸してください」

貸してくれと言いながら、ソラは半ば奪いとるように司郎の手から拳銃をさらい、よろめく来者にそれを突き付ける。

「これが人類なんです」

来者も司郎も、その言動を理解できない。

けれどもソラには、何の衒《てら》いもなかった。拳銃というものを初めて手に持ったソラは、心底そう思ったのだ。この甚《はなは》だ重い鉄塊が、まさに人類そのものだと。

「こんなにも……他人を殺すためだけに、そのためだけに進化を続けてきた道具が、あなたの文明にはありますか。それだけの殺意を背負い込みながら、それでも文明を発展させてきた人類の思考が、あなたに理解できますか」

見た目よりもずっと重い鉄の塊。それは殺意の力点と作用点をいかに引き離すか、いかに躊躇せずに人を殺せるかを、考え抜かれている。鞄の中に入り、指先一つで命を奪えるのだから。

ソラはいつからか、涙声になっていた。

「大切な人を傷付けようとする者を、本気で殺したいと思うこの気持ちが、あなたに理解できますか」

来者は口を固く結び、眉間をぐちゃぐちゃにして不可解を表《ひょう》した。

ソラは安全装置を親指で探り、引き金に指をかける。今ならこの人類の『おもちゃ』で、天上人を殺せる。

殺せる——。

ヒカリの視線が背中に刺さる。

ソラは人差し指を引く代わりに、声を目一杯張り上げた。

「それがわからないあなたたちに、学ぶことなんて何一つない！」

浅間機関への反逆だった。が、ソラの答えは決まっていた。

怒り。

その感情は人間を、絶望の淵からでも立ち直らせる。

その感情は人間に、己の未熟さを気付かせる。

怒りが、敵意が、殺意が、人類をここまで導いてきた。良いか悪いかは、誰にも判断がつかない。人類がただ、そういう生き物であるというだけ。それを知っていさえすれば、怒りを受け入れることができる。愛することができる。

「この星から出ていけ」

ソラは勇ましく言った。

「貴君にもいずれわかる日が来る」

しかし来者はいびつになった両腕を広げ、全てを受け入れるような顔をすると、従来の尊大さを取り戻し、顔には不気味な笑みをたたえた。

「我々は珊瑚の目を持っている」

来者が何か彼らの言葉で叫ぶと、宇宙船の背中の最も高い部分に、搭乗口と同じようなプロセスで亀裂が入った。やがてパックリと開くと、中から巨大な杯《さかずき》が姿を現し、その上には、この世の赤という赤を詰め込んで煮詰めたような、渦巻く小さな太陽が載っていた。太陽は、表面全部を覆う血管のようなものを微かに脈打たせ、今にも爆発しそうに抑え込んだ鈍い光を放つ。

「二度も言わせるな、僕は本気だ！」

ソラはそう言って凄んだ。しかしヒカリの手が構える銃の上にそっと置かれ、そのまま弱い圧をかけて銃を下ろさせた。ソラは自分の闘争心がヒカリを怯えさせたのではないかと危惧した。

ごめん。そう謝ろうとしたソラの思考を、ヒカリの言葉がまっさらに掻き消す。

「私は間違っていた」

ソラだけでなく司郎も、そして来者さえヒカリの言葉に聞き入った。彼女はひどく落ち着いた様子で、こう続けた。

「確かに我々は不勉強だ。この星に学ぶことはあれど、教えることなどなにもない」

刻々と、時が刻まれていく。誰もが入り得ぬ独壇場で、ヒカリはその表情をつくってみせた。

「本当に大切なものが傷つけられた時、人は戸惑うでもなく、憂うでもなく――怒る」

あるはずのないものがあった。

ヒカリの憤怒の形相だ。アンチカニバライザーによって抑制されているはずの感情が、表立っている。

「ソラ」

ヒカリの声は、何か神聖な楽器のように響いた。

「あの夜私の体に打った楔は、私をこの星の人間にするための契約だった」

そう言って、真っ白い華奢な手を胸の中心で重ねる。

「私がこの星に降り立った時分は、本当に絶望しかなかった。途方もない罪を犯した。消えてしまいたかった。それでも空気を欲する肉体がこの上なく厭《いと》わしかった。そんな時だ。君が現れた」

はっとしたソラは顔を上げる。もはやヒカリの表情に怒りはなく、そこに浮かぶのは哀しさ一つだった。

「私は君を隷属させようと思った。未知の共同体に少しでも安全に潜入するための尖兵としてな。だが君は……君は私がそうするには、あまりに優しく、そして心強かった。君といれば生きていけると思った。だから私は君との関係性にこだわったんだ」

五人衆が彼女を求めて争った時も、生徒会長が彼女を要求した時も、ヒカリはノーと言った。試練が訪れるたびに戦々恐々としていたソラは、いかに杞憂だったかを思い知らされた。ヒカリは最初から、ソラしか見ていなかった。どんな時もその手が求めたのは、ソラの手だった。

プールサイドで彼女は『君を信頼している』と言った。『君だけを』ではなく『君を』と。選択肢など他になかったということだ。

今更何を。

五人衆を警戒し、生徒会長を恐れ、そして宇宙に脅え続けていたソラとは違い、ヒカリはずっとソラ一人を見てきた。そこには一抹の迷いさえ存在しなかったのだ。

では、何を間違えたというのだ。ヒカリはなぜこの期に及んで、そう熱烈に訴えかける？　なぜソラなのか。

ヒカリは独白する。まるで己の心臓を、引きずり出すかのように。

「私には君の存在が、星の輝きよりも尊かった」

ヒカリは、ソラの手を熱く握って言った。

逆だ。それはまるっきりソラの言葉だった。受け入れ難いと思った。自分が彼女の、そんな大きな存在であることが信じられなかった。

だが次第に伝わっていく。本当の想いは、本当の『好き』という気持ちは、どんなに厚い心の壁であろうとも穿ち、二人を繋ぐ。

「そうだろう、ソラ。これが恋人なんだ。これがこの関係性が生み出した、結論なんだ！」

罪の共有。それが恋人なのだと言った。きっとそれも正しい恋人の解釈だ。でも人類はその感情に、もうこりごりと言わんばかりに振り回されてきた。

恋人という関係。

ヒカリは今、その意味を正しく理解し、そしてその役割を行使しようとしている。

だから次の瞬間に放たれた言葉は、その理解を前提とした上で、ひどくまっとうで、当然のものだった。

「だから私は行くよ、ソラ」

耳を疑ったというよりそれは何かの比喩だろうと、鏡に映る自身を見て裏側に何かいると疑うダチョウのように、ソラは言葉の隅々までを弄った。が、そんなソラの眼前に立ったヒカリは、もう一度ハッキリと目を見て、私は行く、と言う。

だらりと下がった掌から銃が落ちたことにも気付かず、ただ呆然と、ヒカリの目を覗く。いつの間に冗談なんて言えるようになったんだ、そんなことを口にできる気力がまだ残っていたなら、どんなに良かったかしれない。今のソラには、せっかく備わっている声帯の使い道すら思い出せなかった。

「〈珊瑚の目〉か……」

司郎が一言、そう呟いた。

ヒカリは口を固く結んだまま、うしろめたそうにソラから顔をそらす。ソラは訳のわからぬまま、ヒカリに抱きついた。

「全人類の未来を、人質に取られたというわけか」

司郎がかすれた声で言った。

「理解が早くて助かる。さあ、これで終わりだ」

来者は言った。

ヒカリはソラの頭を、赤子をあやすように愛おしく撫でると、ほんのわずかな力でするりと拘束から抜け出て、来者のもとへと歩いていく。一歩ごとに、何かを断ち切るような顔をして。

「待ってくれ！　こんな結末……」

ヒカリはまだ振り返ることをしない。来者と並び立って初めてこちらを向くと、ダッフルコートのポケットから朱色の布切れを取り出して、ふわりと首に巻く。

ソラがプレゼントしたマフラーだった。

「こんな結末、僕は認めない！」

まだ、温かい手ぶくろも渡せていない。

「ソラ。これは私の意思だ。これで故郷に帰れる」

「何が私の意思だ。兵器になることがか!?　この男の復讐に利用されることがか!?」

「違うさ、私は啓蒙しに行くんだ。この星で出会った人々、感じた空気、触れ合った自然、それら全てを伝えにいく。そして同胞たちに、心というもののあり方を、もう一度問わせるのだ」

その言葉に何割の本心が含まれているのだろう。ソラには全く、ただの方便にしか聞こえない。

ヒカリの同胞を滅ぼしたという、〈珊瑚の目〉。それは惑星全体を覆うほどの〈珊瑚の木〉の圧縮物であると、のちに司郎から聞かされた。船団は、自らを滅亡に追いやった兵器を、あろうことか人類に差し向けたのだ。

珊瑚の目は、またの名を、非戦爆弾。人間の感情から一切の闘争心を奪い取るべく造られた。争いがなくなれば平和が訪れるが、闘争心を失った人々は、ゆっくりと花が枯れるように絶滅する。

司郎はC33の遂行を不可能と判断した。現時点で、珊瑚の目を無効化しうる技術は、この地球には存在しない。

ヒカリの保護計画は失敗。

この期に及んでだだをこねているのは、賢木空少年ただ一人。

そんなことはわかっていた。

わかっている。

それでも、はいそうですかと、言えるはずがない。

最初は変なやつだと思っていた。時を経るたびに想いは積もった。その重さが愛だとわかり、いよいよ取り返しがつかなくなった。

「約束したじゃないか、ずっと一緒だって。ヒカリは僕に嘘をつくのか」

「嘘などついてないさ」

ヒカリは自分の胸の右側に右手の握りこぶしを押し付け、左手で覆うようにした。

いつかの夢の中で見た、あの姿だった。その意味は――。

「君の鼓動が私の右側に」

ヒカリの言葉は、ソラの頭蓋の中で眩く光った。

「君は私のソーラだ。そして私は君のソーラでもある。それはこれからもずっと変わらない。私は必ずまた戻ってくる。だから」

吹き抜けた夜風が、全ての決着をここに下した。

嘘は大罪。心を蝕む病。そのことわりの中で生きているはずのヒカリが見せた表情と言葉が、あまりにズレているものだから、それはもう誰の目から見ても嘘だってわかるんだ。覚悟を決め、悟ったようなことを言うくせに、表情は見ちゃいられない。大きく歪んでねじ曲がって、ぐしゃぐしゃになって、もとの顔なんかわかりゃしない。

「また会おう」

彼女が最後に犯した大罪は、ソラのために大きな嘘をついたこと。そのために彼女がどれほどの十字架を背負ったのかは、今となってはもうわからない。わかりようがない。

来者とヒカリが足を踏み入れると、開口部がゆっくりと閉じていく。首に朱色のマフラーを巻いたヒカリが、足先から徐々に隠れていく。ソラの目はビデオカメラのレンズのようになって、その一部始終を見届けた。

離陸音はなく、天から糸で釣られるように飛び上がると、浮き舟は天高く昇っていった。空を見上げ、その浮き舟の真っすぐな船出を見送ることが、ソラにできた最後のことだった。

ただ、見上げることだけであった。

終章

まず、僕のことを話したいと思う。

春が訪れ、僕は高校二年生に進級していた。

十二月八日以来、御門司郎と会ったのは二回きりだった。彼の公安調査課の名刺はいまだに引き出しの中にあるが、僕から連絡するようなことはない。浅間機関は僕の体を熱心に調べ、定期検診も受けさせてくれたが、それ以外に何か交流があるわけでもなかった。

完治はしない怪我や病が時間と共に和らいで日々の中に溶けていくように、おかしなものとの出会いが僕の体の一部になっていく感覚があった。

上坂先生からゆとり世代だとからかわれながら、週五日の登校を漫然とこなす。授業が終わると家に帰るか、部室に行くか、クラスの友達とカラオケに行くか。誘われることもあるし、誘うこともある。幸い木下や佐藤との中は好転し、前からあった男子同士の輪に紛れて、昼飯を一緒に食べる相手にも困らない。

学校のクリスマス祭で、石上千次とバンドを組んだ。僕が作詞し、千次が作曲した。希望を残した悲恋の歌。「BAMBOO GIRL」と名付けた。

金城朋子と別れた石原先輩とも、自動販売機のベンチでたまに話す。

友達は減るどころか増え、それなりに忙しい日々を送っている。だから孤独を感じる必要なんてないんだ。

次はこの街について。

事件の直後は、三竹ヶ原を封鎖する特別法案が国会に提出されたというデマが流され、街を訪れる人が激増したことがあった。街中にある自動車事故の痕跡を、観光名所のように回る人々が大勢いて、地方新聞だけでなくて東京の記者まで押し寄せ、商店街は営業どころではなくなった。けれどそんな喧騒は一週間も経たないうちに過ぎ、三竹ヶ原はパワースポットとして昼のバラエティで紹介され始めた。

番組では宇宙船をはっきりと映した写真が出回ったが、巨大な三角錐の船体はとても宇宙船には見えず、専門家からひどいCG加工だと言われて突き返されたそうだ。

多くのメディアがあの日のことを『赫夜』と表記して出来事を誇大に書き、そして何事もなかったかのように盛大に掌を返した。

三月には『赫夜』は都市伝説だと言われた。三竹ヶ原にも、平穏な日常が戻った。

始業式から二週間ほど経った今、生徒会長選挙への準備が着々と行われている。御門京平は転校扱いになり、生徒会長の任期をまっとうすることはなかった。彼への反動か、今期の立候補者はほとんど融和路線を掲げている。

これからまた、大きなイベントの波がやって来るのだろう。

僕は空っぽになった。朝、冷蔵庫から出したザクロジュースが美味しいのか、美味しくないのかがわからなかった。三脚と金属の筒が入ったゴルフバッグは、寝台の下にしまったままもう三ヶ月ぐらい手を触れていない。

誰かが笑うと僕も笑い、誰かが泣くと僕も悲しい顔をした。

真っ白になった心のカンバスに、何でもいいから色を塗ろうとした。けれど手持ちの塗料は白ばかり。どうしようもなく、白に白を厚塗りする毎日を過ごしていた。

ある暖かい晴れた日、それを見つけるまでは。

司郎から連絡があった。華三荘との契約期間が切れ、二〇三号室をクリーンアップするから、一度来てほしいということだった。年が明けてから一度も行っていないので、何が置いてあるのかさっぱり忘れている。

空き家を訪ねるだけのことだが、足取りは重かった。

でも僕を歓迎するように扉は、軽やかに開く。

「ヒカリ！」

ひょっこり出てきそうな気がして、たまらずそう呼んでみる。

ひゅう、と風が鳴る。

直置きされたステンレスの電気ポットと、延長コード。引き出しが四つある桐タンス。ちゃぶ台とゴミ箱。改めて見ると、ひどく殺風景だ。

ヒカリは一度も化粧をしなかったので、化粧棚もなかった。ヨツギの部屋にはあったのに。いや待てよ、なんであったんだ……？

ソラは小さな丸いちゃぶ台のそばに、正座に挑戦して三分で音を上げるヒカリの姿を重ねてみる。

だめだ。

すぐに視線をちゃぶ台から離し宙を彷徨わせると、タンスの上にきらりと光るものを見る。出会った時付けていた銀色の髪飾りが、簡素な写真立ての前に横たえてある。ヒカリと撮った写真を現像したことなんてあっただろうか、と思うが早いか、くだんの盗撮写真が収まっていることに気付く。

「あいつ、本当に飾ってたんだな」

よく見てみれば確かに上手く撮れている。クリーム色のブレザーに朱色のマフラーが映えていて、彼女の一番の魅力である屈託のない笑顔が横顔ではあるが綺麗に写し出されている。

あの時は本当に憎かったこの写真も、今や貴重な思い出。

少し癪だけどこれはもらっておこう、と僕は手を伸ばした。

と、その時。

写真立ての背に、写真とは別の紙が挟まっていることに気付いた。ヒカリのことだ、また宇宙人の流儀で、変な使い方をしているのだろう。そう思いつつ抜き取った一枚の紙切れを広げると、相変わらず子供みたいな字で、冒頭にはこう書かれていた。

賢木空へ。

僕への手紙だった。

賢木空へ

君がこの文章を読んでいるということは、私が地球を留守にしてすでに二、三ヶ月が経っているということだ。もうじき部屋は引き払われ、私の戸籍は抹消されるだろう。だがそんなことは全く問題ではない。思い出は家ではなく、記憶に匿ってある。

このまま地球を離れるつもりはないが、万が一のためにこの手紙を書いておく。

それに私は手紙に以前から興味があった。言葉を物質にして送るなど、私の国にはない文化だ。しかし実際に書くとなると、とても容易ではない。アームで文章を翻訳し、拡大印刷して書き写す必要があった。この労を君が讃えてくれることを期待する。

さて、私は君に愛されている自信がある。君を夢中にさせている自信があるし、私も君に夢中になっている自覚がある。お互いが陽子と中性子のように離れがたい存在になっているという実感が、今も体の中で脈打っている。

しかし君はたまに、私を夜空に浮かぶ月と重ね、手の届かない遠いもののように焦点の合わない目で見る。私が夜な夜な星を見上げて郷愁に浸り、さめざめと泣くと思っているようだ。確かに故郷が懐かしくないでもない。

だが断じて言っておく。私の、この星で生きるという覚悟は本物だ。そしてこの覚悟を邪魔するものは、何であっても許すつもりはない。

それに君は、宇宙を過大評価しすぎなのだ。君が望むような美しい場所ではないし、ほとんどが田舎で水族館もない。シュトラと地球がどれほど離れていると思う？たった七アーバンス日。つまりアーバンス航法で七日の距離ということだ。

宇宙は君が思うよりずっと狭い。どれだけ離れたとしても私たちは七日越しにいる。だから私は戻ってくる。水族館に連れていってもらわないといけないしな。

この国では『愛している』を『月が綺麗だ』と訳すそうだな。けれど忘れてはいけない。月が綺麗に輝くのは、太陽が輝いているからだ。

私が月なら、太陽は君だ。君こそが私にとって本当の光だった。

私が戻る時、それは常に君の瞳の灯火を頼りに戻る。私が進む時、それは常に君の呼び声が聴こえる方へと進む。だからソラ、私を呼び続けてほしい。空を眺めることをやめないでほしい。

君の鼓動が私の右側にある限り、この宇宙で最も強い相互作用が私たちを引き合わせる。私たちはソーラ・リム・イリアロン。

その正確な訳は、罪によって二度会うことを宿命付けられた存在。

恐れるな、愛しい人。

再会は約束されている。

美空　光

読み終えた瞬間、ヒカリと過ごした三ヶ月と三週間が脳裏を駆け抜けた。嬉しいことも辛いことも、苦しいことも悩ましいことも、気持ちいいことも痛いことも、全てが溢れ出して、とどまることを知らなかった。まるで止まっていた時間が動き出したみたいだった。

僕は手紙を元どおりに畳んで、髪飾りを握り締めた。

彼女は帰ってくる。

必ず帰ってくる。

それなら今できる一番のことをしよう。

今日、星空を見に行こう。

埃を被っていた望遠鏡をベッドの下から引きずり出して今日、見に行くんだ。

僕は待ちやしない。どこまで離れても、絶対に捕まえてみせる。君の宇宙《そら》を追い越して、必ず再会を果たす。

僕は観測者だから。

いつか、必ずだ。

おわり

あとがき

あとがきで多くを語ることは、本編で書ききれなかったことを補完するためで、あまり恰好のいい行為ではない。ある人にそう言われました。僕も確かにそうだと思います。

しかし、作品を作品として完結させるためには、どうしても語りきれない部分があります。というより、作品には必要ない要素、書き加えれば作品の完成度を下げてしまう要素、そんなものが、沢山あると思います。

そういうものは別の作品で書けよと、言われるかもしれません。その通りでしょう。でも、一つだけ本編には登場しない要素を、ここに書き記そうと思います。

それは僕が『BAMBOO GIRL』（以下本作）を書くに至った、過程と動機です。

もともと本作は、動画メディアにアップロードするためのボーカロイド楽曲に、端を発しています。プロフィールに書いた通り、僕は白血病を患っており、曲を書いた頃は丁度治療と治療の間の期間でした。

テーマは「現代のかぐや姫」。何かがやって来て帰っていくという、普遍的なテーマを、第三者から見た形で表現しようと考えました。そこで僕は思ったのです。いつでも、やって来る「何か」は、残される者の気持ちなんてちっとも気にしていないんじゃないか、って。

実際はそうではないんですけどね。本作でもヒカリはソラとの別れを大いに悲しんでいるでしょうし、彼のために最大の嘘だってつきました。

でも帰ってしまうものは帰ってしまう。お見舞いに来てくれる家族も友人も、帰ってしまう。それが当たり前だと分かっていて、それでも寂しく思う。残されるのはいつも僕だ。

いいえ、僕が特別なわけではないと思います。きっと皆が、同じ思いをしているのでしょう。「何か」は自分の都合でやって来て、自分の都合で去っていく。残された者には、空虚な痺れが残る。

この世に在る全ての「別れ」が、きっとそうなのだと思います。ずっと傍にいてくれる人間なんて、存在しない。

でもだからこそ、希望という言葉があるのだと思います。もう一度会えるという、希望。もう二度と会えなくとも、その人の事を思えば、微かな希望が持てる。それが本作でいう、「望遠鏡」なわけです。

遅くなりましたが、この本を手にとってくださり、ありがとうございます。

人間六度は、この命が続く限り、これから小説家として頑張っていきたいと思っています。

そしてヒカリとソラの物語も、多分続いてゆくと思います。

二〇一五年秋　人間六度

文庫版あとがき

四年ぶりに長いあとがきというものを書きます。

七月下旬に文庫化の話をいただいた時は、不思議な心地でした。置いてきた過去が語りかけてくるような、一ページ前の自分と対話するような、ちょっとヘンな感じ。

この本は二〇一六年に、自費出版として世に出ました。

執筆当時は「臍帯血《さいたいけつ》移植」という治療の直後。消灯後ってなぜか目が冴えるんです。それは病院の中でも変わらなくて。八階の隔離病棟で真夜中に、看護師さんに注意されながら無心に書いたことを憶えています。

自費出版は家族の強い勧めによって行われました。最近父が白状したのですが、僕の生きた証を残すという意味もあったようです。それって寂しくはなくて、むしろ心強かったりします。物質としての本のパワーを感じました。

「帰ってしまうもの」の思いは今も変わりませんが、あの頃と違って、帰ってしまう人を見送りながら、追いかけることもできるようになりました。幸いなことに体も、大学に通えるまでに回復を遂げ……。本当にどうしてここまで持ち直したのか、医者も首を傾げています。ただ一つ言えるのは、どこかの見知らぬ誰かが（北海道在住とだけ聞いていますが）提供してくださった「へその緒の血液」のおかげで、僕は今もこうして生きられているということです。

生命のリレーでは、あらゆる人間がランナーのようです。

血液型がA型からO型に変わりました。GVHDという後遺症があり、暮らしも色々と大変です。それに僕は子供の頃から、足が死ぬほど遅い。

でもバトンを渡されてしまった。

ヨツギの中に生きたシゲキのように、脳内に直接話しかけてくることはありませんが、O型の血液が僕に、走れ！と言っているような気がしないでもありません。

生きる支えになるなら、信じるものはなんでもよかったのだと思います。僕の場合は小説を書くことが、何も感じていなかった日々を照らすヒカリでした。

だからもしも、見知らぬ赤ちゃんから血をもらうことの千分の一でもいいので、この作品が遠いどこかに住む誰かの勇気とか希望になれたとしたら、こんなに嬉しいことはありません。

この本はバトンです。

僕の体に巡った生命の末端です。

遅くなりましたが、この本を手にとってくださり、ありがとうございます。あなたに出会えてラッキーでした。また次の物語で再会できれば嬉しいです！

二〇二〇年冬　人間六度

本書は、二〇一六年一月、弊社より刊行された単行本『BAMBOO GIRL』を大幅に加筆・修正し、文庫化したものです。

本作品はフィクションであり、実在の人物・団体などとは一切関係がありません。

BAMBOO GIRL

二〇二〇年三月十五日　初版第一刷発行

著　者　人間六度
発行者　瓜谷綱延
発行所　株式会社　文芸社
〒一六〇－〇〇二二
東京都新宿区新宿一－一〇－一
電話　〇三－五三六九－三〇六〇（代表）
〇三－五三六九－二二九九（販売）
印刷所　株式会社暁印刷
装幀者　三村淳

ISBN978-4-286-21316-3

文芸社文庫